Das Rätsel im Hoppenlau

Für Jürgen Beckedorf

DAS RÄTSEL IM HOPPENLAU

Emmerichs vierter Fall

Kriminalroman
von
Stefanie Wider-Groth

THEISS

„Das Rätsel im Hoppenlau" ist ein Kriminalroman. Haupt- und Nebenfiguren sowie die Handlung sind frei erfunden. Ähnlichkeiten oder Namensgleichheiten mit lebenden Personen sind rein zufällig und nicht beabsichtigt.

Bibliografische Information der Deutschen Nationalbibliothek
Die Deutsche Nationalbibliothek verzeichnet diese Publikation in der Deutschen Nationalbibliografie; detaillierte bibliografische Daten sind im Internet über http://dnb.d-nb.de abrufbar.

Umschlaggestaltung: Stefan Schmid Design, Stuttgart unter Verwendung einer Abbildung von Stefan Schmid

Lektorat: Karin Haller, Stuttgart
Satz und Gestaltung: Satzpunkt Ursula Ewert GmbH, Bayreuth
Druck und Bindung: CPI Ebner & Spiegel, Ulm
ISBN 978-3-8062-2616-4

„Der Kapitalismus fletscht keine anderen Zähne,
als die ihm eben gewachsen sind."
Bertolt Brecht

1

In der dafür vorgesehenen Schachtel lagen Krawatten. Fünf Krawatten und zwei Fliegen. Helmut Schropsnagel betrachtete sie unmotiviert.

„Dir ist schon klar", sagte er verschnupft, „dass ich da eigentlich nicht hin will."

„Es ist jedes Mal das Gleiche mit dir", entgegnete seine Frau in der erbarmungslosen Weise derer, die wissen, dass der andere ihnen nicht auskommt. „Jetzt stell dich nicht an."

Melanie hatte sich schick gemacht für diesen Tag, sie war beim Friseur gewesen, der ihr das graue, aber immer noch volle Haar zu einem modernen Schnitt geformt hatte. Ein wenig Make-up und ein Kostüm, von dem Helmut vermutete, dass es neu war, vervollständigten ihr Erscheinungsbild. Wobei Helmut sich mit Kostümen nicht wirklich auskannte. Sein eigenes Spiegelbild erschien ihm dagegen wie einer dieser an Kopf und Hals weitgehend nackten Geier, deren Federkleid erst kurz über dem Brustansatz begann. Während die Natur jedoch dem Geier an dieser Stelle des Übergangs einen flaumigen, leichten Daunenkranz gewährte, hatte der Mensch zur Zierde derselben Krawatten erfunden. Seiner Laune entsprechend wählte Helmut eine dunkle mit feinen silbernen Streifen. Melanie verdrehte die Augen.

„Nimm doch was Frisches", empfahl sie unduldsam. „Es ist ein Geburtstag. Im Frühling. Keine Beerdigung. Die lindgrüne zum Beispiel …"

„Wie du willst." Helmut vertauschte gehorsam Anthrazit gegen Lindgrün, zog den Knoten, den er sicherheitshalber stets in gebundenem Zustand beließ, nach oben und fühlte sich unwohl. Ein Gefühl, das den Rest des Abends anhalten würde.

„Du nimmst die Blumen."

Auch damit war zu rechnen gewesen. Hinter einem Gebirge aus Zellophanfolie folgte Helmut seiner Gattin das Treppenhaus hinunter, hinaus auf die Straße und zum Auto, wo das Gebirge sorgfältig auf dem Rücksitz deponiert wurde. Nicoles Sechzigster wurde in einem etwas außerhalb der Stadt gelegenen Hotel begangen, im selben kostspieligen

Stil wahrscheinlich, der auch bei den bisherigen runden Geburtstagen seiner Schwägerin üblich gewesen war. Es erwartete sie entweder ein Büfett oder ein mehrgängiges, von launigen Reden unterbrochenes Menü, wobei Helmut hoffte, dass ihm Letzteres erspart bliebe. Das sich über mehrere Stunden hinziehende Hineinschaufeln großer Mengen von Nahrung war sein Ding schon lange nicht mehr, ebenso wenig wie das Verharrenmüssen zwischen unbekannten Sitznachbarn oder -nachbarinnen, bei denen er nicht wusste, wovon oder worüber geredet werden sollte. Melanies Schwester hatte sich seinerzeit für einen, wie seine Schwiegereltern es nannten, „vielversprechenden" jungen Mann entschieden, was von Helmut nie behauptet worden war. Jedenfalls war es kein Wunder gewesen, dass Elmar Häbich sich zielstrebig zu einem Angehörigen jener Gattung Mensch entwickelt hatte, denen die Schropsnagels für gewöhnlich aus dem Wege gingen. Zuerst als Filialleiter bei der ortsansässigen Großbank, nach Stationen in der Schweiz, in Südamerika und Asien und schließlich, wieder zu Hause, als Vorstandsmitglied des privaten Bankhauses Treufuß, konnte Elmar sich weiß Gott nicht über mangelnden Reichtum beklagen. Woran es ihm dagegen mangelte, so zumindest empfand es Helmut, war Charakter, doch diese seine Ansicht musste bei den wenigen Gelegenheiten, an denen er gezwungen war, mit Elmar zu verkehren, unterdrückt werden. Melanie zuliebe. Und ein wenig auch Nicole zuliebe, die Helmut, obwohl sie sich im Lauf der Jahre bedingt durch Wohlstand und den Umgang mit ihrem charakterlosen Gatten natürlich verändert hatte, im Grunde mochte.

Die Strecke zum Hotel führte durch ausgedehnte Wälder und war kurvenreich. Der vollkommen durchschnittliche Mazda der Schropsnagels geriet bald ans Ende eines kleinen Oldtimerkorsos, von dem angenommen werden durfte, dass dessen Fahrer dasselbe Ziel hatten. Denn selbstredend war ein Mann wie Elmar nicht nur im Vorstand einer Bank zu finden, sondern außerdem in dem eines Tennisvereins und im Präsidium eines örtlichen Clubs von Besitzern automobiler Antiquitäten. Helmut dagegen hatte es im Laufe seines beruflichen Werdegangs lediglich zum Posten eines Sachgebietsleiters beim Stuttgarter Finanzamt gebracht und musste sich nun, da er seinen zugegebenermaßen finanziell nicht unkomfortablen Ruhestand angetreten hatte, erst noch ein Hobby suchen. Er hatte da auch schon etwas im Auge, allerdings etwas, wofür man in Elmars Kreisen kaum Interesse erwarten konnte, und das schon von der Außenwirkung her kaum geeignet war, um damit Staat zu machen. Weshalb Helmut, wie immer bei diesen Ausflügen in die Welt der

Designeranzüge und Polo-Pullunder, zwischen Golf-, Tennis- und Oldtimerfreunden, vorzugsweise den Mund halten und das Reden seiner Frau überlassen würde. Die wenigen dort, die sich seiner von früheren Anlässen her erinnerten, nahmen ihn ohnehin als einen, ihnen qua Amt feindlich gesonnenen Fremdkörper wahr. Ein Fremdkörper, den man höflich grüßte, gelegentlich auch auszuhorchen versuchte, dessen Berührung man aber tunlichst vermied. Der Finanzbeamte als solcher durfte sich unter Elmars Freunden als Repräsentant einer unbekannten Zivilisation, von deren freundlicher Gesinnung niemand ausging, verstehen. Nicoles Freunde aus der Welt der Kultur dagegen hegten wohl keine derartigen Gedanken, standen dafür aber jeglicher Form von Bürokratie ablehnend gegenüber. Und die Vertreter der politischen Klasse, von denen ebenfalls fast immer welche bei diesen Festen zugegen waren, hatten Wichtigeres zu tun, als sich mit den Schropsnagels dieser Welt zu befassen. Übrig blieben meist noch ein paar armselige Figuren wie Helmut, die irgendwann und irgendwie in den Dunstkreis des Ehepaars Häbich geraten waren, anstandshalber eingeladen wurden, anstandshalber der Einladung Folge leisteten und daran zu erkennen waren, dass sie herumstanden wie bestellt und nicht abgeholt.

Zu dieser Kategorie gehörte Isolde Nothdurft, die sogenannte „beste" Freundin der Gastgeberin und als solche mit dieser wie auch mit Melanie seit frühester Jugend bekannt, jedoch mangels eines passenden Gemahls ebenso wenig in die höheren Sphären der Gesellschaft aufgestiegen wie Schropsnagels. Ein Glas Campari in der Hand stand sie, so offensichtlich nach potenziellen Gesprächspartnern Ausschau haltend, gleich hinter der Saaltür, dass Helmut sich instinktiv hinter dem Zellophangebirge in Sicherheit brachte. Was ihm nichts half, denn auf der anderen Seite tauchte Nicoles liebenswürdig lächelndes Gesicht auf.

„Orchideen. Wie schön. Das ist aber nett von dir, dass du sie den ganzen Weg getragen hast."

„Man tut, was man kann", erklärte Helmut nonchalant und versuchte, das Gebinde zu überreichen. „Herzlichen Glückwunsch zum Geburtstag."

„Bitte, sei so gut und stell sie zu den anderen. Gleich da drüben." Nicole wies vage nach links. „Ich brauch die Hände frei. Und nimm dir was zu trinken."

Neben Helmut legte Melanie einen Arm um Isoldes Schultern und sagte:

„Na, altes Mädchen. Alles klar bei dir?"

Helmut wandte sich nach links, platzierte seine Gabe weisungsgemäß zwischen weiteren Zellophangebirgen auf einem dafür bereitgestellten Tisch, ließ sich ein Glas Sekt reichen und zog sich an die Peripherie des Geschehens zurück. Ungefähr dreißig Personen, die meisten schon ältere Semester, tummelten sich bereits in dem in Altrosa und Creme gehaltenen Raum, den ein Türschild aus unerfindlichen Gründen als „Saal Athen" ausgewiesen hatte. Nichts darin machte auch nur entfernt einen griechischen Eindruck, auch nicht die Menükarten, die zwischen den etwa achtzig Gedecken standen. Helmut warf einen unauffälligen Blick in eine davon und nahm mit Erleichterung zur Kenntnis, dass tatsächlich ein Büfett bevorstand. Das Defilee der Gäste würde noch eine Weile anhalten, seine Frau stand, lebhaft mit Isolde Nothdurft plaudernd, auf der anderen Seite des Saals „Athen". Helmut nutzte die Gelegenheit, ging durch eine geöffnete Terrassentür nach draußen, steckte sich eine Zigarette an und hoffte auf einige Minuten des Alleinseins. Eine Hoffnung, die sich nicht erfüllte, denn, wie immer seit man drinnen nicht mehr rauchen durfte, bedurfte es eines Mutigen, der den Anfang machte, und wenig später taten es einem andere nach. Die Terrasse füllte sich zusehends, Gesprächsfetzen wehten durch die laue Frühlingsluft:

„ … hab ich meinen Account bei Strangelook gecancelt", erklärte einer Anfang vierzig mit Pomade in den Haaren.

„Total miese Performance", stimmte ein anderer zu. „Ich bin längst zu Pling."

„Hat jemand Nico gesehen?"

„Sie sollen Probleme im Assessment-Center haben."

„Wer sagt das?"

„Hab ich von einem von den Human Resourcelern gehört."

„Wo wir gerade davon reden …"

Helmut wandte sich ab, ging rechts um eine Ecke herum und gelangte auf ein überaus gepflegtes Stückchen Rasen. In fast meditativer Art rauchte er langsam seine Zigarette zu Ende und suchte gerade nach einer Stelle, wo sie sich ausdrücken ließe, als um die nächste Ecke ein kleiner, stämmiger Mann in weißer Kleidung bog. Der Mann machte einen verschwitzten Eindruck, zündete sich hastig auch einen Glimmstängel an, sah herüber zu Helmut und stutzte.

„Bist du es wirklich?", fragte er ungläubig. „In einem Anzug? Was machst du denn hier?"

„Das Gleiche könnte ich dich fragen", entgegnete Helmut verblüfft. „Was hast du da an?"

„Arbeitskleidung."

„Du bist doch in Rente."

„Und du?"

„Ich bin auf einem Geburtstag eingeladen."

„Vornehme Verwandtschaft. Wusste ich nicht, dass du solche hast."

„Ist auch nicht meine, sondern die von meiner Frau. Du siehst aus, als würdest du direkt aus der Küche kommen."

„Helmut", sagte der verschwitzte Mann und bot ihm eine Zigarette an. „Rauch eine mit und verrate mich nicht. Dieser Laden hier gehört meinem Vetter. Manchmal ... wenn er viel Arbeit hat ... dann helfe ich eben ein bisschen aus."

„Weshalb sollte ich dich verraten, Joe?"

„Einmal Finanzamt – immer Finanzamt."

„Ach, hör doch auf."

Joe beschränkte sich auf ein Zwinkern.

„Hoffentlich", sagte Helmut, „gibt es wenigstens was Vernünftiges zu essen. Ich bin froh, wenn das Ganze rum ist."

„Wenn dir nichts schmeckt, gib mir Bescheid. Ich mache dir eine große Portion Spaghetti. Helmut-Spezial. Willst du keine Zigarette?"

„Hab gerade eine ausgemacht. Wir sehen uns morgen. Frohes Schaffen."

„Aaaah ..." war alles, was von Joes Seite noch als Reaktion erfolgte, dann trennten sich die beiden Männer, indem sie wieder um ihre jeweilige Ecke verschwanden. Auf der Terrasse traf Helmut nun seine Gattin samt Isolde Nothdurft an und wurde sofort in die Pflicht genommen.

„Stell dir vor", überfiel ihn Melanie, „die Isolde, die ist da einer ganz obskuren Sache auf der Spur."

„Wirklich?", fragte Helmut höflich.

„Ich weiß natürlich nicht, ob es etwas zu bedeuten hat", äußerte Nicoles beste Freundin kryptisch. „Du bist doch beim Finanzamt ..."

„Ich war beim Finanzamt", verbesserte Helmut zurückhaltend. „Seit ein paar Wochen bin ich im Ruhestand."

„Davon hast du mir nichts gesagt." Isolde sah Melanie geradezu beleidigt an.

„Es ist doch auch nicht wichtig", meinte die geduldig. „Wo du doch nur einen Rat von Helmut möchtest."

„Ich weiß nicht ...", zögerte Isolde und wurde durch das Tönen eines Gongs unterbrochen. Nicole, Helmuts Schwager Elmar an der Seite, trat ins Freie.

„Es ist angerichtet", verkündete sie fröhlich. „Herr Dr. Stockinger, vielleicht würden Sie mit Ihrer Frau das Büfett eröffnen?"

„Dr. Stockinger?", wiederholte Isolde Nothdurft überrascht und reckte Ausschau haltend den Hals. „Doch nicht *der* Dr. Stockinger?"

* * *

Zur selben Zeit begab es sich im Stuttgarter Osten, dass Emmerich chillte. Nicht, dass er von selbst auf die Idee gekommen wäre, sein Tun – oder, besser gesagt, sein Nichtstun – als solches zu bezeichnen, doch klang „Chillen" eindeutig besser als „Faulenzen". Der Begriff entstammte dem Wortschatz einer anderen Generation, in diesem speziellen Fall dem seiner Tochter Jule. Emmerich hatte jedoch nicht lange gebraucht, um die Vorteile des Ausdrucks zu erkennen und ihn seinem eigenen Vokabular hinzuzufügen. Anders als beim „Faulenzen" schien die Untätigkeit sich beim „Chillen" in eine Form von Aktivität zu verwandeln. In einer Welt, die das Passive negativ beurteilte, war der Ausdruck daher eindeutig die bessere Formel für das Kaschieren von Inaktivität, wobei Emmerich keineswegs vollkommen untätig war, denn immerhin konsumierte er Musik. Einigermaßen angetan von der seltenen Gelegenheit, die Wohnung ein paar Stunden für sich alleine zu haben, hatte er sich bereits im Vorfeld mittels energischen Klingelns an der jeweiligen Tür vergewissert, dass weder die Nachbarn oben noch die unter ihm im Hause weilten. Was angesichts des sonnigen Frühlingswetters auch nicht weiter verwunderlich war. Emmerich ignorierte es konsequent, schloss sorgfältig sämtliche Fenster, zog die Vorhänge zu, legte eine Motörhead-DVD in den Player und drehte den Regler des Verstärkers auf ein ihm gerade noch vertretbar erscheinendes Maß an Zimmerlautstärke. Solcherart genoss er nun entspannt das Live-Konzert der angeblich lautesten Band der Welt, bis diese sich zum Schlagzeugsolo innerhalb von „Sacrifice" vorgearbeitet hatte. Emmerich, von Begeisterung erfasst, griff nach der Fernbedienung und drehte noch ein wenig auf. Das blondierte Muskelpaket hinter den Drums war zweifellos ein gottähnliches Wesen, zumindest innerhalb eines Schlagzeugeruniversums, in das auch Emmerich gelegentliche Ausflüge unternahm. Er selbst würde dabei niemals eine derartige Schnelligkeit und Präzision erreichen, ganz zu schweigen davon, dass er wahrscheinlich schon nach dem zweiten Stück schlappmachen würde, verlangte man von ihm eine Leistung, die der von Mikkey Dee gleichkäme. Diese Gefahr jedoch bestand nicht, und so verharrte Emmerich in stummer Bewunderung und leicht betäubtem Zustand vor dem TV-Gerät, bis die letzten Takte von „Overkill“ sich in einer Rückkopplung verloren und das Konzert zu Ende war. Nur die Schläge der Basstrommeln hörten nicht auf und kamen, wie Emmerich verwundert feststellen musste, auch nicht aus den Boxen, sondern von der Wohnungstür. Ungelenk rappelte er sich vom Sofa auf, schlurfte durch den Flur und öffnete. Im Treppenhaus erwartete ihn eine junge Frau im Bademantel mit einem Frotteeturban auf dem Kopf.

„Na endlich“, sagte sie und sah Emmerich erbost an. „Könnten Sie Ihrer Tochter bitte ausrichten, dass es jetzt reicht? Mit dem Krach. In einer halben Stunde kommen meine Freundinnen zum Wellness-Wochenende …“

„Meine Tochter ist nicht da“, reagierte Emmerich wenig geistesgegenwärtig.

„Nicht da?“, wiederholte die junge Frau denn auch verwundert. „Soll das heißen, dass Sie selbst … in Ihrem Alter …?“

„Wie? In meinem Alter?“

„Die Musik. Bis gerade eben lief hier noch …“

„Inwiefern hat das mit meinem Alter zu tun?“

„Frau Gundermann? Kann ich Ihnen helfen?“ Hinter der Beschwerdeführerin kam, zu Emmerichs Erleichterung, Gabi die Treppe herauf.

„Erledige du das“, brummte er unwirsch und zog sich in den Schutz seiner vier Wände zurück, wo er die DVD ins Regal stellte, die Vorhänge aufzog und ein Fenster öffnete. Gabi folgte wenige Minuten später.

„Was hast du wieder angestellt?“

„Nichts. Ich hab im fünften Stock geklingelt und im dritten. Kein Aas zu Hause. Da wird man ja am frühen Abend in der eigenen Bude auch mal ein Stündchen Spaß haben dürfen.“

„Frau Gundermann wohnt im zweiten Stock. Sie meinte, das ganze Haus habe gedröhnt, als würden Bomber angreifen.“

„Die Leute sind halt nichts gewöhnt.“

„Sie sind nicht das gewöhnt, was du magst.“

„Mag sein.“

„Frau Gundermann ist, glaube ich, eher zartbesaitet.“

„Frau Gundermann interessiert mich nicht. Sie kann ja die Polizei holen, wenn sie was zu maulen hat.“

„Red nicht so daher. Sie weiß genau, dass du die Polizei bist."

„Wieso weiß sie das?"

„Das weiß jeder hier im Haus."

„Siehst du", sagte Emmerich, als wäre damit etwas Besonderes bewiesen. „Das ist genau das, was mir hier nicht passt."

Gabi betrachtete den ihr Angetrauten mit Kennermiene.

„Ich verstehe schon", meinte sie grinsend. „Frau Gundermann hat sich zu Recht beschwert."

„Nein. Nein, überhaupt nicht, es ..."

„Kommst du morgen mit mir in die Stadt?"

Emmerich seufzte, bevor er nickte. Es sprach nichts dagegen, an einem sonnigen Samstag mit Gabi durch die Stadt zu bummeln. Genauso wenig wie dafür. Seit Jule im Vorjahr ein bravouröses Abitur mit Noten, die seinen eigenen weit voraus waren, hingelegt und wenig später ein freiwilliges, soziales Jahr in einer Einrichtung für demenzkranke Senioren angetreten hatte, wurde er das Gefühl nicht los, dass ihm ein Ziel im Leben fehlte. Seine Tochter war erwachsen, nicht mehr lang und sie würde zu studieren beginnen und sich ein eigenes Zimmer suchen. Die Raten für die Jugendstilwohnung waren so gut wie abbezahlt, von der Band, in der er seit einiger Zeit wieder die Stöcke schwang, war schon aufgrund des fortgeschrittenen Alters ihrer Mitglieder nicht zu erwarten, dass mehr als ein Hobby daraus werden konnte. Gabi, das wusste er, erging es ähnlich, auch wenn sie nicht darüber sprach. Mehrfach hatte sie in den letzten Jahren den Wiedereinstieg ins Berufsleben versucht und meist schnell ernüchtert festgestellt, dass es sich nicht lohnte. Was sie verdiente, wurde durch eine steigende Steuerprogression weitgehend wieder aufgefressen, dafür handelte sie sich reichlich Stress und selten Freude an der jeweiligen Aufgabe ein. So hangelte sich seine Frau von einem Minijob zum nächsten, ohne wirklich eine Perspektive für die nächste Zukunft zu haben. Finanziell mussten sich Emmerichs keine Sorgen machen, denn schließlich hatte er einen todsicheren Arbeitsplatz als Beamter im Stuttgarter Polizeipräsidium. Und dennoch fehlte etwas, irgendetwas zu ihrer Zufriedenheit. Etwas, das genauer zu bestimmen ihm noch nicht gelungen war, das aber im Hintergrund an der eigentlich glücklichen Beziehung der Emmerichs nagte und gelegentlich für gereizte Stimmung sorgte. Stadtbummel beispielsweise hatte Gabi bislang mit Jule unternommen. Emmerich sah ein, dass sie ihr alleine vermutlich weniger Freude machten, hielt sie aber seinerseits für reine Zeitverschwendung und hoffte sehr, nun nicht regelmäßig als Begleitung herhalten zu müssen. Andererseits hatte er aber auch selbst nichts Besseres zu tun, ein Dilemma, das eine schale Vorahnung auf ein weitgehend sinnfrei gelebtes Rentnerdasein in Gott sei Dank noch einigermaßen weit entfernter Zukunft aufkommen ließ. Morgen würde er Gabi zu Gefallen einfach mitgehen. Frau Gundermann sollte ihr Wellness-Wochenende ungestört genießen können.

2

Der Samstag erfüllte, was das Wetter anging, sämtliche Hoffnungen, die im Vorabendprogramm des lokalen Fernsehsenders geweckt worden waren. Helmut Schropsnagel allerdings hatte weder einen Hut aufgesetzt noch sich flächendeckend eingecremt, wie es der Moderator der Wettersendung empfohlen hatte. Es mochte wohl sein, dass die Strahlen der Frühlingssonne heutzutage intensiver brannten als noch vor einigen Jahren. Dies jedoch stellte für Helmut keinesfalls eine ausreichende Begründung dar, sie einem bereits beim ersten Auftreten durch oberlehrerhafte Maßregelungen zu vergällen, was in seinen Augen auch nicht zu den Inhalten eines ordentlichen Wetterberichtes gehörte. Ebenso wenig, im Übrigen, wie Wetterrundreisen, Besuche bei Wetterwinzern, Wetterschäfern und Wetterbauern oder was noch alles heutzutage als nötig erachtet wurde, um aus ein paar simplen Informationen eine überflüssige Unterhaltungssendung auf Kosten des Gebührenzahlers zu machen. Der Tag war also frühlingshaft schön, und man hätte etwas Sinnvolles tun können, an einem solchen Tag. In der Königstraße nach reduzierten Herrenunterhosen suchen, beispielsweise, wie Melanie es ihm nahe gelegt hatte, oder mit Joe und Ottmar den ersten Eiskaffee im Freien genießen. Helmut jedoch hatte sich etwas vorgenommen und hielt den Tag für geradezu ideal, um mit seinem neuen Hobby anzufangen. Weshalb sie nun zu dritt auf dem Hoppenlau-Friedhof standen, Helmut mit einem Plan in der Hand, seine Freunde mit skeptischen Mienen.

„Da drüben", sagte Helmut nach einigen prüfenden Blicken, die abwechselnd dem Plan und dem historischen, ein wenig verwahrlost wirkenden Gräberfeld galten. „Dort geht es los."

Joe, heute nicht wie ein Koch, sondern eher wie ein Dandy gekleidet, betrachtete schweigend das Paar blitzsauberer Schuhe an seinen Füßen, während Ottmar sich verhalten räusperte.

„Bist du sicher", fragte er in diplomatischem Tonfall, „dass dies das Richtige für dich ist?"

„Warum nicht? Der Mensch braucht eine Beschäftigung. Auch im Ruhestand."

„Gewiss." Ottmar tauschte einen Blick mit Joe. „Wir, zum Beispiel, gehen jetzt öfter mal schwimmen. Oder spazieren."

„Ich gehe eben lieber sammeln."

„Dagegen ist prinzipiell nichts einzuwenden. Wir dachten nur … du könntest auch etwas anderes sammeln. Briefmarken vielleicht. Bierfilze. Oder Tassen …"

„Nix", warf Joe mürrisch ein. „Männer sammeln keine Tassen."

„Keine Tassen", stimmte Ottmar nachsichtig zu. „Modellautos. Was hältst du von Modellautos?"

„Die kosten ein Vermögen." Helmut machte eine verneinende Handbewegung. „Außerdem interessieren sie mich nicht. Und sie brauchen zu viel Platz. Melanie will nicht, dass ich die Wohnung mit Sammlerstücken fülle."

„Nimm Filme", schlug Joe vor und steckte sich bedächtig eine Zigarette an. „Filme auf DVD. Ganz klein und schmal. Kann man immer wieder schauen. Gibt so viele schöne Filme."

„Ich weiß nicht, was ihr gegen Grabsteine habt."

„Kein Mensch sammelt Grabsteine", erklärte Ottmar in einer Art, die eine unumstößliche Tatsache auszudrücken schien. „Du wirst dich nie mit anderen Sammlern austauschen können."

„Wer sagt, dass ich das will?"

„Du wirst Depressionen bekommen. Ständig den Tod vor Augen …"

„Irgendwann muss man anfangen, sich an ihn zu gewöhnen." Helmut zwinkerte vergnügt. „Jetzt regt euch ab, ich fotografiere sie doch bloß."

„Man kann auch Blumen fotografieren. Oder Tiere …"

„Langweilig. Das machen alle." Helmuts Blick nahm einen träumerischen Ausdruck an. „Stellt es euch nur einmal vor: Wenn ich genügend Fotografien zusammen habe, kann ich einen Bildband daraus machen. *Ruhestätten. Europas Schriftsteller und ihre Gräber.* Oder ich mache gleich mehrere Bände. Schauspieler, Musiker …"

„Wer soll denn so was kaufen?"

„Ich will kein Geld damit verdienen."

„Morbid nenne ich das." Ottmar vergrub die Hände in den Taschen. „Du hast einfach eine kranke Fantasie."

„Keineswegs. Ich fange hier in Stuttgart an, später bereise ich den Zentralfriedhof in Wien, Père Lachaise in Paris oder auch nur die Friedhöfe in München. Wisst ihr, wie viele prominente Leute allein in München begraben sind?"

„Schickeria“, schnaubte Ottmar verächtlich und betrachtete missbilligend die etwas verwitterte Stele aus rotem Sandstein, vor der Helmut Position bezogen hatte. „Wer liegt denn da Berühmtes?“

„Gustav Schwab“, entgegnete Helmut, packte seine Kamera aus und machte sie funktionsfähig. „*Sagen des klassischen Altertums*. Kannte zu meiner Schulzeit jedes Kind.“

„Zu meiner auch.“

„Kunststück, Seggl. Es war ja die gleiche.“

Joe betrat vorsichtig, seine Schuhe schonend, den Rasen und umrundete die Stele.

„Kann man fast nix mehr lesen“, stellte er nach einem Blick auf den Sandstein emotionslos fest. „Alle Steine hier sind dreckig.“

„Der Friedhof ist schon lange nicht mehr in Betrieb. Jetzt geh mir aus dem Bild.“ Helmut begann zu knipsen.

„Da kann man sehen“, meinte Ottmar, der auf dem gepflasterten Fußweg stehen geblieben war, „wie diese Stadt mit ihren Dichtern und Denkern umgeht.“

„Es liegen auch noch andere Leute hier. Politiker zum Beispiel.“

„Die haben es vielleicht verdient, dass man sie einfach so verwittern lässt.“

„Fertig.“ Helmut bugsierte die Kamera zurück in ihre Tasche. „Auf zu Wilhelm Hauff. Da ist alles voller Efeu, aber auf der Platte erkennt man noch etwas mehr.“

„Liegt weit weg? Wilhelm Hauff?“, fragte Joe mäßig interessiert und schnippte seine Kippe in hohem Bogen hinter die Stele Gustav Schwabs. „Wer ist das?“

„Ein Autor aus dem neunzehnten Jahrhundert“, erklärte Ottmar. „Wunderschöne Märchen hat er geschrieben und ist nur fünfundzwanzig Jahre alt geworden … stimmt was nicht?“

Joe, dessen Blick seiner Kippe gefolgt war, schien nicht zuzuhören und machte ein schwer zu deutendes Gesicht.

„Frau“, sagte er einsilbig und deutete vage zwischen den Bäumen hinter der Stele hindurch.

„Was Frau?“ Helmut sah von seiner Kameratasche auf. „Wilhelm Hauff war doch keine Frau.“

„Frau auf Bank“, vervollständigte Joe seinen Hinweis.

„Ja, und? Das ist doch nichts Besonderes.“

„Vielleicht doch." Ottmar war mit den Augen Joes ausgestrecktem Arm gefolgt. „Die da drüben macht jedenfalls keinen gesunden Eindruck."

„Dann geht doch nachsehen. Ich knipse so lange Wilhelm Hauff."

Helmut Schropsnagel wandte sich ab und ging zu dem Stein, dessen Lage er von früheren Besuchen auf dem alten Friedhof kannte. Tatsächlich war es dieser von ihm seit Kindertagen hochverehrte Schriftsteller, der ihn auf die seltsame Idee gebracht hatte, Gräber für die Nachwelt festhalten zu wollen. Gräber, von denen zu befürchten war, dass der Zahn der Zeit ihre Inschriften löschen würde, während die darin ruhenden Toten nach und nach vergessen zu werden drohten. Wobei die Hauff'sche Platte aus schwerem Gusseisen noch zu den besser erhaltenen gehörte. Helmut lichtete sie sorgfältig aus allen Perspektiven ab, kontrollierte das Ergebnis im Display der Kamera und suchte gerade auf seinem Plan nach dem Stein von Christian Friedrich Daniel Schubart, als Joe näher kam.

„Hast du Telefon dabei?"

„Mein Handy? Ja, warum?"

„Frau auf Bank. Ist hoppenlausetod."

* * *

Schon nach eineinhalb Stunden hatte Gabi sich einsichtig gezeigt.

„Warum sitzt du nicht irgendwo hin und trinkst ein Bier?", hatte sie praktisch und zu Emmerichs Erbauung vorgeschlagen. „Ich erledige meine Besorgungen und komme nach."

Ohne ein Wort des Widerspruchs hatte er sich dem gefügt und saß nun, zufrieden und mit sich im Reinen, in einem eleganten Korbstuhl vor dem Grand Café Planie. Für ein Weizenbier war es noch zu früh am Tag, doch der seltene Genuss eines Kännchens heißer Schokolade mit einer extra Portion Sahne entschädigte Emmerich voll und ganz für die erlittenen Strapazen. Träge beobachtete er die Passanten auf dem Karlsplatz, wo zwischen Altem und Neuem Schloss, Markthalle und Altem Waisenhaus die letzten Reste historischer Bausubstanz in der Stadt zu bewundern waren. Nicht mehr lange allerdings, wie Emmerich befürchtete, denn selbstverständlich gab es auch hier Pläne für den baldigen Bau eines ultramodernen, vollverglasten und überdimensionierten Konsumpalastes, der den beschaulichen Charakter des Platzes endgültig beseitigen würde. Wie das in Stuttgart eben so üblich war, dessen gewählte Repräsentanten, seit Emmerich denken konnte, von einem Virus infiziert sein mussten, der es ihnen nicht erlaubte, sich an Gewohntem oder Gewachsenem zu erfreuen, sondern sie zwang, ständig etwas abzureißen. Die entstehenden Brachen wurden mit Bauwerken gefüllt, die als zukunftsweisend und modern gelobt wurden, sich meist aber schon wenige Jahrzehnte später als dem dann nicht mehr aktuellen Zeitgeist geschuldete Scheußlichkeiten erwiesen. Weshalb alsbald wieder über ihren Abriss nachgedacht wurde. Noch aber waren unter den Kastanienbäumen die Stände des traditionellen, samstäglichen Flohmarkts aufgebaut, wie immer und fast überall in der Innenstadt roch es ein wenig nach den Abgasen des kaum zu bändigenden Straßenverkehrs, doch beides war nicht geeignet, Emmerichs Schokoladengenuss erheblich zu beeinträchtigen. Die Störung ging vielmehr von seinem Handy aus, das klingelte, bevor die zweite Tasse eingeschenkt war.

„Gitti hier", meldete sich seine Kollegin aus dem Dezernat für Tötungsdelikte. „Hast du zufällig gerade etwas Zeit?"

„Wie man's nimmt", sagte Emmerich zurückhaltend. „Wofür?"

„Sie haben da eine Frau gefunden. Die Notärztin ist unsicher und hat den KDD geholt. Ich habe Rufbereitschaft, bin aber zu Besuch bei meiner Nichte. Wahrscheinlich dauert es nicht lange, es ist in der Innenstadt, nicht weit weg von dir …"

„Du meinst, ich solle mir die Sache ansehen? Falls ich zufällig gerade Zeit hätte?"

„Das war es, was ich fragen wollte. Natürlich nur, wenn es nicht ganz und gar unpassend für dich ist."

„Mal sehen." Emmerich konsultierte seine Armbanduhr. Der Nachmittag hatte eben erst begonnen, Gabi hatte nicht den Eindruck erweckt, es eilig zu haben. „Wo müsste ich denn hin?"

„Hoppenlau-Friedhof. Das ist zwischen Universität und …"

„Ich weiß schon, wo das ist. Ein halbe Stunde, schneller schaffe ich es nicht."

„Kein Problem. Ich darf den Kollegen also Bescheid geben, dass du unterwegs bist?"

„Unter einer Bedingung."

„Die wäre?"

„Du rufst meine Frau an und richtest ihr aus, dass wir uns erst zu Hause wieder treffen. Auf dem Handy."

„Was tut man nicht alles", seufzte Gitti ergeben, aber zustimmend.

„Dann bin ich unterwegs."

* * *

Ottmar, Helmut und Joe hockten nebeneinander auf der Mauer, die den jüdischen Teil des Hoppenlau-Friedhofs vom christlichen trennte.

„Das hat man jetzt davon", murrte Ottmar unleidlich. „Von deiner blöden Schnapsidee. Warum bin ich bloß mit hierhergekommen?"

„Als ob ich etwas dafür könnte", verteidigte sich Helmut lahm. „Hab ich die Frau etwa zuerst gesehen?"

„Ohne dich wären wir jetzt ganz woanders. Und du hast den Notruf abgesetzt."

„Aber nur, weil Joe es wollte."

„Hätten wir sie einfach liegen lassen sollen?"

„Sie liegt ja nicht. Sie sitzt."

„Wir hätten weitergehen können. Joe hätte gar nicht erst …"

„Halt die Klappe."

Joe reagierte nicht, rauchte still und schien das Geplänkel an seiner Seite zu ignorieren.

„Du brauchst nicht beleidigt zu sein", sagte Ottmar nach einer kleinen Pause. „Es heißt nun mal mausetot. Nicht lausetot. Und schon gar nicht …"

„Lass ihn in Ruhe", wies Helmut seinen Freund zurecht. „Du siehst doch, dass die Angelegenheit ihm zusetzt."

„Ja, und ich frage mich warum. Eine wildfremde Frau. Das kann doch mal vorkommen. Dass so jemand stirbt. Wenn ich mir's recht überlege, sterben jeden Tag eine Menge Leute, die ich nicht kenne. Ohne dass ich in Trauer versinke."

„Es ist nicht jeder so abgebrüht wie du."

„Abgebrüht? Ich soll abgebrüht sein?" Ottmar richtete sich entrüstet auf. „War es mein Vorschlag, dass wir uns ausgerechnet auf einem Friedhof herumtreiben sollen?"

„Halt die Klappe." Helmut Schropsnagel sah hinüber zu der Bank, wo die tote Frau immer noch saß. Sein Notruf hatte zunächst ein Team von Medizinern auf den Plan gerufen, wenig später war Polizei eingetroffen. Seine Freunde und ihn hatte man angewiesen, zu warten, was sie nun seit einer guten Stunde taten. Insofern brachte Helmut für Ottmars ersichtlich schlechte Laune Verständnis auf, doch war er sich selbst keiner wesentlichen Schuld daran bewusst. Sie hatten getan, was die Pflicht eines jeglichen ordentlichen Bürgers war, und die Warterei begann auch ihm langsam auf die Nerven zu gehen. Einzig Joe schien sie, sah man von seiner zutiefst bekümmerten Miene ab, mit Geduld zu ertragen.

„Warum fotografierst du nicht?", wollte Ottmar nach ein paar weiteren Minuten bärbeißig wissen. „Du könntest die Bilder an einen privaten Fernsehsender verkaufen und dir ein ordentliches Hobby leisten."

„Steig mir den Buckel runter." Helmut stupste den apathisch auf der Mauer hockenden Joe sanft in die Seite. „Ist dir nicht gut?"

„Doch", sagte Joe einsilbig.

„Bist du beleidigt?"

„Ich streite mich nicht mit dem Arsch."

„Ottmar ist kein Arsch. Er ist dein Freund."

„Benimmt er sich so?"

„Ihr werdet doch jetzt nicht wegen zwei Buchstaben … zwei lächerlichen Buchstaben …"

„Verzeihung, die Herren." Eine junge Frau in Polizeiuniform hatte sich der Mauer genähert. Ottmar, Helmut und Joe saßen unwillkürlich stramm. „Sie sollen diese Frau gefunden haben?"

„Der da", sagte Ottmar, zeigte auf Joe und hüpfte schwungvoll von der Mauer.

„Wir benötigen Ihre Personalien und müssen Ihnen eine Speichelprobe abnehmen. Reine Routine. Nur für den Fall …"

„Welchen Fall?", fragte Joe.

„Na, für den Fall … Sie wissen schon."

„Ist die Frau etwa ermordet worden?", schnappte Ottmar ungehalten.

„Dazu kann ich Ihnen im Moment nichts sagen", entgegnete die Polizistin unverbindlich. „Bitte kommen Sie mit mir hinüber zu dem Bus da hinten."

„Womöglich wollen Sie auch noch meine Fingerabdrücke?"

„Wenn es Ihnen danach ist, sie uns zu geben …"

„Mir danach ist? Was soll das denn heißen?"

„Ottmar", unterbrach an dieser Stelle Helmut streng. „Bitte jetzt kein Theater. Lass uns diese … Formalitäten hinter uns bringen und machen, dass wir wegkommen."

„Das würde dir so passen, was?", fauchte Ottmar erbost. „Jetzt, wo wir stundenlang hier gesessen haben, und es endlich interessant wird …"

„Ich komme mit", verkündete Joe lapidar und setzte sich in Bewegung.

„Wenigstens einer ist vernünftig", seufzte Helmut tief und lächelte die Polizistin entschuldigend an.

„Kannten Sie die Frau?", fragte die ungerührt.

„Nein. Wieso denn? Wir sind einfach nur hier herumgestanden", ereiferte sich Ottmar. „Versuchen Sie bloß nicht, uns etwas in die Schuhe zu schieben."

„Herumgestanden?", wiederholte die Polizistin fragend und mit süffisantem Unterton.

„Ja, herumgestanden. Weil der Herr hier Gräber fotografieren wollte."

„Gräber fotografieren. So, so."

„Schluss jetzt", unterbrach Helmut energisch. „Ich kann fotografieren, was ich will."

„Sonst haben Sie nichts geknipst? Vielleicht die Tote auf der Bank?"

„Weshalb hätte ich das tun sollen?"

„Weshalb knipst man Gräber?"

„Wollen Sie die Bilder sehen? Ich sammle Motive für einen Fotoband."

„Nein, lassen Sie mal", winkte die Polizistin ab und grinste. „Überreden Sie lieber Ihren Freund, zu unserem Bus zu gehen."

* * *

Bei seinem Eintreffen auf dem Friedhof kamen Emmerich drei erregte Rentner entgegen, ansonsten hatten sich erfreulicherweise nur wenige Neugierige außerhalb des abgesperrten Bereiches eingefunden. Eine uniformierte Kollegin erkannte ihn, hob das weiß-rot-gestreifte Band ein wenig an und ließ ihn passieren. Die Notärztin stand ungerührt neben der Bank mit der Leiche und rauchte. Emmerich warf nur einen kurzen Blick auf die tote Frau. Mitte fünfzig schätzte er, unauffällig, in dunklen Farben gekleidet, Augen geschlossen. Sah man von ihrer unnatürlichen Blässe und der etwas eigenartigen Haltung ab, hätte man meinen können, die Frau halte lediglich ein kurzes Nickerchen.

„Sieht nicht wie ein Gewaltverbrechen aus", meinte Emmerich daher auch an die Ärztin gewandt. „Wo ist das Problem?"

„Hier", sagte die sachlich, ging zur Bank und zog den Kragen der dunklen Jacke auf der rechten Seite des toten Körpers ein wenig nach unten. „Wofür halten Sie das?"

Emmerich betrachtete den solcherart freigelegten Hals, an dem feine Fältchen auf ein etwas höheres Alter der Verblichenen schließen ließen, als er zuvor angenommen hatte.

„Blutergüsse?"

„Nicht ganz." Die Ärztin drückte mit dem Daumen gegen eine der violett verfärbten Stellen. Für einen Augenblick sah es so aus, als verschwinde diese. „Das sind Totenflecke. Sie bilden sich normalerweise an der Unterseite einer Leiche. Weil das verklumpende Blut und andere Körperflüssigkeiten …"

„Sie wollen sagen, dass in diesem Fall diese Flecke an dieser Stelle nichts zu suchen haben", verkürzte Emmerich, an unappetitlichen Details wenig interessiert, die pathologischen Ausführungen seines Gegenübers.

„Nicht, wenn die Frau in derselben Haltung gestorben ist, in der sie hier vor Ihnen sitzt."

„Hm", machte Emmerich unschlüssig. „Sie müsste also gelegen haben? Auf der rechten Seite?"

„Zumindest eine Weile. Post mortem, natürlich."

„Tote richten sich nicht von selbst wieder auf."

„Ist mir in meiner beruflichen Praxis zumindest noch nie untergekommen", erwiderte die Ärztin mit einem leichten Lächeln im Gesicht.

„Gibt es Hinweise auf Gewalteinwirkung von außen?", wollte Emmerich wissen.

„Entdeckt hab ich noch keine."

„Und was glauben Sie, wie lange sie hier schon sitzt?"

„Anhand der Ausprägung der Leichenstarre würde ich auf etwa fünf bis sechs Stunden tippen. Das kann allerdings nur eine ungefähre Schätzung sein."

„Hm", wiederholte Emmerich nachdenklich und winkte der Kollegin, die das Absperrband für ihn angehoben hatte.

„Was meinen Sie?", fragte er in der Art eines polizeilichen Ausbilders im Praxissemester. „Halten Sie es für möglich, dass ein Passant … ein x-beliebiger Passant … eine Frau auf einer Bank liegen sieht, feststellt, dass die Frau nicht mehr lebt, sie aufrichtet und einfach weitergeht? Ohne jemanden anzurufen oder zu verständigen?"

„Ja", entgegnete die Polizistin, ohne mit der Wimper zu zucken. „Helfen könnte der Passant ja sowieso nicht mehr. Wenn er es also eilig hatte, wenn er keine Lust auf Scherereien hatte, was auch immer … Ja, das halte ich für durchaus denkbar. Ich kann mir sogar vorstellen, dass gar nicht wenige Leute so reagieren würden."

„Die Frau könnte also ohne weiteres eines ganz natürlichen Todes gestorben sein?"

„Ohne weiteres", meinte die Ärztin. „Vielleicht aber auch nicht."

„Hm", räusperte sich Emmerich ein drittes Mal, betrachtete die Umgebung der Bank, erwog die Umstände sowie die Kosten eines Einsatzes der Spurensicherung und traf die Entscheidung, die offensichtlich von ihm erwartet wurde. „Wir gehen kein Risiko ein. Die Frau wird zur gerichtsmedizinischen Untersuchung überstellt, den Rest erledigt ihr."

„Das volle Programm?", fragte die Kollegin skeptisch.

„Das volle Programm", bestätigte Emmerich. „Jetzt und sofort. Auf meine Verantwortung. Und wir hängen es noch nicht an die große Glocke."

3

Die Straßenbahn fuhr stadteinwärts. Ottmar und Joe saßen Helmut gegenüber und führten ihre nicht beendete Auseinandersetzung fort.

„Ich verstehe nicht, was ist falsch", beharrte Joe auf seinem Standpunkt. „Friedhof heißt Hoppenlau, warum also nicht hoppenlausetot?"

„Weil man es nicht so sagt", erwiderte Ottmar sachlich richtig, aber in rechthaberischer Manier. „Man sagt mausetot."

„Frau ist nicht Maus."

„Und deutsche Grammatik ist schwer", mischte sich Helmut, der Diskussion überdrüssig, ein. „Der Name *Hoppenlau* bezeichnet nur das Gelände, auf dem der Friedhof liegt, verstehst du. Hat mit den Toten überhaupt nichts zu tun."

„Dann gibt es dort Mäuse?"

„Die gibt es sicher, aber das Wort *mausetot* ist nur eine Redewendung. Ich weiß nicht, warum es so heißt."

„Aber er." Joe machte eine widerborstige Geste in Richtung Ottmar. „Er weiß alles besser."

„Nein, weiß er nicht. Hört auf, euch zu streiten. Was wollen wir heute noch unternehmen?"

„Egal", grummelte Ottmar mürrisch. „Mir reicht es für einen Tag. *Du* kannst dir ja gerne einen weiteren Friedhof vornehmen."

„Mach schöne Bilder", stimmte Joe zu. „Vielleicht findest du noch eine Leiche."

„*Du* hast sie gefunden."

„Aber *du* hast sie fotografiert."

„Du hast was?" Ottmar sah seinen Freund Helmut aufgebracht an.

„Gar nichts hab ich."

„Wieso behauptet Joe dann …?"

„Hab ihn gesehen." Joe, offenbar wieder in versöhnlicher Stimmung, kicherte leise. „Als niemand geguckt hat. Nicht die Frau Doktor, nicht die Polizei … da hat er …"

„Allerhand", meinte Ottmar entrüstet. „Zeig her."

„Doch nicht hier in der Bahn."

„Warum hast du das gemacht?"

„Erstens", sagte Helmut ernsthaft, „versprecht ihr mir, dass ihr das niemandem weitererzählt. Zweitens war ich mir nicht sicher, aber ich glaube, ich habe diese Frau gekannt."

„Nein", staunten Ottmar und Joe einmütig. „Warum hast du das nicht der Polizei erzählt?", fügte Ottmar hinzu.

„Weil ich mir eben nicht sicher bin. Ich muss mit Melanie reden. Wenn es die ist, für die ich sie halte, war sie mehr eine Bekannte von ihr."

„Eine Freundin?", fragte Joe argwöhnisch. „Von deiner Frau?"

„Eine Bekannte."

„Was ist der Unterschied?"

„Eine Freundin ist ...", setzte Helmut an und merkte, dass er keine Lust hatte, etwas derart Kompliziertes zu erklären. „Warum fragst du nicht deine eigene Frau?"

„Petra wird sagen, dass ich das längst müsste wissen."

„Recht hat sie", sagte Ottmar von oben herab. „So lange, wie du hier schon lebst. Da solltest du schließlich auch ein M von einem L unterscheiden können, gell?"

„Ich steige an der nächsten Haltestelle aus und geh mir einen Döner holen", erklärte Helmut ruppig. „Falls ihr euch heute noch wieder einkriegt, könnt ihr ja mitkommen."

* * *

Da er der Ansicht war, an diesem Samstag nichts Besonderes vorzuhaben, und es außerdem für seine Pflicht hielt, beschloss Emmerich, noch ein wenig auf dem Hoppenlau-Friedhof zu verweilen und der gerade eintreffenden Spurensicherung bei der Arbeit zuzusehen. Zuvor hatte er bereits Gitti informiert, nicht jedoch, ohne darauf hinzuweisen, dass keine offensichtlichen Anzeichen für ein Tötungsdelikt vorlägen und damit auch kein Grund für übereifrigen Aktionismus gegeben war.

„Das ist mir recht", hatte Gitti erleichtert gesagt. „Immerhin ist Wochenende. Deine Gabi habe ich erreicht."

„Was hat sie gemeint?"

„Direkt begeistert klang sie nicht. Du möchtest bitte nicht vergessen, dass ihr heute Abend zum Essen eingeladen seid."

„Wir sind zum Essen eingeladen? Wo denn?"

„Das darfst du mich nicht fragen."

„Ob ich sie wohl selbst mal anrufe?"

„Eine ausgezeichnete Idee."

Emmerich wartete ab, bis ein gerade eingetroffener Leichenwagen dort parkte, wo wenige Minuten zuvor der Notarztwagen weggefahren war, wurde das Gefühl nicht los, den Kollegen der Spurensicherung im Weg herumzustehen, und verließ den abgesperrten Bereich des Friedhofs. Auf der anderen Seite des Bandes hatte sich die Zahl der Schaulustigen mittlerweile erhöht, unauffällig stellte er sich daneben und tat, als gehöre er dazu. Ein Manöver, das sich nur wenig später als Glücksfall erwies, denn in seiner unmittelbaren Nähe sagte eine Frau zu einer anderen:

„Die hab ich heut früh schon gesehen. Die auf der Bank."

„Echt?", entgegnete die andere beeindruckt. „War sie da schon tot?"

„Woher soll ich das wissen? Ich gehe nicht zu fremden Leuten hin und frage, ob sie tot sind."

„Man hätte es ja vielleicht sehen können. Von weitem."

„Ach, weißt du … ich musste doch zur Arbeit. War sowieso schon viel zu spät. Außerdem war sie ja nicht alleine."

Emmerich drehte sich um und zückte seinen Ausweis.

„Kriminalpolizei Stuttgart", erklärte er freundlich. „Ich hoffe, Sie haben jetzt ein paar Minuten Zeit."

„Jetzt schlägt's dreizehn", sagte die zweite Frau und starrte ihn ungläubig an.

„Sie erwähnten gerade", wandte Emmerich sich demonstrativ an die erste, „dass Sie die Frau heute früh gesehen haben und dass sie nicht alleine war."

„Ja", lautete die Antwort, die von einem misstrauischen Blick begleitet wurde.

„Wann war denn das, und wer war bei ihr?"

„Gegen halb neun. Ein Mann."

„Was für ein Mann?"

„Ein Mann eben. Ein älterer Mann."

„Können Sie den Mann beschreiben?"

„Er hatte einen Hut auf. Bestimmt, weil darunter keine Haare waren. Viele Männer versuchen so, ihre Glatze zu verdecken, wussten Sie das?"

„Aha", sagte Emmerich, weniger an Mutmaßungen, denn an Tatsachen interessiert, vage und mit einem Mal auch wenig geneigt, sich bloße Spekulationen unnötig anzuhören. Die uniformierte Polizistin war hinter ihm ans Absperrband getreten.

„Der Personalausweis wurde gefunden", wisperte sie leise.

„Ich hab hier eine Dame, die vielleicht etwas Wichtiges gesehen hat. Natürlich nur, wenn die ganze Sache in unseren Zuständigkeitsbereich fällt."

„Soll ich mich um die Dame kümmern?"

„Das wäre ausgesprochen freundlich. Wer hat den Ausweis?"

Die Polizistin deutete auf einen der Spurensucher, schlüpfte unter dem Band hindurch und bat die Zeugin, ihr zu folgen. Emmerich fischte sein Handy aus der Tasche, wählte Gabis Nummer und stellte die Frage, die er bei Handygesprächen normalerweise als besonderes hassenswert empfand.

„Wo bist du gerade?"

„Ich sitze vor dem Grand Café Planie und trinke eine Latte", sagt Gabi spitz. „Übrigens in Gesellschaft einer sehr netten Frau, deren Mann sich ebenfalls verspätet."

„Hat Gitti nicht ausgerichtet, dass ich direkt nach Hause fahre?"

„Das hat sie wohl, aber du wirst dich hüten, es zu tun."

„Bitte?"

„Soweit ich weiß, hast du heute keinen Dienst."

„Schon, aber …"

„Dann sieh zu, dass du dich in die Königstraße bemühst. Ohne ein Paar neuer Hosen kommst du mir nicht davon."

„Ich brauche keine neuen Hosen."

Das Schweigen am anderen Ende der Leitung überzeugte Emmerich nach wenigen Sekunden, dass er mit dieser Ansicht falsch lag. Ohnehin war das Einzige, was derzeit seine Anwesenheit auf dem Hoppenlau-Friedhof rechtfertigte, seine eigene Neugier, niemand schien irgendetwas von ihm zu erwarten. Bei genauer Betrachtung konnte es ihm durch einen weiteren Verbleib sogar blühen, irgendwelchen Angehörigen eine Todesnachricht überbringen zu müssen, und dergleichen gehörte nicht zu den Aufgaben, um die man sich an einem dienstfreien Wochenende reißen musste.

„Wohin genau soll ich kommen?", fragte er daher nachgiebig.

„Wir treffen uns vor dem Kunstmuseum", sagte Gabi, als habe sie nichts anderes von ihm erwartet. „In einer halben Stunde."

Emmerich sah sich um und suchte nach der Polizistin, um sich abzumelden, doch die saß im Gespräch mit der Passantin immer noch im Polizeibus. Notgedrungen ging er daher zu dem Kollegen, der den Ausweis der Toten hatte.

„Ich verschwinde wieder", sagte er knapp. „War eigentlich nur zufällig in der Gegend und habe dienstfrei."

„Kein Problem", entgegnete der Mann im weißen Schutzanzug lakonisch. „Wir arbeiten gerne am Wochenende. Auch wenn's hinterher umsonst war."

* * *

Ihm sei der Appetit vergangen und ohnehin müsse er dringend etwas erledigen, hatte Joe erklärt und sich verabschiedet.

„Eigentlich", meinte Helmut Schropsnagel, kaum dass er mit Ottmar den Tiefen der Stadtbahnhaltestelle Rotebühlplatz entronnen war, „habe ich auch keine Lust auf Döner."

„Was dann?"

„Wie spät haben wir es denn?"

Ottmar warf einen Blick auf seine Armbanduhr und erklärte, dass es kurz nach zwei sei.

„Du meine Güte." Helmut sah betroffen drein.

„Hast du deine Frau versetzt?"

„Wie kommst du darauf?"

„Ich kenne dich. Da mache ich mich wohl besser auch vom Acker."

„Ach, wo", wiegelte Helmut energisch ab. „Du kommst mit. Wir können gemeinsam Kaffee trinken. Sie wird sich freuen, dich zu sehen."

„Du willst sagen", übersetzte Ottmar, „dass das Donnerwetter ausfällt, wenn ich dabei bin."

„Je nun ..."

„Von mir aus. Ich mag sie nämlich. Deine Melanie."

„Das will ich hoffen." Eilig setzten sie sich in Bewegung, den Hirschbuckel hinunter, Richtung Marktplatz.

„Willst du gleich mit ihr darüber reden?", fragte Ottmar vor dem Rathaus. „Über ihre Bekannte?"

„Weiß nicht", raunzte Helmut keuchend.

„Renn doch nicht so."

„Nicht, dass wir uns verpassen ..."

„Warum rufst du sie nicht an?"

„Gute Idee." Helmut blieb stehen, telefonierte und guckte erleichtert. „Sie hat eine nette Frau kennengelernt", berichtete er, nachdem er das Handy wieder eingesteckt hatte. „Wir können uns Zeit lassen."

„Typisch“, brummte Ottmar, ohne näher zu erläutern, worauf genau sich der Inhalt seines Brummens eigentlich bezog. „Du hast meine Frage nicht beantwortet.“

„Würdest du das machen? Deiner Frau Fotos von einer toten Bekannten zeigen?“

„Ich habe keine Frau.“

„Würdest du es machen?“

„War es eine gute Bekannte?“

„Die beste Freundin ihrer Schwester.“

„War sie krank?“

„Nicht, dass ich wüsste. Gestern Abend erst haben wir sie auf einer Geburtstagsfeier gesehen. Sie hat geredet wie ein Wasserfall.“

„Worüber?“

„Das fragst du besser Melanie.“

Schweigend setzten sie ihren Weg fort bis zur Markthalle. Unter den Arkaden blieb Ottmar stehen.

„Zeig ihr die Bilder lieber nicht“, sagte er entschlossen. „Nicht, dass sie noch auf die Idee kommt, mit *mir* darüber reden zu wollen. Denn erstens können wir noch gar nicht sicher sein, dass es überhaupt diese Bekannte von ihr ist, und zweitens habe *ich* sowieso nichts mit der Angelegenheit zu tun.“

4

Den Sonntag hatten sie damit verbracht, Gabis Mutter bei der Gartenarbeit zu unterstützen. Eine Tätigkeit, die nicht zu Emmerichs üblichen Gewohnheiten gehörte und sich in einem ausgeprägten Muskelkater am Montag niederschlug, die aber bald häufiger auf ihn zukommen würde. Denn Gabis Mutter hatte durchaus glaubhaft versichert, dass sie mit annähernd achtzig Jahren nunmehr endgültig zu alt für Heckenschnitte, Unkrautjäten oder Rasenpflege sei. Keineswegs zu alt war sie allerdings für die begleitenden Kommentare im Stile von „man könne den Löwenzahn ruhig etwas gründlicher entfernen" oder „man solle die Klematis am Spalier ordentlicher hochbinden". Man, in diesem Fall also Emmerich, war diesen Anweisungen am Sonntag zwar klaglos gefolgt und dafür mit hausgemachten Maultaschen belohnt worden, hatte sich jedoch insgeheim bereits Gedanken gemacht, wie der Garten umgestaltet werden könne. Etwa, indem man das Spalier samt der daran rankenden Pflanze einfach entfernte oder den regelmäßig zu mähenden Rasen in eine Terrasse verwandelte. Da mit Protesten zu rechnen war, behielt Emmerich diese Gedanken jedoch für sich, ließ sich von Gabi unter allenfalls leicht übertriebenem Stöhnen die schmerzenden Oberarme mit einem medizinischen Präparat seines Vertrauens einreiben und machte sich auf den Weg zur Arbeit. In seinem Büro traf er Frau Sonderbar dabei an, einen Stapel alter Hochglanzmagazine, die seit Jahren an der Wand unterhalb des einzigen Fensters langsam vergilbten, zu Bündeln zu schnüren.

„Morgen", grüßte Emmerich mit erhobenen Brauen. „Was tun Sie da?"

„Frühjahrsputz", entgegnete seine Sekretärin, ohne das Bündeln zu unterbrechen. „Wir hatten abgemacht, dass dieses Büro bei nächster Gelegenheit aufgeräumt wird."

Emmerich gestand ein, dass eine derartige Abmachung zwar existiere, man sich jedoch keineswegs darauf geeinigt habe, dass ausgerechnet der heutige Tag die nächste Gelegenheit sei.

„Wann denn sonst?", meinte Frau Sonderbar unbeeindruckt. „Nach meiner Kenntnis haben Sie gerade keinen aktuellen Fall."

„Das vielleicht nicht, aber …"

„Mit Ihrer Hilfe sind wir heute Abend fertig."

„Mit meiner Hilfe? Diese Zeitschriften hier … die wollte ich eigentlich erst noch einmal durchsehen, bevor …"

„Es sind *sehr* alte Zeitschriften." Frau Sonderbar hielt eine davon in die Höhe und wedelte hüstelnd eine Staubwolke zur Seite. „Das zum Beispiel ist aus den Neunzigerjahren. Trummers Spezial. Inklusive Interview mit Kotzi Pofell", zitierte sie stockend.

„Cozy Powell", verbesserte Emmerich mechanisch. „War ein guter Drummer. Ist aber lange tot."

„Da sehen Sie's." Frau Sonderbar knallte das Heft auf einen Stapel, wickelte Schnur darum und hob den Stapel hoch. „Ich sagte ja, *sehr* alte Zeitschriften." Im Vorzimmer klingelte das Telefon. „Wenn Sie das bitte kurz mal halten würden ..."

Unversehens wurde Emmerich der Stapel in die muskulär vorbelasteten Arme gedrückt, was ihm ein erschrockenes „Aaaah" entlockte, während seine Sekretärin hinauseilte und den Hörer abnahm.

„Dr. Zweigle aus der Pathologie", verkündete sie wenig später mit Stentorstimme, die eventuelle Ausreden des Inhalts, ihr Vorgesetzter sei noch nicht im Büro eingetroffen, von vorneherein unmöglich machten.

„Stellen Sie ihn durch." Emmerich ließ den Stapel neben die noch ungebündelten Musikfachzeitschriften aus mehreren Jahrzehnten sinken und griff nach dem Telefon. „Was gibt es?"

„Guten Tag", grüßte sein Gesprächspartner betont.

„Morgen", bequemte sich Emmerich zu einer Erwiderung des Grußes.

„Sie haben mir da ein Paket anliefern lassen."

„Ein Paket?"

„Die tote Frau vom Samstag."

„Sagen Sie's doch gleich."

„Sie wollen sich das sicher gern persönlich ansehen. Bevor die Leiche freigegeben wird."

„Will ich nicht. Warum sollte ich?"

„Die Dame ist erstickt."

„Erstickt?", wiederholte Emmerich verblüfft. „Auf einer Bank an der frischen Luft?"

„Tja", sagte Zweigle nicht ohne einen spöttischen Unterton. „Selbst ich, mit meiner Berufserfahrung, erlebe noch Überraschungen."

„*Ist* sie erstickt oder *wurde* sie erstickt?"

„Darüber sollten wir zwei Hübschen uns unterhalten. Warum springen Sie nicht schnell bei mir vorbei? Auf ein Tässchen Kräutertee?"

* * *

Die Vorteile des Rentnerdaseins, fand Helmut Schropsnagel, bestanden unter anderem darin, den Tag frei von Eile oder Termindruck beginnen zu können. Was natürlich, auf der anderen Seite, gelegentlich auch Langeweile aufkommen ließ, doch nicht heute. Schropsnagels frühstückten wie immer, während der letzten Tasse Kaffee nach der Lektüre seiner Tageszeitung aber fasste Helmut sich ein Herz und holte seine Kamera.

„Verschone mich mit deinen Grabsteinen", sagte Melanie vorsorglich.

„Es geht nicht um die Steine. Ich will dir etwas zeigen. Oder besser … jemand. Ich will dir jemand zeigen. Nur erschrecken darfst du nicht." Helmut drückte Tasten und schob schließlich die Kamera so über den Frühstückstisch, dass Melanie eine gute Sicht auf das Display hatte.

„Warum sollte ich erschrecken?", fragte sie nach einem kurzen Blick. „Das ist eine Frau auf einer Bank."

„Sieh richtig hin."

„Stimmt was nicht mit ihr?"

„Sie ist … äh … nicht mehr am Leben. Wir haben sie am Samstag auf dem Hoppenlau-Friedhof gefunden."

„Und so etwas fotografierst du? Schäm dich, das ist ja geschmacklos. Du wirst doch nicht auf deine alten Tage schrullig werden wollen."

„Melanie." Helmut räusperte sich umständlich, nahm die Kamera wieder an sich, vergrößerte den Bildausschnitt und hielt sie seiner Frau erneut unter die Nase. „Bitte schau genau hin. Kennst du … kennen wir diese Frau?"

Melanie griff nach ihrer Brille, sah genau hin und sog scharf die Luft ein.

„Ach, du Schreck", sagte sie inbrünstig. „Das ist ja Isolde."

„Ich hatte es befürchtet", nickte Helmut zustimmend.

„Du hast zwei Tage nichts davon gesagt?"

„Ottmar meinte …"

„Was ist mit ihr passiert?"

„Woher soll ich das wissen? Wir haben das Rote Kreuz verständigt, die haben dann die Polizei gerufen."

„Stand etwas darüber in der Zeitung?"

Helmut schüttelte den Kopf.

„Kein Wort. Aber du hast gesagt, sie sei einer obskuren Sache auf der Spur gewesen. Bevor sie uns zum Essen gebeten haben. Bei deiner Schwester."

„Furchtbar." Melanie hatte ihre Brille wieder abgesetzt. „Ob Nicole schon davon weiß?"

„Es ist nicht unsere Aufgabe, sie zu informieren."

„Wessen denn? Isolde hatte keine Angehörigen."

„Was hat sie gemeint? Mit der obskuren Sache?"

„Es ging um irgendetwas Illegales. Wer kümmert sich denn jetzt um die Beerdigung?"

„Du nicht."

„Ich muss telefonieren." Melanie griff nach dem mobilen Apparat und strebte Richtung Schlafzimmer, wo sie Gespräche mit ihren Freundinnen normalerweise zu führen pflegte. „Du räumst sicher gern die Küche auf."

Das stimmte nicht ganz, wenngleich Helmut sich vorgenommen hatte, zukünftig mehr Zeit für Hausarbeit und die damit verbundene Unterstützung seiner Frau aufzuwenden. Wobei er schnell gemerkt hatte, dass Melanie hier über eine Routine verfügte, die ihm fehlte, und dass nicht jede Hilfe seinerseits mit der gleichen Begeisterung angenommen wurde. Falsch eingeräumte Küchenschränke oder Schubladen beispielsweise lösten eher Stirnrunzeln aus, einer nicht randvoll in Gang gesetzten Spülmaschine verdankte er einen Vortrag über den richtigen Umgang mit Energie im privaten Haushalt. Keinerlei Kritik war dagegen laut geworden, als Helmut angefangen hatte seine Wäsche selbst zu waschen, die Betten zu überziehen und leere Flaschen zum Container zu bringen. Weshalb er insgeheim entschlossen war, sich in der Küche so wenig wie möglich einzumischen. Helmut trug daher lediglich das schmutzige Geschirr hinaus und drapierte es in der Spüle, während er Melanie im Schlafzimmer schnattern hörte. Zwischendurch einmal rief sie „Helmut, funktioniert unser Fax?" und er antwortete „Ja, ich muss es nur kurz umstellen". Wenig später begann der Drucker Papier auszuspucken, ein Blatt nach dem anderen, so lange, bis Helmut nachlegen musste, und es kamen immer noch fünf Seiten. Er nahm die ausgedruckten Blätter, legte sie ordentlich übereinander und sah, dass er Kopien von Bankauszügen in den Händen hielt. Die Namen der Konteninhaber sagten ihm nichts, die Summen, die auf den Konten verbucht waren, bewegten sich im vier- bis fünfstelligen Bereich.

„Was soll das?", fragte er, als Melanie ihr Telefonat nach einer halben Stunde beendete.

„Die obskure Sache." Seine Frau fächerte die Blätter flüchtig mit dem Daumen auf. „Nicole weiß auch nicht, worum es dabei so ganz genau ging. Es müsse irgendetwas mit Isoldes neuem Chef zu tun haben, in den letzten Wochen habe sie öfter solche Bankauszüge gefaxt. Nicole musste sie nur sammeln, weil Isolde selbst kein Fax besaß, sie hat sie dann immer wieder abgeholt."

„Ein paar von diesen Blättern stammen aus dem Bankhaus Treufuß", sagte Helmut nachdenklich.

„Ja, das weiß Nicole, Isolde hat sie ausdrücklich darauf hingewiesen. Es ist nur ..." Melanie machte eine Pause, indem sie schniefte, sich durch die Haare strich und tief Luft holte. „Du kennst Nicole. Für diesen ganzen Bankenkram hat sie sich nie interessiert. Scheinbar hat Isolde ihr sehr wohl erklärt, womit sie ein Problem hat, aber Nicole hat nicht aufgepasst. Sie hat ihr lediglich empfohlen, sich an Elmar oder dich zu wenden. Weil ihr mehr davon versteht. Und jetzt ist sie tot. Nicole wusste übrigens noch nichts davon. Sie wird Erkundigungen einziehen."

„Jetzt ist sie tot", wiederholte Helmut langsam. „Wir haben sie gefunden, und ich halte diese Bankauszüge in der Hand. Fast wie ein Vermächtnis, findest du nicht?"

„Ein Vermächtnis?"

„Isoldes Vermächtnis. Woher weißt du, ob sie eines natürlichen Todes gestorben ist?"

„Mach halblang", empfahl Melanie trocken und wandte ihre Aufmerksamkeit der Spüle zu. „Isolde war über sechzig Jahre alt."

„Das sind wir auch."

„Wer sollte ihr denn etwas antun wollen?"

„Keine Ahnung. Ich mein ja nur ..."

„Lass es bleiben", sagte Melanie und begann, die Spülmaschine einzuräumen.

* * *

„Ich muss mal weg", erklärte Emmerich leichthin und zeigte auf den Stapel mit den Magazinen. „Darum kümmere ich mich später."

Frau Sonderbar deutete lediglich durch ein hoheitsvolles Nicken an, dass die Mitteilung sie erreicht hatte. Der Weg hinauf zum Robert-Bosch-Krankenhaus, in dessen Pathologie Dr. Zweigle praktizierte und das, rein räumlich gesehen, tatsächlich nur einen Katzensprung vom Polizeipräsidium entfernt lag, erwies sich, muskelkaterbedingt, als ungewohnt beschwerlich. Denn tatsächlich war eine steile Treppe zu bewältigen, die mitten durch einen Weinberg hindurchführte und keinerlei Schatten bot. Emmerich langte ein wenig keuchend oben an, überlegte für einen Augenblick, ob es an der Zeit sein könne, sich Gedanken über seine Kondition machen zu müssen, kam aber auf seinem Weg durch die endlosen Gänge des Krankenhauses zu dem Schluss, dass er Wichtigeres zu tun hatte. Dr. Zweigle erwartete ihn in der üblichen Dienstkleidung eines Gerichtsmediziners bei der Arbeit, ein Anblick, der Emmerich stets an einen Schlachter erinnerte und an den er sich auch für den Rest seines Berufslebens kaum würde gewöhnen können. Immerhin schien es, als müsse er heute keine Leiche persönlich in Augenschein nehmen. Zweigle bat ihn in ein Büro, füllte Wasser in einen elektrischen Kocher und öffnete einen Hängeschrank.

„Salbei, Minze oder Magenfroh?", wollte er wissen.

„Bitte?"

„Ich hatte Ihnen einen Kräutertee versprochen."

„Danke schön", sagte Emmerich höflich. „Aber das ist wirklich nicht nötig."

„Wie Sie meinen", grinste Zweigle, unter dessen Kittel sich, wie Emmerich wusste, eine ausgesprochen drahtige Figur verbarg, spöttisch. „Bleiben Sie nur bei Ihren Kalorienbomben. War's nicht Weizenbier?"

„Gegen Abend gerne", entgegnete Emmerich, ohne eine Miene zu verziehen. „Was haben Sie mir nun zu sagen? Über die tote Frau?"

Zweigle griff nach einem Klemmbrett.

„Nothdurft, Isolde", las er ab. „Jahrgang 1950. Größe eins siebenundsechzig. Gewicht zweiundsiebzig Kilo. Arteriosklerotisch bedingtes Risiko für eine koronare Herzkrankheit. Cholesterin, Zucker- und Leberwerte leicht erhöht. Sollten Sie da nicht auch mal darüber nachdenken?"

„Ich lebe noch."

„Die Frau hat geraucht."

„Hat der Tabak sie umgebracht?"

„Früher oder später wäre das bestimmt passiert."

„Tatsächlich", sagte Emmerich, weder an kostenlosen Ratschlägen hinsichtlich der eigenen Gesundheit noch an fernsehreifen, gerichtsmedizinischen Darbietungen interessiert, trocken, „ist sie nun aber früher an etwas anderem erstickt."

„Äußere Suffokation“, nickte Zweigle weise. „Kann durch verschiedene Ursachen hervorgerufen werden. Beispielsweise durch eine plötzliche Bewusstlosigkeit. Die Zunge legt sich zurück, niemand kommt zu Hilfe und schon …“

„War das hier der Fall?“

„Nein.“ Der Wasserkocher zischte. Zweigle schaltete ihn aus, goss heiße Flüssigkeit in eine Tasse und setzte sich hinter seinen Schreibtisch. Im Büro breitete sich ein Geruch aus, der Emmerich entfernt an den eines WC-Hygienesteins erinnerte. Zweigle schnüffelte genießerisch und fuhr fort: „Eine andere Möglichkeit wäre eine allergische Reaktion oder ein Fremdkörper in der Luftröhre. Ich konnte weder das eine noch das andere feststellen. Kurzum, ich stand vor einem Rätsel.“

„Aber Sie haben es gelöst?“

„Selbstverständlich. Ich wäre nicht Dr. Stefan Zweigle, wenn mir das nicht gelungen wäre. Und nun passen Sie mal auf.“ Der Mediziner reichte ein kleines, durchsichtiges Plastikbeutelchen über seinen Tisch. „Was sehen Sie hier?“

Emmerich beugte sich über das Beutelchen und begutachtete es eingehend.

„Nichts“, erklärte er nach etwa einer halben Minute des Betrachtens.

„Eben“, triumphierte Zweigle und nippte an seiner Tasse. „Trotzdem ist etwas da.“ Behutsam schob er einen dunkelgrünen Aktenhefter unter das Beutelchen. Vor diesem Hintergrund erkannte nun auch Emmerich das Vorhandensein eines dünnen, weißen Fadens. „Dies hier“, sagte Zweigle lächelnd, „haftete im Gaumen der Frau Nothdurft.“

„Und was ist das?“

„Eine Faser. Aus Zellstoff. Von einem Papiertaschentuch, nehme ich an.“

„Das wieder entfernt wurde, nachdem die Frau gestorben war?“

„So stelle ich mir die Sache vor“, nickte Zweigle. „Wobei der Mensch ja auch noch eine Nase hat. Die müsste der Täter dann gleichzeitig zugehalten haben.“

„Gar nicht so einfach, was?“, vermutete Emmerich.

„Aber möglich“, meinte Zweigle nachdrücklich. „Ich habe mir erlaubt, mit meiner Assistentin verschiedene Positionen auszuprobieren. Wir sind zu dem Schluss gekommen, dass ein Mann, der eine Frau im Arm hält … also einer, der sie küsst und ihr dabei spielerisch die Nase zuhält ... wenn der ihr dann plötzlich ein Papiertaschentuch fest in den Mund schiebt und dafür sorgt, dass es drinnen bleibt ..."

„Die Frau wird sich doch wohl gewehrt haben."

„Ohne einen gewissen Kraftaufwand ging es sicher nicht. Aber man benötigt nicht zu viel davon. Der Widerstand lässt schnell nach, wenn jemandem die Luft ausgeht. Für einen außenstehenden Betrachter mag es ausgesehen haben, wie eine wilde Knutscherei."

„Das haben Sie mit Ihrer Assistentin ausprobiert?"

„Die Dame hat es überlebt, falls Sie das meinen."

In Emmerichs Vorstellung rang zunächst ein graumelierter Zweigle im Schlachterkittel eine blutjunge, grazile Assistentin auf einem stählernen Obduktionstisch nieder, bevor es ihm gelang, seine Aufmerksamkeit auf Isolde Nothdurft und die Friedhofsbank zu konzentrieren.

„Bei meiner Assistentin", setzte Zweigle, als sei er imstande, Einblick in Emmerichs Vorstellungen zu nehmen, süffisant hinzu, „wäre ich nicht erfolgreich gewesen. Sie ist Mitte vierzig und betreibt in ihrer Freizeit Kraftsport. Die Tote dagegen war, wenn man von ihrer Muskelmasse ausgeht, eher untrainiert. Hinzu kommt, so darf man wohl annehmen, auch noch ein Überraschungsmoment."

„Muss es eine Knutscherei gewesen sein?" Emmerich dachte an den älteren Mann, den die Zeugin erwähnt hatte.

„Nicht einmal das ist zwingend notwendig." Zweigle stand auf, kam hinter seinem Schreibtisch hervor und stellte sich neben Emmerich. „Darf ich?"

Ehe er sich's versah, hatte der Doktor ihm mit einer raschen Bewegung einen Arm zunächst um die Schulter, dann um den Hals gelegt und drückte zu.

„He", protestierte Emmerich überrascht. Flugs erhielt er etwas in den Mund geschoben und Zweigle griff mit der freien Hand nach seiner Nase.

„Sehen Sie. So geht das. Seien Sie froh, dass ich Ihnen wohl gesonnen bin und nur Kaugummi benutze."

Emmerich entwand sich dem Griff des Mediziners und entfernte den nach künstlichen Aromastoffen schmeckenden Streifen von seiner Zunge.

„Ich weiß nicht", sagte er und hustete. „Ob mich das überzeugt?"

„Es ist die einzig mögliche Erklärung", meinte Zweigle mit Nachdruck. „Und ich gehe davon aus, dass derjenige, der das getan hat, darin eine gewisse Übung hat. Wenn er sich so etwas in aller Öffentlichkeit getraut."

„Ein Profikiller?", fragte Emmerich ungläubig.

„Das dürfen Sie herausfinden", lächelte Zweigle gleich einem Lehrer, der für einen Prüfling eine ganz spezielle Aufgabe ersonnen hatte. „Ich für meinen Teil habe ja bereits Ergebnisse geliefert."

5

Über die Mittagszeit erschien Besuch im Wohnzimmer der Schropsnagels. Zuerst war, infolge von Melanies Anruf, Nicole eingetroffen. Ihre Verfassung ließ sich am besten mit den Worten „völlig aus dem Häuschen“ beschreiben.

„Oh, mein Gott“, rief sie in der Art eines amerikanischen Filmsternchens, kaum dass Melanie die Tür geöffnet hatte. „Ich kann das nicht glauben. Wo sind die Bilder?“

Helmut, keineswegs mehr davon überzeugt, dass es richtig gewesen war, die Fotos seiner Frau zu zeigen, reichte widerwillig die Kamera herum.

„Das muss unter uns bleiben“, setzte er mahnend und doch ahnend, dass dies eine falsche Hoffnung war, hinzu.

„Selbstverständlich“, entgegneten Melanie und Nicole prompt und wie aus einem Mund.

„Sie ist es wirklich“, hauchte daraufhin seine Schwägerin ergriffen und begann zu weinen. Helmut wurde aufgefordert, Taschentücher und ein Likörchen bereitzustellen, während Melanie ihre Schwester tröstend in die Arme nahm. Eine Viertelstunde, zwei Likörchen und drei durchgeschnupfte Tücher später hatte Nicole sich wieder so weit gefasst, um die Angelegenheit zu diskutieren.

„Die arme Isolde“, schniefte sie, während sie Helmut ihr Gläschen zum Nachschenken über den Couchtisch schob. „Nach allem, was sie in letzter Zeit mitmachen musste. Dabei hat sie sich erst neulich beim Arzt durchchecken lassen und mir erzählt, dass sie immerhin gesund sei. Sogar einen Mann hat sie wohl kennengelernt, etwas jünger zwar, aber sie hat sich richtige Hoffnungen gemacht. Und jetzt das.“

„Isolde? Einen Mann?“ Melanie sah drein, als behaupte ihre Schwester, es seien Außerirdische gelandet. „Das sieht ihr überhaupt nicht ähnlich, oder?“

„Ach, was weißt du schon! Isolde hat sich immer einen gewünscht. Sie hatte nur nie Zeit dafür. Dafür war ihr alter Job zu stressig. Jetzt, wo sie den neuen hatte …“

„Kennst du seinen Namen? Jemand muss den Mann doch verständigen."

„Nein." Nicole winkte ab, schnäuzte sich und nippte am dritten Glas Likör. „Diese Geschichte hat doch erst begonnen. Vor zwei Wochen oder so. Wir hatten noch gar keine Gelegenheit, uns darüber auszutauschen, ich war mit den Vorbereitungen für das Geburtstagsfest beschäftigt und sie mit diesem Zeug, das ich dir gefaxt habe. Nächsten Freitag wollten wir uns treffen. Wer hätte ahnen können, dass ..."

„Dieses Zeug", warf Helmut ein, während er unauffällig die Kamera ausschaltete und in einer Schublade verschwinden ließ. „Worum geht es da?"

„Auch darüber wollten wir am Freitag sprechen", seufzte Nicole resigniert. „Das hatte etwas mit dem neuen Job zu tun. Isolde war überzeugt, dass da etwas nicht mit rechten Dingen zugeht."

„Es sind Kontoauszüge." Helmut hatte die gefaxten Blätter zwischenzeitlich gelocht, sortiert und ordentlich geheftet, wie dies eben der Art eines im Umgang mit Belegen erfahrenen Mannes entsprach. „Von drei verschiedenen Personen."

„Schon möglich", gestand Nicole dünnlippig zu. „Aber Elmar meint, es habe gar nichts zu bedeuten und Isolde hätte diese Sachen niemals an mich faxen dürfen. Weil sie unter ihr Dienstgeheimnis fallen."

„Was war Isoldes neuer Job?"

„Nichts Besonderes. Als Chefsekretärin war sie Besseres gewohnt. Aber was hätte sie denn tun sollen? Wenn der Chef von einem Tag auf den anderen einen Herzinfarkt erleidet, hat die Sekretärin eben Pech gehabt. Auch wenn ihr bis zur Rente noch einige Jahre fehlen. Sie musste froh sein, diesen Job überhaupt zu bekommen. Wer stellt schon eine Frau in Isoldes Alter ein?"

„Sicher war es schwer für sie", sagte Melanie mitfühlend. „Aber ich glaube, Helmut wollte wissen, was genau sie gearbeitet hat und wo."

„Hab ich das noch nicht gesagt?" Nicoles Handy dudelte leise, sie nahm es aus der Jackentasche, warf einen Blick darauf und steckte es wieder ein. „Unser Freund Berti hat sie genommen. Weil ich ihn dazu überredet habe, und er ein hilfsbereiter Mensch ist."

„Wer ist Berti?"

„Ihr kennt Berti nicht? Giesbert Knödler. Unser Steuerberater. Wir haben ihn schon ewig. Deshalb möchte ich auch nicht, dass es jetzt irgendwelchen Ärger wegen diesen ... diesen ..."

„Kontoauszügen", ergänzte Helmut trocken.

„Wie auch immer." Nicole leerte ihr Likörglas und stand auf. „Ich möchte mit dieser Sache nichts zu tun haben. Es wäre mir einfach nur peinlich, wenn Isolde etwas gemacht hätte, was Berti unrecht wäre. Das versteht ihr doch."

„Sicher." Helmut stopfte den Ordner mit den Bankbelegen hinter ein Sofakissen, bevor Nicole auf die Idee verfallen konnte, sie zurückzufordern.

„Wer kümmert sich denn jetzt um sie?", wollte Melanie wissen. „Ich meine … irgendwer muss doch die Beerdigung organisieren."

„Du meine Güte." Nicole sah konsterniert drein. „Daran habe ich noch gar nicht gedacht. Isolde hatte ja niemanden. Meinst du, wir müssen irgendetwas unternehmen?"

„Keine Ahnung. Du warst schließlich ihre beste Freundin."

„Ich … ich …" Nicole sah für einen Augenblick etwas überfordert aus, bevor sie tief Luft holte und energisch erklärte: „Ich denke darüber nach. Jetzt muss ich los, ich melde mich."

* * *

Zurück im Präsidium machte Emmerich sich auf die Suche nach Gitti. Er fand sie im Gespräch mit einem Kollegen und offensichtlich bei der Mittagspause in ihrem Büro.

„Hrmpf", räusperte er sich lautstark, unterstrichen von einem Klopfen an der offen stehenden Tür.

„Reiner", sagte Hauptkommissarin Brigitte Kerner überrascht, aber liebenswürdig. „Komm doch rein. Ihr kennt euch ja?"

„Ich hätte dich eigentlich gern kurz unter vier Augen …"

„Schon verstanden", grinste der Kollege. „Wollte sowieso in die Kantine. Tschüss."

„Bis demnächst." Gitti biss von einem Wurstbrot ab und deutete wortlos auf den Stuhl, den der Kollege gerade aufgegeben hatte. „Worum geht es?", fragte sie nach ausgiebigem Kauen.

„Die Frau vom Samstag." Emmerich setzte sich Gitti gegenüber. „Es ist dein Fall. Du hattest schließlich Dienst."

„Ich wusste gar nicht, dass es sich um einen Fall handelt."

„Das war ja auch bislang nicht klar. Ich komme gerade von Zweigle. Er hat da eine recht gewagte Theorie." Emmerich erläuterte, nicht ohne demonstrative Verrenkungen, wie Isolde Nothdurft nach Ansicht des

Gerichtsmediziners zu Tode gekommen sein sollte. Gitti hörte zweifelnd zu.

„Kommt mir ziemlich unwahrscheinlich vor."

„Ich erzähle nur, was er mir sagte."

„Ein Profikiller? Der eine alte Frau erwürgt?"

„Erstickt. Im Übrigen war sie erst einundsechzig."

„Erst?"

„Erst", wiederholte Emmerich bestätigend. „Alter ist heutzutage eine Frage der Perspektive. Nicht der Definition."

„Von mir aus", meinte Gitti lapidar und nahm einen weiteren Bissen.

„Wir können mit dieser Diagnose nicht untätig bleiben", meinte Emmerich bedauernd. Gitti kaute und schien nachzudenken.

„Ich habe natürlich", sagte sie nach einer kleinen Weile zögernd, „versucht, die Angehörigen ausfindig zu machen. Scheinen aber keine da zu sein. Isolde Nothdurfts Eltern sind seit Jahren tot, einen Ehemann, Geschwister oder Kinder hatte sie wohl nicht. Das heißt, es wird ohnehin an uns hängen bleiben, wenigstens ihren Vermieter zu verständigen und herauszufinden, ob sie Erben hatte. Also können wir uns auch gleich ihre Wohnung vornehmen. Ein Schlüsselbund war in ihrer Handtasche, ich hab ihn in der Zwischenzeit bekommen."

„Nimm doch Mirko Frenzel mit", bat Emmerich. „Frau Sonderbar räumt mein Büro auf. Eigentlich sollte ich längst zurück sein und ihr helfen."

„Mirko hat Urlaub", erklärte Gitti und schob den letzten Bissen Wurstbrot in den Mund.

„Es bleibt einem nichts erspart", stellte Emmerich lustlos fest. In erster Linie galt es zu verhindern, dass Frau Sonderbar die ihm persönlich wertvollen Exemplare seiner Musikmagazine dem Papierkorb anvertraute. Denn auch wenn er seit Jahren nicht darin geblättert hatte, hieß das noch lange nicht, dass die Zeitschriften einfach weggeworfen werden durften. Er langte nach Gittis Telefon und wählte die Nummer seiner Sekretärin.

„Tut mir leid", sagte er, nachdem sie sich gemeldet hatte. „Der Frühjahrsputz muss warten. Frau Kerner und ich sind außer Haus."

„Ist das ein Grund?", äußerte Frau Sonderbar uneinsichtig. „Was spricht dagegen, dass ich weitermache?"

„Ich", entgegnete Emmerich mit Nachdruck. „Ich spreche dagegen. Höchstpersönlich. Zumindest, was meine Magazine anbelangt. Ich sagte ja, dass ich sie mir noch durchsehen möchte."

Frau Sonderbar machte ein Geräusch, das wie ein abgrundtiefer Seufzer etwas abseits der Sprechmuschel klang.

„Aufgeschoben", versuchte Emmerich, sie zu trösten, „ist nicht aufgehoben."

„Man wird sehen", antwortete Frau Sonderbar, offenbar wenig zuversichtlich. „Ich richte mich dann auf nächstes Jahr um diese Zeit ein."

„Jetzt übertreiben Sie", sagte Emmerich, insgeheim erleichtert, denn nichts anderes hatte er beabsichtigt. Ihn störten seine Magazinstapel unter dem Fenster nicht. Es gab nirgendwo einen besseren Platz dafür, schon gar nicht zu Hause, wo Gabi aufräumte. Und sie waren schließlich einmal teuer gewesen, diese Magazine. Emmerich verabschiedete sich blumig und nickte Gitti zu. „Von mir aus können wir."

Isolde Nothdurfts Wohnung lag unweit des Fundorts ihrer Leiche in unmittelbarer Nachbarschaft einer russisch-orthodoxen Kirche. Emmerich und Gitti stiegen in den zweiten Stock hinauf, öffneten die Tür und stutzten. Im Flur lagen Kleidungsstücke auf dem Boden, ein Schuhschrank stand offen, seinen Inhalt hatte jemand über die Kleidungsstücke verteilt. Rechts von der Wohnungstür ließ der Blick in eine kleine Küche ahnen, dass auch hier etwas gesucht worden war, Schubladen waren herausgezogen, Kochbücher durchgeblättert und nicht wieder eingeräumt worden. Weiter hinten war das Wohnzimmer auszumachen, dort schienen Papiere auf dem Teppichboden verstreut zu liegen.

„Spurensicherung", sagte Gitti, ohne weiter in die Wohnung hineinzugehen und zückte ihr Handy, während im selben Moment die Tür der Nachbarwohnung aufging und ein unrasierter Mann unbestimmbaren Alters in Jogginghose, Unterhemd und Hosenträgern herauslugte.

„Wer sind Sie, und was tun Sie da?"

„Polizei." Emmerich zeigte seinen Ausweis, stellte sich und Gitti vor und linste auf das Klingelschild. „Herr Blechle?"

„Wie das Blech, aber ohne heilig", meckerte der Unrasierte nickend. „Ist was passiert? Bei der Frau Nothdurft?"

„Überraschend verstorben", entschied sich Emmerich für eine neutrale Formulierung. „Am vergangenen Samstag wurde sie auf dem Hoppenlau-Friedhof leblos aufgefunden."

„Aha." Herr Blechle wirkte nicht, als sei er sonderlich berührt.

„Kannten Sie sie gut?"

„Gut wäre zu viel gesagt. Wie man sich halt so kennt. Im gleichen Haus."

„Was darf man sich darunter vorstellen?“

„Nichts Besonderes. Ich hab ihre Blumen gegossen, wenn sie weg war. Sie hat meine Katze versorgt, wenn ich weg war. Die Briefkästen haben wir uns gegenseitig geleert. Einen Schlüssel hab ich für den Fall, dass sie ihren drinnen vergessen hätte. Und umgekehrt.“

„Na“, sagte Emmerich jovial. „Da werden Sie ja wohl zwischendurch auch das eine oder andere Wort gewechselt haben.“

„'türlich“, schniefte Blechle, holte ein kariertes Taschentuch aus seiner Jogginghose und putzte sich die Nase. „Die Pollen“, setzte er hinzu. „Dieses Jahr ist starker Pollenflug.“

Emmerich hatte einen Einfall.

„Wissen Sie zufällig, ob sie Asthma hatte? Die Frau Nothdurft? Oder eine andere Erkrankung der Atemwege?“

„Nö“, sagte Blechle gleichgültig. „Hat sie zumindest nie erwähnt.“

„Wir sind auf der Suche nach Angehörigen. Können Sie uns da weiterhelfen?“

Wieder schüttelte Blechle nur den Kopf und sagte „Nö“, während er gleichzeitig ein Stück weit in den Flur trat und versuchte, einen Blick in die Wohnung seiner Nachbarin zu erhaschen. „Wie sieht's denn hier aus?“, wollte er angesichts der Zustände im Flur wissen. „War das der Typ von neulich?“

„Welcher Typ?“

„Am Samstagmorgen. Ich hab gerade meine Zeitung geholt und kam die Treppe rauf, da stand er vor ihrer Tür. Allerdings hatte der auch einen Schlüssel, hat aufgesperrt und ist hineingegangen. Deshalb hab ich mir nichts dabei gedacht. Aber … sagten Sie nicht, dass man sie am Samstag …?“

„Doch“, entgegnete Emmerich grimmig. „Genau das habe ich gesagt.“

„Hat sie etwa wer um die Ecke gebracht? Um ihre Wohnung auszurauben?“

„Wie kommen Sie auf diese Idee? Hätte sich das denn gelohnt?“

„Gut möglich“, räumte Blechle ein. „Arm war sie sicher nicht, die Gute. So ganz genau weiß ich das aber natürlich auch nicht.“

„Was war das für ein Typ?“

„Jesus, ein Typ eben. Ein jüngerer. In Sportkleidung. Was soll ich dazu sagen, schließlich hat er mir den Rücken zugewandt.“

„Aber dass er jünger war, da sind Sie sicher?“

„Vielleicht auch nur so mitteljung. Also nicht älter als vierzig. Oder dreißig. Ich dachte mir, vielleicht ist es ihr Patenkind. Sie hat mir mal gesagt, dass sie da einen Jungen hätte. Mehr weiß ich aber auch darüber nicht."

„Die Spusi ist gleich da", sagte Gitti, ihr Handy einschiebend.

„Herr Blechle, ich fürchte, wir brauchen eine ordentliche Aussage von Ihnen", klärte Emmerich den Unrasierten auf. „Gehen Sie zurück in Ihre Wohnung, wir warten hier, bis unsere Kollegen eingetroffen sind, dann kommen wir zu Ihnen rein."

„Bei mir ist nicht aufgeräumt."

„Sie haben noch ein Viertelstündchen Zeit. Tun Sie, was Sie können."

Blechle pumpte seinen Brustkorb auf, hakte die Daumen in die Hosenträger und sah für einen Augenblick so aus, als habe er weitere Einwände vorzubringen. Emmerich grinste erbarmungslos.

„Von mir aus", brummte Blechle unwirsch und wandte sich ab. „Hätt ich bloß mein Maul gehalten."

* * *

Nicole hatte sich kaum verabschiedet, da klingelte es wieder bei den Schropsnagels.

„Verdammt", sagte Helmut, im Telefonbuch blätternd. „Hat man als Rentner denn nie seine Ruhe?"

„Es ist nur Petra", beruhigte ihn Melanie und legte den Hörer der Gegensprechanlage wieder auf. „Die wird zu mir wollen. Was machst du da?"

„Die Adresse von diesem Knödler suchen."

„Helmut!" Melanie sagte das streng, in einem Ton, der für gewöhnlich Ungemach erwarten ließ, doch war dies nichts im Vergleich zu dem, was nun unverhofft über ihn hereinbrechen sollte. Petra nämlich umarmte Melanie nur flüchtig, bevor sie zielstrebig ins Wohnzimmer marschierte, wo sie sich trotz ihrer keinesfalls eindrucksvollen Körpergröße in bedrohlicher Manier vor Helmut aufbaute.

„Ich will *sofort* wissen", schnappte sie schwer atmend, „was ihr beide mit Joe gemacht habt. Ottmar und du. Am Samstag."

„Ottmar und ich?", wiederholte Helmut einigermaßen verdattert. „Wovon redest du?"

„Wie lange kennen wir uns jetzt?"

„Ich weiß nicht." Helmut zog die Schultern hoch und sah Hilfe suchend zu seiner Frau. „Dreißig Jahre? Fünfunddreißig?"

„Und fast genauso lange", zischte Petra wütend, „habe ich Joe nicht mehr in einer solchen Stimmung erlebt."

„Willst du dich nicht vielleicht erst einmal setzen?", versuchte Melanie begütigend auf die Freundin einzuwirken. „Ich habe das Gefühl, Helmut versteht gar nicht, worum es eigentlich geht."

„In der Tat", stimmte Helmut zu.

„Joe war am Samstag mit den beiden unterwegs. Mit ihm ..." – Petra bohrte mit Vehemenz ihren Zeigefinger etwas oberhalb des Nabels in Helmuts Bauchmuskulatur – „... und mit Ottmar. Seither bekomme ich kein vernünftiges Wort mehr aus ihm heraus. Die Vergangenheit würde uns einholen, egal was wir tun. Uns und die Kinder. Immer und ewig. Und ich würde das nie verstehen. So geht das nun schon seit zwei Tagen."

„Nun", meinte Helmut bedächtig. „Wir haben die Leiche einer Frau gefunden. Wahrscheinlich hatte sie einen Herzinfarkt oder so etwas. Hat er das nicht erzählt?"

„Kein Wort. Das ist ja schrecklich."

„Schon. Aber es hat doch eigentlich nichts mit Joe zu tun."

„War es eine fremde Frau?"

„Ja", schwindelte Helmut, der annahm, dass Isolde Nothdurft dies zumindest für Joe gewesen war, und keine Lust auf weitere Erklärungen hatte.

„Was meint er denn damit?", fragte Melanie behutsam. „Dass die Vergangenheit ihn einholt?"

„Wenn ich das nur wüsste." Petra schien sich ein wenig zu entspannen und ließ sich auf einem Sessel nieder. „Ich kann mir nur vorstellen, dass es irgendwie mit seiner Familie zu tun hat. Ihr wisst ja noch, wie es damals war, als wir die Pizzeria hatten."

„Ehrlich gesagt ..." Melanie schüttelte zweifelnd den Kopf. „Das ist lange her."

„Stimmt", nickte Petra düster. „Habt ihr was zu trinken?"

„Likörchen?" Helmut langte nach der Flasche, die immer noch den Couchtisch zierte. Petra jedoch rümpfte die Nase.

„Alkohol? Um diese Zeit? Ihr trinkt doch nicht etwa tagsüber?"

„Trinken? Wir?" Melanie sah drein, als wäre dies eine vollkommen abwegige Idee. „Natürlich nicht. Ich hole dir ein Wasser."

Helmut verstaute die Flasche in einem Schrank, während in seinem Kopf Erinnerungen aufstiegen. Eine nette Wirtschaft war diese Pizzeria, deren Namen er längst vergessen hatte, gewesen. Nicht unbedingt geschmackvoll eingerichtet mit dekorativen Plastikreben und grellbunten Drucken italienischer Sehenswürdigkeiten an den Wänden sowie einem staubigen Fischernetz voller Plastikhummer an der Decke. Das Essen aber war gut, günstig und immer reichlich gewesen, meist hatte Joes Vater hinterher noch einen Grappa spendiert. Während seine Mutter die Verantwortung für Küche und Kasse trug, bediente der junge Joe die Gäste. Ein zugegebenermaßen sehr gut aussehender junger Joe, zwar nicht der klassische Typ dessen, was man damals einen „feurigen" Italiener genannt hatte, aber doch etwas ganz anderes als die meist wenig auf ein properes Erscheinungsbild bedachten Deutschen. Melanies Freundin Petra hatte sich in diesen gut aussehenden Mann im Handumdrehen unsterblich verliebt, was nicht weiter verwunderlich gewesen wäre, hätte es sich um eine vorübergehende Angelegenheit gehandelt. Allen Widerständen aus seiner und ihrer Familie sowie den beiderseitigen Freundeskreisen zum Trotz aber hatte sie es geschafft, Joe schließlich vor den Traualtar zu schleppen und mit ihm – dies war das eigentliche Wunder – bis zum heutigen Tag verheiratet zu sein. Die beiden hatten zwei, inzwischen natürlich längst erwachsene, Söhne bekommen und nach einigen Jahren die Pizzeria von Joes Eltern übernommen. Was allerdings nicht von langer Dauer gewesen war.

„Du musst entschuldigen", sagte Helmut, dessen Erinnerungen an dieser Stelle zu verblassen begannen, „aber ich weiß wirklich nicht mehr genau, worum es damals ging."

„Ich auch nicht wirklich", entgegnete Petra zu seiner Verblüffung. „Bis heute nicht. Damals jedenfalls war es so, dass mehrmals im Monat jemand von Joes Familie aufgekreuzt ist und um finanzielle Unterstützung gebeten hat. Joe hat jedes Mal gezahlt."

„Und das hat dir gestunken?"

„Oh ja. Wir haben hart gearbeitet für unser Geld. Versteuern mussten wir es schließlich auch. Ich habe noch nie zu denen gehört, die bei der Buchhaltung bescheißen."

Dein Fehler, war Helmut angesichts seiner beruflichen Erfahrungen fast geneigt zu denken, rief sich aber innerlich zur Ordnung. Sicher gab es ehrliche Steuerzahler im Land, es waren die, deren Fälle im Finanzamt nicht diskutiert wurden. Was aber die inzwischen schon beinahe sprichwörtlich gewordene „Steuererklärung auf dem Bierdeckel" anging, so war er überzeugt, dass die Deutschen eine solche gar nicht wünschten. Zu viele betrachteten es als persönliches Erfolgserlebnis, sich mithilfe von Ratgebern oder Computerprogrammen durch den Paragrafendschungel von Steuerrecht und Abgabenordnung gewühlt und ein paar Euro mehr herausbekommen oder gar nicht erst gezahlt zu haben, als ihnen von Rechts wegen zugestanden hätte. Man konnte dies nach Helmuts Ansicht, solange gewisse Grenzen nicht überschritten wurden, sportlich sehen. Wenn aber Millionen an privatem Vermögen auf ausländischen Konten verschwanden, die Gewinne ortsansässiger Unternehmen durch raffinierte Tricks in karibische Steuerparadiese abgeführt oder Lohnsteuern im großen Stile hinterzogen wurden, hörte der Spaß auf. Dabei traf man das Hintergehen der Finanzämter auf allen Ebenen und in sämtlichen Größenordnungen an, eine Entwicklung, die sich während Helmuts Berufsleben ohne Frage nicht verbessert hatte und von den meisten Bürgern entweder kaum beachtet, toleriert oder zumindest nicht als Vergehen eingestuft wurde.

Der volkswirtschaftliche Schaden, den ein solches Verhalten anrichtete, schien niemanden zu interessieren, nicht einmal jetzt, wo das EU-Mitglied Griechenland aus demselben Grund kurz vor dem Staatsbankrott stand. Die Politik vertrat offensichtlich die Ansicht, dass es besser sei, die Steuerbelastung der Normalverdiener hoch zu halten, sodass es kein Wunder war, wenn jedermann versuchte, sie auf seine Weise wieder zu mindern. Die Vermögenden dagegen behandelte man pfleglich, das Kapital war ja, wie gern gesagt wurde, „ein scheues Reh“. Ein Vergleich, den Helmut als gänzlich unangemessen betrachtete. Denn das scheue Reh verwandelte sich auf seinem Weg über die Märkte in ein Raubtier, das die Preise für Lebensmittel, Energie oder Wohnungen in schwindelnde Höhen trieb und dabei in seiner Gier eine Schneise der Verwüstung hinterließ, während die klammen Staaten samt ihren Bewohnern unter nie gekannten Schuldenlasten litten. Selbst ihn überkam mittlerweile gelegentlich die Angst um das Ersparte, aber das war nichts, was Petra etwas angegangen wäre, die gerade hinzufügte:

„Joe hat eine ziemlich große Familie. Verstehe mich nicht falsch, ich bin die Letzte, die einem Familienmitglied, das in Not gerät, nicht helfen würde, aber es war einfach zu viel. Schließlich wollten wir uns auch etwas aufbauen.“

„Haben sie das nicht verstanden? Joes Familie?"

„Keine Spur. Vielen Dank." Petra ließ sich von Melanie ein Glas Wasser reichen und trank ein paar Schlucke. „Wir haben viel gestritten damals. Bis Joe endlich mit der Wahrheit herausgerückt ist."

„Mit der Wahrheit?"

„Dieses Geld. Es ging nicht darum, irgendwen zu unterstützen. Schutzgeld haben wir gezahlt. An die 'Ndrangheta."

„Wen?" Melanie hatte die Brauen hochgezogen. „Das hast du mir damals aber ganz anders erklärt."

„Natürlich. Ich habe niemandem etwas davon gesagt. Dass mein Mann Verbindungen zur kalabrischen Mafia hatte. Was glaubst du, hätte ich mir anhören müssen? Von meinen Eltern oder von unseren deutschen Freunden?"

„Joe soll ein Mafioso sein?" Helmut sah Petra an, als habe sie behauptet, ihr Mann sei in Wahrheit eine Maschine in Menschengestalt. „Das glaubst du doch selbst nicht, oder?"

„Joe nicht", sagte Petra trotzig. „Ich habe alles dafür getan, dass er sich von seinem Clan befreien konnte. Wir haben die Pizzeria aufgegeben. Sind aus dem Remstal, wo die ganzen Gastarbeiter aus Kalabrien wohnten, in die Stadt gezogen. Haben unser Urlaube nicht mehr in Italien verbracht. Ottmar hat ihm einen anderen Job besorgt, wie ihr sicherlich noch wisst. Und er hat längst die deutsche Staatsbürgerschaft. Trotzdem …"

„Was?"

„ … tut er gerade so, als sei das alles nicht passiert. Ich werde noch verrückt mit ihm. Es muss etwas mit dieser toten Frau zu tun haben."

„Nun ja", meinte Helmut grüblerisch. „Wenn ich es recht bedenke, hatte ich am Samstag schon den Eindruck, dass ihn das Ganze mehr belastet hat, als er zugeben wollte."

„Aber warum? Wurde die Frau denn umgebracht? Glaubst du, Joe weiß etwas darüber?"

„Keine Ahnung." Helmut zog die Schultern hoch und sah Melanie ratlos an.

„Es wird das Beste sein", meinte die nach kurzem Nachdenken, „wenn du Joe einen Besuch abstattest und mit ihm redest. Petra kann so lange bei mir warten."

6

Blechles Versuch, seine Wohnung in einen präsentablen Zustand zu versetzen, dürfte getrost als unzureichend betrachtet werden. Emmerich beobachtete amüsiert Gittis nur mühsam unter Kontrolle gehaltenes Mienenspiel angesichts einer Wohnküche, die ihr Dasein unter einer alles überziehenden Fettschicht fristete und in deren Spüle ungewaschenes Geschirr offensichtlich eilig zu einem Haufen geschichtet worden war. Blechle bot ihnen Platz auf zwei klebrig wirkenden Hockern an, was beide Kommissare dankend ablehnten. Gitti beschränkte sich darauf, die Personalien aufzunehmen, den Unrasierten darauf hinzuweisen, dass seine Aussage später zu Protokoll genommen werden könne, und gab vor, dringend mit einem Beamten der Spurensicherung etwas besprechen zu müssen.

„Sie leben alleine, was?“, meinte Emmerich, nachdem sie die Wohnung des Zeugen beinahe fluchtartig verlassen hatte.

„Mmmh“, brummte Blechle unwillig.

„Wovon?“

„Wie meinen Sie das?“

„Wovon leben Sie?“

„Hartz vier. Hab noch fünf Jahre bis zur Rente. Mich nimmt keiner mehr.“

Emmerich vermutete, dass sein Gegenüber auch längst kein großes Interesse mehr daran hegte, von irgendwem genommen zu werden. Blechle wirkte wie ein Mann, der sich mit einem keineswegs glücklichen Schicksal abgefunden hatte, wobei Emmerich die Einzelheiten dieses Schicksals gar nicht erst wissen wollte. Er äußerte daher etwas Unverbindliches, bevor er ohne große Hoffnung fragte:

„War Ihre Nachbarin vielleicht in letzter Zeit irgendwie anders als sonst?“

„Klar“, antwortete Blechle zu seiner Überraschung, nahm eine Flasche Billigbier aus einem schmierigen Kühlschrank, öffnete sie und trank. „Wissen Sie, genau genommen kenne ich die Isolde ja schon lange. Wir sind fast zeitgleich eingezogen. Damals ging's mir auch noch besser. Eine Zeit lang dachte ich sogar … aber die Karriere war ihr wichtiger. Da hatte sie sich längst in ihren Chef verknallt.“

„In ihren Chef? Wer ist das wohl?“

„Wer das wohl war, sollten Sie besser fragen.“ Blechle trank und rülpste. „Den hat es nämlich umgenietet. Vor ungefähr drei Jahren. Herzinfarkt mit nicht mal fünfundsechzig. Von heute auf morgen. Das hat er nun davon. Von seinem Fünfzehn-Stunden-Tag und davon, dass er Isolde ein Leben lang herumgehetzt hat. Ich dagegen bin es langsamer angegangen …“

„Ohne Zweifel“, nickte Emmerich bestätigend. „Was wurde aus Frau Nothdurft nach diesem Herzinfarkt?“

„Entlassen wurde sie. Die Firma wurde verkauft und ausgeweidet, wie das heute eben so gemacht wird. Sie hat ne ordentliche Abfindung bekommen, aber für den Rest ihres Lebens hat's natürlich nicht gereicht. Wobei … wenn sie gewusst hätte, wie lange das noch dauert … war es auch ein Herzanfall?“

„Das wissen wir noch nicht“, antwortete Emmerich ausweichend. „Inwiefern war sie anders?“

„Sie hatte diesen neuen Job. Seit einem knappen Jahr. Sonst wäre sie auch Hartz vier geworden. Dafür war sie sich zu fein. Dabei hätten wir es so gemütlich haben können. Das war nämlich ein richtiger Scheißjob, glauben Sie mir. Schlecht bezahlt, dauernd Druck von oben und weit unter dem, was sie eigentlich konnte. Nein …“ – Blechle schüttelte bedauernd den Kopf und nahm einen weiteren Schluck – „… glücklich war sie nicht, in letzter Zeit. Ganz im Gegensatz zu früher. Da hat sie auch noch ab und zu für mich gekocht oder hat mich auf ein Fläschchen eingeladen …“

„Wissen Sie, wo Frau Nothdurft gearbeitet hat?“

„Notar?“, meinte Blechle unsicher. „Rechtsanwalt? Oder nein … es könnte auch ein Steuerberater gewesen sein. Sklaventreiber hat sie ihn einmal genannt.“

„Der Name?“

„Weiß ich nicht. Irgendwo im Herdweg. Sie ist meist zu Fuß gegangen.“

* * *

Joe bewohnte mit Petra ein hübsches, kleines Haus in zweiter Reihe an einem der vielen Stuttgarter Hänge. Nach etwas über neunzig Stufen langte Helmut schwitzend oben an und hatte gute Lust, gleich wieder umzudrehen.

„Ich weiß wirklich nicht", sagte er missmutig, als Joe ihm auf sein Klingeln öffnete, „was an dieser sogenannten Halbhöhenlage bevorzugt sein soll. Wie es immer so schön heißt."

„Die Aussicht", meinte Joe freudlos. „Früher war sie wirklich toll. Heute besteht sie hauptsächlich aus hohen Bäumen."

„Wie wollt ihr das denn machen, wenn ihr erst mal über siebzig seid?"

„Weiß nicht. Vielleicht bin ich da schon tot."

„Du scheinst ja wirklich bester Laune zu sein", stellte Helmut sarkastisch fest. „Darf ich reinkommen?"

„Natürlich. Wir waren aber nicht verabredet, oder?"

„Nein." Helmut trat sich sorgfältig die Füße ab und betrat einen sauber gewischten Flur mit Terrakottafliesen. „Ich dachte nur, ich schaue mal vorbei und frage, wie's dir geht."

„Petra schickt dich." Joe, der selbst in Freizeitkleidung und mit depressiver Miene noch wie ein Seniorenmodel aus dem Katalog daherkam, schlurfte voraus, durchquerte das Wohnzimmer und öffnete die Tür zum Garten. „Lass uns draußen sitzen."

Helmut ließ sich in einen neu wirkenden Sessel aus geflochtener Kunstfaser sinken, betrachtete mit dem ihn jedes Mal überkommenden Schaudern die der Antike nachempfundenen Gipsstatuen, die sich um einen winzigen Springbrunnen auf der Terrasse herumgruppierten, und wartete, bis Joe ihm gegenüber in der modernen Variante einer kleinen Hollywoodschaukel Platz genommen und sich seine Zigarette angezündet hatte.

„Petra schickt mich nicht", erklärte er und langte nach der Packung. „Allerdings sitzt sie bei uns zu Hause auf dem Sofa und scheint ein Problem mit dir zu haben."

„Kein Problem", widersprach Joe und führte mit zitternder Hand die Zigarette zum Mund. „Das wird schon wieder."

„Lüg doch nicht. Ich sehe dir an, dass etwas nicht stimmt. Du hast am Samstag schon schlecht ausgesehen."

„Magen, Darm", erklärte Joe wenig glaubhaft.

„Unsinn. Es hängt mit der toten Frau zusammen. Hast du sie gekannt?"

Joe schüttelte stumm den Kopf und rauchte.

„Ich nicht", sagte er nach einer kleinen Weile leise. „Aber du. Deine Frau. Es tut mir so leid für euch …"

„Muss es nicht. So dicke waren wir dann auch wieder nicht mit ihr."

„Gut." Joe sah drein, als verschaffe ihm diese Mitteilung zumindest ein wenig Erleichterung.

„Warum nimmst du dir die Sache so zu Herzen?"

„Wenn meine Freunde leiden", erklärte Joe mit großer Geste, „leide ich eben mit."

„Erzähl mir nicht so einen Quatsch."

„Mein Lieber, wie lange kennen wir uns jetzt? Wir waren gemeinsam kegeln, wandern, in Holland, in Frankreich, auf einer Kreuzfahrt ..."

„Du lenkst ab." Helmut nahm seinerseits eine Zigarette aus der Packung und zündete sie bedächtig an. „Wenn das stimmt, was Petra uns erzählt hat, dann kennen wir uns zwar lange, aber keineswegs besonders gut."

„Petra hat geredet?" Der gerade noch zur Großspurigkeit neigende Mann in der Hollywoodschaukel sank in sich zusammen. „Was hat sie gesagt?"

„Dass du Kontakte zur italienischen Mafia hast."

„Meine Familie stammt aus Kalabrien", entgegnete Joe ausweichend.

„Keine Ahnung, wo das liegt."

„Ganz im Süden. Du solltest einmal hinfahren. Eine wirklich schöne Gegend. Wenn der Wind von Afrika herüberweht ..."

„Ich will wissen, woher hier der Wind weht. Was ist dran an dem, was Petra sagt?"

„Die Mafia in Kalabrien heißt 'Ndrangheta. Man kann nicht von dort kommen und keinen davon kennen. Es gibt einfach zu viele."

„Mag ja sein, aber wir sind hier in Deutschland. Als du herkamst, warst du noch ein Kind. Du warst ewig nicht mehr in Italien ..."

„Damals sind viele von uns hergekommen." Joe drückte seine Zigarette in einem bunten Keramikascher aus und steckte sich umgehend die nächste an. „Junge Leute. Ihre Eltern und Großeltern sind dort geblieben. Die Verbindungen sind niemals abgebrochen. Die Familie ist bei uns wichtiger als bei euch in Deutschland."

„Aber doch nicht, wenn die Familie kriminell ist."

„Das verstehst du nicht."

Beide Männer schwiegen eine Weile, jeder seinen Gedanken nachhängend. Wie Männer, die sich lange kennen, eben gemeinsam schweigen können.

„Gut", räumte Helmut schließlich ein. „Vielleicht verstehe ich es nicht, aber du gibst es zu?"

„Es ist nicht so einfach, wie du denkst."

„Dann erklär es mir. Schließlich sind wir Freunde."

„Es gibt nicht viel zu erklären. Ich habe fünf Geschwister, eine Menge Onkel, Tanten, Vettern und Kusinen. Eine große Familie eben. Ihr kennt so etwas gar nicht mehr, in diesem Land. Ein Teil lebt dort, ein Teil lebt hier. Manche gehören mehr dazu, manche weniger. Es war immer so."

„Aber was hat das mit Isolde zu tun?"

„Isolde? War dies ihr Name?"

Helmut nickte, während er Joe weiterhin unverwandt ansah. Was ihm gerade eröffnet worden war, fiel ihm schwer zu glauben.

„Wie soll ich sagen?" Joe löschte seine Zigarette, stützte den Kopf in beide Hände und wich Helmuts Blick aus. „Normalerweise ... wir reden nicht darüber. Schon gar nicht mit euch Deutschen. Ich ... ich habe immer versucht, mich herauszuhalten. Für Petra und die Kinder. Ich bin so lange hier zu Hause und ich will kein ... kein Verbrecher sein."

„Hast du dir denn selbst etwas zuschulden kommen lassen?"

Joe wandte den Kopf nach rechts, als beobachtete er das muntere Sprudeln des Springbrunnens und sagte nichts.

„Ich bitte dich." Helmut wurde das Gefühl nicht los, es habe ihm jemand einen Schlag in die Magengegend versetzt. „Im Namen unserer Freundschaft. Wie sollen Melanie und ich dir denn sonst jemals wieder vertrauen können?"

„Ich wäre sehr traurig", sagte Joe, und tatsächlich entdeckte Helmut in seinem Augenwinkel eine Träne, „wenn wir keine Freunde mehr sein könnten. Tatsächlich hat man von mir nie etwas verlangt, was ... ich kann nicht darüber reden."

„Willst du mir sagen, dass du zwar selbst nichts getan hast, aber von üblen Dingen weißt und niemanden davon erzählst?"

„Da wäre ich nicht der Einzige. Oder? Solche Leute gibt es überall."

„Du hast recht", entgegnete Helmut, beinahe erleichtert und sich wohl bewusst, dass er nach einem Strohhalm griff, der es ihm ermöglichen sollte, so zu tun, als habe er lediglich von einer Schwierigkeit allgemeiner Natur Kenntnis erlangt. „Dunkle Familiengeheimnisse wirst du nicht alleine haben."

„Glaubst du mir, dass ich froh wäre, wenn ich niemals ... überhaupt nicht ... dass es schließlich nicht meine Schuld ist, in Kalabrien auf die Welt gekommen zu sein? Und dass ich dich nicht belügen würde?"

„Ja", sagte Helmut schon deshalb, weil er es glauben wollte.

„Dann frage mich nichts, worüber ich nicht sprechen kann. Es wäre auch nicht gut für dich, über diese ... diese Dinge Bescheid zu wissen."

„Ja", wiederholte Helmut einsilbig und wusste, dass dennoch etwas zerbrochen war. Etwas, das nicht ohne weiteres wieder zusammengefügt und in den alten, gewohnten Zustand versetzt werden konnte. Wie es zwischen ihnen beiden weitergehen würde, musste die Zukunft zeigen, für den Augenblick jedoch wünschte er, Böses ahnend, wenigstens über eine Sache Klarheit zu bekommen.

„Lassen wir es also dabei", sagte er deshalb im üblichen, vertrauten Ton. „Nur was Isolde anbelangt … da will ich wissen, warum ihr Tod dir so viel Kopfzerbrechen bereitet."

„Weil sie eine Freundin von Melanie ist … war."

„Das ist alles?"

„Nein", räumte Joe nach kurzem Zögern ein. „Ich erzähle dir etwas, weil ich möchte, dass wir Freunde bleiben. Ich habe sie nicht selbst gekannt. Diese Isolde. Ich wusste nicht, dass ihr sie kennt. Aber ich habe ein Gespräch belauscht."

„Ein Gespräch?"

Joe nickte bedrückt, die Mühe, die ihm dieses Eingeständnis machte, ließ sich an jeder Falte seiner Gesichtszüge ablesen.

„Auf dem Klo. Ich war auf dem Klo. In der Kabine. Du weißt, ich benutze immer die Kabine …"

„Das ist doch jetzt egal."

„Ist es nicht. Wäre ich nicht in der Kabine gewesen, hätte ich ja nichts gehört."

„Also schön. Was hast du gehört?"

„Zwei Männer. Einer sagte: ‚Diese Frau wird uns gefährlich.' Und der andere: ‚Dann muss sie weg. Sorge dafür oder *du* bekommst Probleme.' Darauf der Erste: ‚Wie stellst du dir das vor?' Und der Zweite: ‚Es ist nicht unsere Sache. Sie ist eine deutsche Frau. Wenn du wissen willst, wie man das macht, kann ich es dir erklären. Wir machen uns nicht die Hände schmutzig.'"

„Wo hast du dieses Gespräch belauscht? Auf welchem Klo?"

„Du warst auch dort. Letzten Freitag …"

„Woher willst du wissen, dass es dabei um Isolde Nothdurft ging?"

„Ich bin noch nicht fertig. Der erste Mann sagte: ‚Morgen früh bin ich mit ihr verabredet. Auf dem Hoppenlau-Friedhof. Spazieren gehen. Ich wollte ihr Geld anbieten, damit sie stillhält.' Und der zweite Mann antwortete: ‚Wir können uns nicht erpressen lassen. Entweder die Frau verschwindet oder … du.'"

„Es hört sich an, als habe jemand Isolde umgebracht."

„Verstehst du jetzt", sagte Joe und langte erneut nach seinen Zigaretten, „warum ich so erschrocken bin, als ich sie da sitzen sah? Am Samstag? Ich habe versucht, mir nichts anmerken zu lassen …"

„Was dir nicht gelungen ist", meinte Helmut nachdenklich. „Hast du erkannt, wer da gesprochen hat? Womöglich waren diese Männer auf dem Fest. Als Gäste meiner Schwägerin."

„Ich habe niemanden erkannt." Joe schüttelte den Kopf und sah zur Seite. „Aber ich glaube, dass der zweite Mann ein Italiener war. Weil er von einer deutschen Frau gesprochen hat." Leise fügte er hinzu. „Und das Restaurant gehört meinem Vetter."

* * *

„Ich denke", sagte Gitti im verwüsteten Wohnzimmer der Toten, „dass wir von einem Kapitalverbrechen ausgehen müssen. Auch wenn mir Zweigles Theorie vom Profikiller sehr weit hergeholt erscheint."

„Nicht nur dir." Emmerich stand stirnrunzelnd neben ihr. Seit er sich von Blechle und dessen fettiger Wohnküche verabschiedet hatte, kam er sich selbst ein wenig schmuddelig vor. Als wolle sie diesen Eindruck bestätigen, krauste Gitti ihre Nase, deutete aber mit einer umfassenden Geste auf das sie umgebende Chaos.

„Wie sollen wir jemals herausfinden, was hier gesucht wurde? Und ob der, der das getan, es gefunden hat?"

„Der Nachbar erwähnte ein Patenkind. Wenn wir wüssten, wer das ist, wären wir sicher ein Stück weiter. Außerdem hatte sie einen Arbeitgeber …"

Gitti nickte und griff nach einem roten Ordner, den jemand ordentlich auf einer kleinen Kommode abgestellt hatte.

„Hier", sagte sie und blätterte. „Das sind die Arbeitsverträge, die Isolde Nothdurft in ihrem Leben abgeschlossen hat. Insgesamt gerade drei. Den ersten über ihre Ausbildung vor mehr als vierzig Jahren, dann einen zweiten als Sekretärin mit derselben Firma und zuletzt, ganz hinten, einen ziemlich neuen Vertrag vom letzten Jahr. Als Datenerfasserin in einem Steuerbüro. Das ist nicht gerade ein Karrieresprung."

„Ich weiß." Emmerich berichtete, was Blechle ihm erzählt hatte.

„Dieser Ordner", meinte Gitti, nachdem er geendet hatte, „lag noch in einer Schublade. Scheint den Täter nicht interessiert zu haben. Dabei könnte man meinen, dass alles andere entfernt wurde, was auf Isolde Nothdurfts Arbeit hinweisen könnte. Hier gibt es keine Gehaltsabrechnung neueren Datums, keine Bankauszüge, einfach nichts. Es wäre natürlich möglich, dass sie diese Dinge woanders aufbewahrt hat, aber …"

„Unwahrscheinlich", stimmte Emmerich zu. „Und eigenartig außerdem. Wollen wir ihrem Chef einen Besuch abstatten? Es ist nicht weit weg …"

„Einen Moment noch." Gitti holte ihr klingelndes Handy aus der Tasche, hörte zu, was der Gesprächspartner ihr sagte, brummte mehrmals „Hm" oder „Ah", bevor sie wieder auflegte und Emmerich ansah:

„Es gibt etwas Interessantes bei der Auswertung der Spuren vom Friedhof. DNA-Material von zwei Personen. Zum einen die Speichelprobe von einem der Männer, die die Leiche aufgefunden haben. Zum anderen ein Haar, das an Isolde Nothdurfts Jacke haftete. Beides ähnelt sich genetisch so, als wären Verwandte am Werk gewesen."

„Ach", sagte Emmerich erstaunt. „Das hat man nun auch nicht jeden Tag, nicht wahr? Von welchem Zeugen stammt die Speichelprobe?"

„Ein gewisser Giovanni Ingeroni. Seine Adresse ist sicher bei den Akten."

„Dann schlage ich vor, dass wir zuerst diesen Steuerberater …"

„Giesbert Knödler", warf Gitti, die im Ordner nachgeschlagen hatte, ein.

„ … aufsuchen und anschließend Herrn Ingeroni unter die Lupe nehmen."

„Genau so hätte ich es auch vorgeschlagen", nickte Gitti, nahm die Arbeitsverträge aus dem Ordner und ließ sie in ihrer Umhängetasche verschwinden. „Ich sage nur noch schnell den Kollegen von der Spurensicherung Bescheid, dass sie nach diesem Patenkind Ausschau halten sollen, dann können wir."

7

Man hatte sich noch eine Weile halbherzig über Banalitäten ausgetauscht, bevor Helmut seinen Freund Joe in der Halbhöhenlage wieder verlassen hatte. Dessen Eröffnungen machten ihm schwer zu schaffen, wobei Helmut Joe durchaus zugestand, sich selbst in einer überaus unangenehmen Lage zu befinden, und das schon fast ein ganzes Leben lang. Ungefähr so, wie es ihm zu Anfang seiner Laufbahn beim Finanzamt ergangen war, wenn an Stammtischen oder im Bekanntenkreis damit geprahlt worden war, wer die besten Tricks zur Steuervermeidung kannte, und Helmut sich jedes Mal verpflichtet gefühlt hatte, zu betonen, dass er der falsche Adressat für derartige Prahlereien sei. Dies jedoch war irgendwann von fast jedem verstanden worden, Freunde, Bekannte oder Verwandte hatten sich ihm gegenüber in dieser Hinsicht bald zurückgehalten, wobei er im Verlauf der Jahre dennoch dem einen oder anderen gelegentlich aus der Patsche geholfen hatte. Helmut war schließlich kein Unmensch und die staatlichen Steuerbehörden, auch wenn Teile der Bevölkerung dies anders sahen, nicht mit der Mafia zu vergleichen.

Während er sich von der Straßenbahn zurück in den Stuttgarter Talkessel bringen ließ, versuchte er, seine Empfindungen für Joe einer genauen Analyse zu unterwerfen, und stellte fest, dass er zwischen Mitleid und stummen Vorwürfen schwankte. Wobei das Mitleid bald überwog, was Helmut insofern beruhigte, als auf dieser Grundlage eine Gefährdung der langjährigen Freundschaft unwahrscheinlicher wurde. Über das Handy verständigte er zunächst Melanie und Petra vom Ende seines Besuches, danach rief er Ottmar an und verabredete sich mit ihm zwecks ausführlicher Erörterung der Neuigkeiten auf ein Mittagessen in einem der zahlreichen Freiluftlokale in der Calwer Straße. Ottmar kam auch brav dahergetrottet, bestellte ein Nudelgericht und hörte sich das Ganze weitgehend kommentarlos an, bevor er leidenschaftslos erklärte:

„Hab ich mir damals schon gedacht. Als die beiden ihre Pizzeria aufgegeben haben."

„Wie?" Helmut sah seinen – noch etwas besseren Freund als Joe – verblüfft an. „Was hast du dir gedacht?"

„Dass mehr dahintersteckte als angebliche Streitigkeiten mit ein paar Verwandten. Der Laden damals, der hat schließlich gebrummt. Ohne Not gibt man so eine Goldgrube doch nicht einfach auf."

„Aber du hast nie etwas gesagt."

„Man muss nicht mit jedem Mist hausieren gehen. Petra kam damals zu mir und hat gefragt, ob ich Joe nicht einen anderen Job besorgen könne. Sie halte das nicht mehr aus mit seinen familiären Verpflichtungen. Mehr musste sie nicht sagen. Es war ein offenes Geheimnis, unter welchen Bedingungen die italienischen Gastronomen wirtschaften mussten."

„Warum wurde nichts dagegen unternommen? Warst du nicht beim Amt für öffentliche Ordnung …?"

„Doch, natürlich. Aber weißt du …" – Ottmar beugte sich vertraulich vor und fuchtelte mit einer Gabel voll gorgonzolatriefender Rigatoni – „… es wurde damals nicht als ein deutsches Problem betrachtet. Das waren Gastarbeiter, die irgendwann samt ihrer Sitten und Gebräuche wieder nach Hause gehen sollten. Wozu also sich einmischen? Abgesehen davon, dass wir wahrscheinlich auch keinen Erfolg damit gehabt hätten. Die haben in dieser Hinsicht alle geschwiegen wie ein Grab. Und schließlich war ihr Essen lecker." Ottmar schob die Gabel in den Mund und ein paar Käsefäden mit den Fingern hinterher. Helmut, der nur einen Salat bestellt hatte, weil ihn, im Gegensatz zu seinem frauenlosen Freund am Abend noch eine vollwertige Mahlzeit erwarten würde, stocherte nachdenklich in seinem grünen Gericht herum.

„Sie sind aber nicht wieder heimgefahren", sagte er, nachdem er sich für eine einzelne Gurkenscheibe entschieden hatte. „Die Gastarbeiter. Sie sind hier geblieben, haben Familien gegründet oder Geschäfte. Soweit ich weiß, gelten die Italiener heute als die am besten integrierten Ausländer."

„Bürger mit Migrationshintergrund", verbesserte Ottmar mit vollem Mund. „Viele haben längst unsere Staatsbürgerschaft."

„Blödes Geschwätz. Von mir aus nenne ich sie Immigranten. Die wenigsten haben schließlich vor, uns wieder zu verlassen. Sie sind hier zu Hause. So, wie Joe."

„So, wie Joe", nickte Ottmar bestätigend. „Und seine Familie."

„Die alle zur N… N…"

„'Ndrangheta gehören? Sicherlich nicht alle. Aber wer Zeitung liest, der weiß, dass auch bei uns immer wieder welche verhaftet werden. Angehörige der Mafia. Es gibt da verschiedene Clans. In der Bodenseeregion soll ein ganzes Nest von ihnen sein, sie führen meist ein völlig unauffälliges Leben."

„So, wie Joe."

„Lass den armen Kerl in Frieden. Er hat es schwer genug gehabt, zusammen mit Petra da herauszukommen."

„Weil du ihm einen neuen Job besorgt hast?"

„Ohne den hätte er es kaum geschafft."

Helmut verleibte sich entschlossen die Reste des Salates ein, bevor er neugierig fragte:

„Es hat mich nie so interessiert, aber was genau war das damals eigentlich für ein Job?"

„Spezialist für Mortalkultur", antwortete Ottmar und grinste. „Wie man es auf Neudeutsch sagen würde."

„Wie bitte?"

„Totengräber. Beim Friedhofsamt. Das hat er gemacht, bis sie ihn zum städtischen Bestattungsdienst versetzt haben. Weil aus den eingewanderten Bürgern irgendwann die ersten Leichen mit Migrationshintergrund geworden sind. Da waren sie dann froh bei der Stadt, dass sie einen Muttersprachler für die Betreuung der Angehörigen hatten."

Helmut, dem der Sinn nun nach einem abschließenden Espresso stand, sah sich suchend nach einer Bedienung um, winkte und bestellte.

„Wenn ich mir vorstelle", sagte er unbehaglich, „dass an dem Kaffee, den ich gleich trinken werde, das organisierte Verbrechen mitverdient …"

„Kleine Fische", winkte Ottmar ab. „Das lohnt sich für die doch längst nicht mehr, so ein mickriger Espresso. Da geht es um ganz andere Beträge. Geld, das aus illegalen Quellen wie dem Drogenhandel stammt und bei uns gewaschen und investiert wird. Gerne im Immobiliensektor übrigens, auch Verbrecher haben schließlich ein Interesse an Wertzuwachs und einer ordentlichen Rendite. Was glaubst du wohl, warum sie hier so unauffällig leben, so wunderbar integriert sind und nur ganz selten Aufsehen erregen? Wie vor ein paar Jahren in Duisburg? Da gab es hierzulande erstmals Tote bei einer Mafiafehde, aber das hat ganz schnell wieder aufgehört."

„Damit sie ungestört ihren Geschäften nachgehen können?", vermutete Helmut und beäugte argwöhnisch den ihm servierten Espresso, als verberge sich in dem kleinen Tässchen ein Pate von Marlon Brando'schem Ausmaß.

„Richtig", stimmte Ottmar zu. „Es ist nicht so, dass bei uns im Amt noch nie jemand vermutet hätte, dass an der einen oder anderen Stelle etwas nicht mit rechten Dingen zugeht. Aber erstens steht man da sofort einer Phalanx von Anwälten, Beratern und Unternehmern gegenüber, die mit dem Verlust von Arbeitsplätzen drohen, und zweitens hat niemand Lust, sich mit diesen Leuten anzulegen. Abgesehen davon, dass auch unser Gesetzgeber bislang wenig dafür tut, dass solche Organisationen überhaupt belangt werden können."

„Womit wir bei Isolde Nothdurft wären."

„Ich muss wohl nicht verstehen", meinte Ottmar zweifelnd, „was eine Freundin deiner Frau mit der 'Ndrangheta zu tun haben soll, aber meinetwegen sprich."

„Ich verstehe es ja auch nicht." Helmut gab Zucker in den Kaffee, rührte um und trank. „Mich plagt nur das unbestimmte Gefühl, dass ich etwas unternehmen sollte."

„An deiner Stelle würde ich es bleiben lassen."

„Giesbert Knödler", sagte Helmut, ohne den Einwurf seines Freundes zu beachten. „Der Steuerberater. Isoldes Chef. Dessen Name ist beim Finanzamt nicht ganz unbekannt. Bei den Steuererklärungen der von ihm betreuten Mandanten gab es immer wieder Fragen. Nicht alle konnten zufriedenstellend geklärt werden. Er ist ein richtig harter Hund."

„Muss er sein. Ist ja sein Job."

„Beihilfe zur Steuerhinterziehung darf er trotzdem nicht leisten."

„Kann es sein", fragte Ottmar und sah Helmut scharf an, „dass es dir weniger um deine Isolde Wie-hieß-sie-noch-mal geht? Hast du nicht vielmehr in Wahrheit noch eine Rechnung mit Herrn Knödler offen?"

„Eine?" Helmut steckte sich seine Verdauungszigarette an und lehnte sich zurück. „Ich kann sie gar nicht zählen, diese Rechnungen."

* * *

Knödlers Büro im Herdweg erwies sich bei oberflächlicher Betrachtung als ein mittelständischer Betrieb mit etwa zwanzig Angestellten, dessen Möblierung weder zeitgemäß noch besonders komfortabel wirkte. Ein flüchtiger Blick durch die offen stehenden Türen der einzelnen Räume ließ Schreibtische, Stühle und aktengefüllte Regale aus sämtlichen Epochen der Bürogeschichte erkennen; die dort beschäftigten Personen schienen still und konzentriert zu arbeiten. Lediglich der Vorraum, in dem Emmerich und Gitti vor einem Tresen standen, machte einen halbwegs modernen Eindruck. Hinter dem Tresen empfing sie eine unscheinbare Frau in mittleren Jahren mit den Worten:

„Es tut mir leid, Herr Knödler ist beschäftigt. Bitte geben Sie Ihre Unterlagen einfach bei mir ab, ich werde alles weiterleiten."

„Kriminalpolizei", wiederholte Emmerich, was er seiner Ansicht nach schon beim Klingeln über den Lautsprecher der Gegensprechanlage laut und deutlich angekündigt hatte. „Wir sind keine Kundschaft. Und wir wollen Ihren Chef umgehend sprechen."

„Das ist im Moment leider nicht möglich. Ein wichtiges Gespräch mit einem Mandanten."

„Der Mandant wird warten müssen."

„Nein." Die Frau sah aus, als gerate sie in Panik. „Das … er … ich … kann nicht …"

Emmerich entdeckte eine Tür, die geschlossen war, und deutete darauf.

„Sitzt Ihr Chef da drin?"

„Ja … nein … bitte nicht …"

„Das geht schon in Ordnung", sagte Gitti liebenswürdig, während Emmerich dreimal klopfte und die Türe öffnete. Aus dem Büro erklang Gebrüll.

„Herrgottsakrament noch mal, du Rindvieh. Hab ich nicht gesagt, dass ich in der nächsten Stunde keinen sehen will? Wo kommen wir denn hin, wenn Krethi und Plethi hier einfach so …"

„Entschuldigung", stammelte die unscheinbare Frau und brach in Tränen aus, während das Gebrüll abrupt verstummte.

„Wer sind denn Sie?", verlangte der Schreihals hinter der Türe in barschem Ton zu wissen. „Und was fällt Ihnen ein?"

„Hauptkommissar Emmerich und Hauptkommissarin Kerner. Wir hätten Sie gern einen Augenblick gesprochen."

„Polizei?"

„Mit Verlaub. Es wird nicht lange dauern. Vielleicht kann Ihr Mandant so lange draußen warten."

„Welcher Mandant?"

„Ihre Sekretärin sagte uns, Sie hätten gerade ein wichtiges Gespräch."

„Ein Rindvieh ist noch lange keine Sekretärin. Sehen Sie hier irgendjemand sitzen?"

Emmerich betrat das Büro und nahm den Mann, der dort überaus luxuriös hinter einem Schreibtisch aus poliertem Tropenholz residierte, in Augenschein.

„Nein", räumte er ein.

„Dann schwätzen Sie nicht so blöd raus. Worum geht es?"

„Um eine Ihrer Angestellten. Eine Frau Isolde Nothdurft."

„Wer?" Knödler, ein beleibter Mann, der ein hellblaues Hemd mit offenem Kragen und Schweißflecken unter den Achseln über einem weißen Unterhemd trug, glotzte genervt.

„Sagen Sie bloß, Sie kennen Ihre eigenen Mitarbeiterinnen nicht", mischte Gitti sich energisch ein.

„Mädle." Der beleibte Mann sah sie mit seinen leicht hervortretenden Augen herablassend an. „Ich kann mich nicht um jede Trulla kümmern, die da draußen wurschtelt. Dafür hab ich die Heulsuse, die euch hier reingelassen hat. Aber ihr braucht euch nicht aufzuregen, ich weiß schon, wer die Nothdurft ist. Hat sie etwas ausgefressen?"

„Sie ist tot", entgegnete Gitti, hörbar beherrscht.

„Tot? So alt war sie dann ja auch wieder nicht, oder?"

„Einundsechzig", sagte Emmerich und konnte sich nicht verkneifen, hinzuzufügen: „Also kaum älter als Sie selbst."

„Bei den Weibern ist das doch was anderes", winkte Knödler, ohne jeden Sinn für Ironie, leichthin ab. „Wann genau ist sie gestorben? Soweit ich mich erinnere, war sie letzte Woche ja noch hier. Ich muss das wissen. Wegen der Abmeldung bei der Sozialversicherung, versteht Ihr? Nicht, dass mich das auch noch unnötig etwas kostet …"

„Frau Nothdurft wurde umgebracht." Wer, wie Emmerich, Gitti kannte, wusste, dass sie inzwischen wütend war. „Was haben Sie dazu zu sagen?"

„Ich?" Knödler sah nicht überraschter drein, als hätte man ihm mitgeteilt, seine Mitarbeiterin habe sich den Fuß gebrochen. „Gar nichts. Woher soll ich wissen, wo oder mit wem die sich in ihrer Freizeit herumgetrieben hat? Geht mich nichts an. Mich interessiert nur, ob die Leute hier ihre Arbeit richtig machen. Dafür bezahle ich sie schließlich."

„Wann haben Sie Frau Nothdurft zum letzten Mal gesehen?"

„Keine Ahnung. Irgendwann am Freitag, nehme ich an."

„Hier im Büro?"

„Sicher nicht bei mir zu Hause."

„Was hat sie hier gearbeitet? Wo?"

„Jetzt reicht's mir." Knödler stand auf und wandte sich an Emmerich. „Soll ich vielleicht den halben Tag dämliche Fragen beantworten? Ich hab Wichtigeres zu tun. Wichtel!!!"

Die unscheinbare Frau erschien nur Sekundenbruchteile später mit rotgeränderten Augen in der Tür.

„Ja?"

„Die alte Nothdurft hat's erwischt. Diese Leute haben Fragen. Nimm sie mit raus und erzähl ihnen, was sie wissen müssen."

„Nicht, dass Sie einen falschen Eindruck bekommen, Herr Knödler", sagte Emmerich mit ausgesuchter Höflichkeit. „Wenn wir es wollen, werden Sie unsere Fragen stundenlang beantworten. Notfalls sogar tagelang. Und zwar nicht hier, sondern bei uns auf dem Präsidium. Im Moment verzichten wir lediglich darauf, weil auch wir Wichtigeres zu tun haben, als uns mit einem Kotzbrocken wie Ihnen abzugeben. Das muss aber nicht so bleiben. Jetzt stellen Sie uns Ihre Sekretärin vor, wie es sich gehört."

„Sieglinde Wichtel", erwiderte an Knödlers Stelle die unscheinbare Frau. „Bitte kommen Sie mit mir hinaus. Sie wollen sicher Isoldes … äh … Frau Nothdurfts Arbeitsplatz besichtigen."

„Vorher verbindest du mich noch mit Stockinger", verlangte Knödler unbeeindruckt und setzte sich zurück in seinen voluminösen Ledersessel.

* * *

Nach dem Mittagessen hatte Helmut Schropsnagel sich zurück nach Hause begeben, dort aber nicht Melanie, sondern lediglich einen Zettel vorgefunden, der ihn davon in Kenntnis setzte, dass seine Frau mit Petra „Besorgungen" mache. Ihm war es recht, denn so bekam er die Gelegenheit, sich ungestört mit den von Isolde an Nicole gefaxten Papieren befassen zu können. Helmut mischte sich eine Apfelsaftschorle, setzte sich an den Esstisch und schlug den Ordner auf. Wie ihm schon beim ersten flüchtigen Ansehen aufgefallen war, handelte es sich um die Bankauszüge dreier Personen, deren Namen Daniel Schlucht, Giancarlo Solferino und Boris Kladic lauteten. Alle schienen über zwei Konten zu verfügen, jeweils eines beim Bankhaus Treufuß sowie ein weiteres bei einer Sparkasse oder Volksbank. Aus den angegebenen Verwendungszwecken konnte Helmut unschwer schließen, dass über die Konten beim Bankhaus Treufuß ausschließlich geschäftliche Vorgänge abgewickelt wurden, mit Rechnungsnummern und -daten versehene, vier- oder fünfstellige Summen gingen ein oder waren abgebucht worden. Bei Sparkasse oder Volksbank dagegen sah es mehr danach aus, als stünde Privates im Vordergrund, Helmut entdeckte Überweisungen und Lastschriften für Mieten, Versicherungen und Telefon ebenso wie für ein Fitnessstudio, Tankstellen oder Lebensmitteldiscounter. Alle Auszüge deckten einen

Zeitraum von Januar bis März des Jahres ab und allen gemeinsam war der Umstand, dass einmal im Monat ein Betrag zwischen zwei- und dreitausend Euro vom Bankhaus Treufuß auf das jeweilige Konto bei der Sparkasse oder Volksbank überwiesen wurde. Auf den ersten Blick, so dachte Helmut, war das nichts Besonderes. Drei Unternehmer, die ein geschäftliches und ein privates Konto unterhielten und die, davon durfte ausgegangen werden, zur Kundschaft Giesbert Knödlers gehörten. Denn von dort, so ließ es sich am oberen Rand der Blätter ablesen, waren die Auszüge zunächst an Nicoles Nummer und später an Melanie gefaxt worden. Dafür allerdings musste Isolde Nothdurft einen Grund gehabt haben, und der interessierte Helmut brennend.

Auch wenn er dem Finanzamt nicht mehr angehörte, so hatte sich doch nichts an seinem Sinn für Gerechtigkeit geändert, welcher ihn nach wie vor energisch darauf hinwies, dass alle Bürger vor dem Gesetz als gleich zu gelten hatten, und das Steuerrecht hiervon keine Ausnahme darstellte. Natürlich war es zu umfangreich und viel zu kompliziert geworden, sicherlich verstieß der eine oder andere völlig unabsichtlich gegen Regeln, die sogar Fachleute nicht kannten. Daher war auch grundsätzlich nichts dagegen einzuwenden, einen der zahlreichen Berater in Anspruch zu nehmen, von denen die überwiegende Mehrzahl ihren Beruf in grundsolider Weise ausübte und ohne deren Hilfe mittlerweile nach Helmuts Ansicht sämtliche Finanzämter der Republik dem Chaos anheimzufallen drohten. Aber es gab eben auch andere. Leute die wussten, wie man Geld vor dem Fiskus in Sicherheit brachte, Gewinne in Verluste verwandelte oder verschachtelte Firmennetze aufbaute, und die sich die Anwendung dieses Wissens von betuchter Klientel gut bezahlen ließen. Dabei konnten sich alle miteinander ziemlich sicher sein, dass das Risiko, hierbei erwischt zu werden, ein geringes war, da die staatlichen Organe nicht nur unter schierer Personalnot litten, was die Überprüfung dieser Sachverhalte anging, sondern – und dies war Helmuts nach langen Dienstjahren gefestigte Überzeugung – in vielen Fällen auch gar kein Interesse an einer solchen Aufklärung zeigten. Giesbert Knödler jedenfalls gehörte nach allem, was man wusste, zu dieser Kaste, der sich meist nur durch Zufall etwas nachweisen ließ, beispielsweise indem die Behörde einen Tipp bekam. Um einen solchen musste es sich bei den von Isolde gefaxten Bankauszügen handeln, da war sich Helmut sicher, nur leider fehlte der entscheidende Hinweis, was genau damit bewiesen werden sollte. *Hätte ich ihr doch zugehört, am letzten Freitag*, ärgerte er sich über sich selbst, aber da hatte er ja unmöglich wissen können, dass Isolde nur noch wenige Stunden leben würde. Mit dem Taschenrechner nahm er sich die Konten vor und kam bald zu dem Schluss, dass den eingehenden Zahlungen in allen Fällen Ausgaben in fast gleicher Höhe gegenüberstanden. Zudem ließ sich erkennen, dass alle drei Kontoinhaber zwar Geschäfte mit unterschiedlichen Kunden und Lieferanten tätigten, aber regelmäßig Geld an eine „DBD Immo Invest" überwiesen. Helmut gab den Begriff auf seinem Laptop in eine Suchmaschine ein und gelangte auf die Homepage eines Projektentwicklers namens „DBD Urban Challenges". Ein Unternehmen, das sich nach eigenen Angaben mit dem Bau von schicken Einkaufszentren, eleganten Hotels sowie luxuriösen Wohnanlagen befasste, laut Impressum in Zürich ansässig war und Büros in mehreren deutschen Städten, darunter auch in der baden-württembergischen Landeshauptstadt, unterhielt. Dies wiederum passte nun gar nicht zu den Zahlen auf den privaten Kontenblättern. Denn weder Daniel Schlucht noch die beiden anderen lebten, soweit sich dies aus den dort abgebuchten Beträgen schließen ließ, auf besonders großem Fuß. Ein wenig ratlos klickte Helmut sich durch die Homepage, entdeckte nach einer Weile das Foto eines Dr. Guntram Stockinger, Geschäftsführer der DBD, und erinnerte sich an Isoldes erstaunte Bemerkung anlässlich der Eröffnung des Büfetts. Das Gesicht mit dem smarten Lächeln und der durch Gel geformten Frisur kam ihm vage bekannt vor, doch war es durchaus möglich, dass er Stockinger mit einem der zahlreichen, auf sämtlichen Fernsehkanälen zu besichtigenden, weitgehend austauschbaren und an und für sich farblosen Jungpolitiker verwechselte, die derzeit glaubten, das Schicksal des Landes maßgeblich gestalten zu können. Eine Fähigkeit, die Helmut ihnen in keiner Weise zutraute, doch dies tat hier nichts zur Sache. Kurz entschlossen druckte er die Homepage aus, langte nach dem Telefon und wählte die Nummer seines Freundes Joe.

„Sagt dir der Name Giancarlo Solferino etwas?"

„Nie gehört", behauptete Joe nach wenigen Sekunden des Nachdenkens, die man auch als Zögern interpretieren konnte. Was Helmut zu seinem eigenen Bedauern mit schlechtem Gewissen tat. *So weit ist es schon gekommen mit uns beiden*, schoss es ihm traurig durch den Kopf, bevor er weiterfragte:

„Guntram Stockinger?"

„Nein."

„Daniel Schlucht oder Boris Kladic?"

„Was sollen diese Fragen? Wer sind diese Leute?“ Joe klang nun so, als verstehe er wirklich nichts.

„Nicht so wichtig, Wenn du keinen davon kennst, vergiss es.“

„Aber …“

„Ich melde mich wieder.“ Helmut legte auf und dachte nach. Etwas in ihm sträubte sich, das Nächstliegende zu tun, nämlich Nicole anzurufen und ihr dieselben Fragen zu stellen wie Joe. Denn seine Schwägerin, davon war er überzeugt, würde nichts Besseres zu tun haben, als Melanie von einem solchen Anruf zu unterrichten, was keinesfalls in Helmuts Interesse lag. Ohne besondere Erwartungen gab er stattdessen die Namen der drei Kontoinhaber in die Suchmaschine ein und stellte bald erfreut fest, dass er einen Treffer gelandet hatte. Ein Giancarlo Solferino betrieb im Stadtteil Zuffenhausen einen „Frischeservice“ für Obst und Gemüse mit täglicher Lieferung frei Haus. Zufrieden füllte Helmut das Onlineformular aus, orderte einen Salat, einen Blumenkohl, eine Großpackung Frühlingszwiebeln, zwei Kilo Stangenbohnen im Angebot sowie eine Melone und bat um Benachrichtigung, ob die Lieferung am nächsten Vormittag erfolgen könne.

8

„Tut mir leid", sagte Emmerich nicht ohne Mitgefühl. „Ich wollte nicht ausfallend werden. Ihrem Chef gegenüber. Geben Sie mir Bescheid, wenn er es an Ihnen auslässt."

„Ich glaube nicht", sagte Sieglinde Wichtel und putzte sich die Nase, „dass ihm das viel ausmacht."

„Sie meinen, er ist einen rauen Umgangston gewöhnt? Bringt er Sie öfters zum Weinen?"

„Der Chef? Mich? Denken Sie, ich weine wegen ihm?" Es lag ein so unüberhörbar verächtlicher Unterton in dieser Frage, dass sich eine positive Beantwortung beinahe schon von selbst verbot.

„Weshalb sonst?", stellte Emmerich daher als Gegenfrage.

„Wegen Isolde natürlich", erklärte Sieglinde Wichtel, als sei dies eine Selbstverständlichkeit.

„Moment", warf Gitti ein und hob die Hand. „Sie haben doch gerade eben erst durch Herrn Knödler erfahren, dass Frau Nothdurft etwas zugestoßen ist. Geweint haben Sie aber schon zuvor …"

„Ich weiß es ja auch schon seit einer ganzen Weile."

„Wie das?"

„Frau Häbich hat angerufen und uns Bescheid gegeben. Dass sie nicht zur Arbeit kommen wird … nie wieder zur Arbeit kommen wird …"

„Wer ist Frau Häbich?"

„Eine Mandantin von Herrn Knödler. Und eine Freundin von Frau Nothdurft. Ich nehme an, dass Isolde nur wegen ihr bei uns gearbeitet hat. Eigentlich … aber das wird Sie kaum interessieren …"

„Uns interessiert alles. Sprechen Sie ruhig weiter."

„Kommen Sie mit." Sieglinde Wichtel ging voraus in ein kleines Warte- oder Besprechungszimmer und schloss sorgfältig die Tür. „In unserem Büro haben die Wände Ohren", begründete sie ihren Schritt. „Eigentlich, wollte ich sagen, ist … war Knödler mit Isoldes Arbeit überhaupt nicht zufrieden. Zu langsam sei sie und stelle viel zu viele Fragen. Wahrscheinlich ist er froh, dass er sie nun auf so einfache Weise losgeworden ist. Mir dagegen tut es leid. Ich fand sie nett."

„Und woher wusste Frau Häbich, dass ihre Freundin tot ist?"

„Das dürfen Sie mich nicht fragen."

„Es ist immer wieder erstaunlich", bemerkte Gitti und sah dabei Emmerich an, „wie schnell sich in dieser Stadt Dinge herumsprechen."

„Erstaunlich, aber auch nichts Neues", stimmte Emmerich zu und wandte sich wieder an Sieglinde Wichtel. „Was hat sie denn nun hier gearbeitet, die Frau Nothdurft?"

„Datenerfassung. Das ist nichts, wo viel Verstand verlangt wird. Auch nicht besonders gut bezahlt. Man muss nur in den Computer eingeben, was andere vorbereitet haben. Isolde fühlte sich unterfordert, deshalb hat sie ja auch so oft nachgefragt und auf Fehler von den Sachbearbeitern hingewiesen. Es war nur nicht ihr Job. Ich meine, dafür hat Knödler sie nicht eingestellt. Sie ging ihm auf die Nerven."

„Müsste er nicht froh sein, so eine aufmerksame Arbeitskraft zu haben?"

„Nein." Sieglinde Wichtel sah für einen Augenblick aus, als denke sie über etwas nach, schüttelte jedoch schließlich den Kopf. „Ich fürchte, ich kann das nicht so genau erklären. Die Arbeitsabläufe werden vom Chef persönlich festgelegt. Nach welchen Gesichtspunkten weiß ich nicht, aber er erwartet, dass sich alle daran halten."

„Was genau ist Ihre Aufgabe?"

„Korrespondenz, Postversand, Gesprächsannahme. Teilweise plane ich seine Termine. Er hat ziemlich viele."

„Waren Sie gut befreundet mit Frau Nothdurft?"

„Sie war eine Kollegin. Eine der angenehmeren, sofern sich dies unter den hier herrschenden Bedingungen überhaupt feststellen lässt. Wozu möchten Sie das eigentlich alles wissen?"

„Zeigen Sie uns jetzt den Arbeitsplatz?", umging Emmerich geschickt die Frage und öffnete die Tür des Wartezimmers.

„Wie Sie wollen." Sieglinde Wichtel wirkte eine Spur beleidigt, ging aber dennoch ohne Widerworte erneut voraus. Dieses Mal in ein Büro auf der gegenüberliegenden Seite, in dem drei schweigende Frauen nur kurz von ihren Bildschirmen aufblickten, bevor sie weiterarbeiteten. Auf einem vierten Tisch stand ein dunkler Monitor vor einem leeren Stuhl.

„Hier", wisperte Sieglinde Wichtel und zeigte auf den Monitor. „Aber seien Sie bitte leise und stören Sie die Kolleginnen nicht."

„Klar doch", sagte Gitti laut, ging zum Schreibtisch, zog geräuschvoll eine Schublade auf und begann, die sich darin befindlichen Gegenstände herauszunehmen. Ein Seidentuch, ein Taschenschirm, ein großer Briefumschlag, eine Tube Handcreme, Papiertaschentücher, eine Jutetasche, ein Notizbuch, ein schmaler, blauer Ordner.

„Prima." Gitti zog die Henkel der Jutetasche auseinander und begann, die Gegenstände darin zu verstauen. „Die Sachen hier nehmen wir dann mit."

„Dürfen Sie das denn?" Sieglinde Wichtel griff nach dem blauen Ordner. „Ich meine … der hier, zum Bespiel, der gehört doch hierher …"

„Sie bekommen ihn zurück, wenn wir ihn nicht mehr brauchen."

„Aber … was soll ich dann Frau Häbich sagen?"

„Wieso Frau Häbich?"

„Sie wollte heute noch vorbeikommen und Isoldes persönlichen Gegenstände abholen."

„Sagen Sie ihr einen schönen Gruß." Emmerich zog eine seiner Visitenkarten aus der Tasche und überreichte sie mit galanter Geste. „Von uns. Sie möchte sich so schnell wie möglich unter dieser Nummer melden. Wir ermitteln in einem Mordfall."

Die drei schweigsamen Frauen an den Bildschirmen gaben jeweils ein entsetztes Keuchen von sich und hörten auf zu tippen, während Sieglinde Wichtel Emmerich sprachlos anstarrte.

„Vielen Dank einstweilen", sagte Gitti fröhlich, die volle Jutetasche in der Hand. „Wenn wir von Ihnen noch etwas brauchen, hören Sie von uns."

* * *

Über einen Boris Kladic wusste das Internet nichts zu sagen, dafür wurde Helmut Schropsnagel auf herkömmlichem Weg im Telefonbuch fündig. Der Name war samt Adresse sowie dem Zusatz „Umzüge & Kleintransporte" verzeichnet, die dazugehörige Nummer ließ auf einen mobilen Anschluss schließen. In Ermangelung eines zu transportierenden Gutes verzichtete Helmut vorerst darauf, die Nummer anzurufen, und suchte stattdessen weiter nach dem Eintrag von Daniel Schlucht. Dabei jedoch war ihm kein Erfolg beschieden, abgesehen von „Schlucht, Alfons" und „Schlucht, Wilma" waren keine Träger dieses Namens registriert. Helmut klappte das Telefonbuch zu, inspizierte sein Bücherregal und wählte Ottmars Nummer.

„Du liest doch gerne", sagte er ohne weitere Einleitung, als sein Freund sich meldete.

„Das war einmal“, entgegnete Ottmar knapp. „Die Augen machen nicht mehr mit. Wenn überhaupt, schaue ich mir Bildbände an. So gut solltest du mich eigentlich kennen.“

„Bildbände sind wunderbar. Ich lasse dir eine Kiste schicken.“

„Eine Kiste schicken? Warum denn?“

„Damit du was zum Anschauen hast.“

„Das ist nett von dir, aber momentan brauche ich nichts.“

„Du kannst sie mir später zurückgeben. Die Bildbände. Es geht nur darum, dass du mein Paket annimmst.“

„Dein Paket? Wann kommt es denn?“

„Ich weiß noch nicht.“

„Du bist sicher, dass bei dir alles in Ordnung ist?“

„Selbstverständlich. Ich lasse dir ein Paket mit Büchern schicken, die du mir wieder zurückgibst. Ist nicht schwierig, oder?“

„Schwierig nicht. Nur vielleicht nicht ganz das Übliche.“

„Muss es immer das Übliche sein? Kann man nicht auch mal was Unkonventionelles machen?“

„Kann man jederzeit. Die Frage ist, wozu?“

„Frag mich nicht.“ Ottmar schwieg und Helmut fühlte sich veranlasst hinzuzusetzen: „Ich erklär's dir. Aber später.“

„Du hast irgendeinen Schwachsinn vor“, folgerte Ottmar messerscharf. „Hat es mit deiner toten Freundin zu tun? Ich hab dir gesagt, du sollst die Finger davon lassen.“

„Sie war nicht *meine* Freundin. Es ist doch wirklich nur ein kleiner Gefallen, um den ich dich bitte.“

„Von mir aus“, stimmte Ottmar schließlich zu. „Aber gib mir rechtzeitig Bescheid. Damit ich dann auch zu Hause bin.“

„Mach ich. Danke.“ Helmut legte auf, suchte und fand in der Küche einen Karton mittlerer Größe, den er mit einer kompletten Ausgabe von Brehms Tierleben, zwei schweren Familienbibeln und einem Prachtband zur Mondlandung vor etwas über vierzig Jahren befüllte. Der Karton wurde zugeklebt und mit Ottmars Adresse versehen, anschließend wählte Helmut die Nummer des Boris Kladic und musste es gut zehnmal klingeln lassen, bis sich jemand meldete, der klang, als sei er sehr weit weg.

„Hallo“, brüllte Helmut in seinen Hörer. „Hallo, spreche ich mit Boris Kladic?“

„Nix Boris“, rauschte, kaum verständlich, die Antwort durch den Äther. „Jaroslav.“

„Ich hätte gern Herrn Kladic."
„Chef unterwegs. Telefon umgeschaltet."
„Wann könnte ich ihn sprechen? Ich hab da ein Paket …" Aus dem Telefon erklang ein Hupkonzert nebst einiger Flüche in einer Sprache, derer Helmut zwar nicht mächtig war, aber dennoch unschwer verstehen konnte, dass hier keine feinen Worte benutzt wurden. „Hören Sie mich noch?"
„Kann ich jetzt nix machen", erklärte Jaroslav Sekunden später hastig. „Stehe ich vor Gotthardtunnel. Empfang gleich weg. Rufe noch mal an. Nach siebzehn Uhr."
„Aber dies ist schon die Nummer von Herrn Kladic?"
„Siebzehn Uhr", wiederholte Jaroslav beharrlich. „Dann Boris …"
Weg war die Verbindung und Helmut überkamen leise Zweifel, ob das Umzugs- und Transportunternehmen Kladic sich überhaupt mit einer lächerlichen Bücherkiste, die von einer Stuttgarter Straße in eine andere sollte, befassen würde. Bis fünf Uhr nachmittags war noch eine Weile hin, in Helmuts Kopf nahm eine neue Idee Gestalt an. Erneut griff er zum Telefon und wählte seine alte Nummer beim Finanzamt.

* * *

Zurück im Auto schlug Emmerich den blauen Ordner auf.
„Schade", sagte er enttäuscht. „Da sind nur Arbeitsanweisungen drin. Und lange Listen mit irgendwelchen Zahlen."
„Kontenpläne", nickte Gitti nach einem kurzen Blick. „Wahrscheinlich hätten wir ihn wirklich dort belassen können. Den Ordner. Mir war nur irgendwie danach, diesem Knödler wenigstens ein paar kleine Unannehmlichkeiten zu bereiten. Wenn ich mir vorstelle, dort arbeiten zu müssen, überkommt mich glatt das Grausen."
„Ja, man hat's nicht überall so schön wie bei der Polizei …"
„Auf diese Idee könnte man kommen. Wären da nicht solche Kleinigkeiten wie die vielen Überstunden, die ständige Personalnot, die …"
„Es sollte ein Scherz sein. Trotzdem wollte ich wirklich nicht mit Frauen wie Isolde Nothdurft tauschen." Emmerich warf den blauen Ordner unsanft auf den Rücksitz, ließ Taschenschirm und -tücher folgen, öffnete den Briefumschlag und zog einige Blatt Papier heraus. „Hier wird es interessanter", sagte er nach kurzem Studium der Blätter. „Kopierte Bankauszüge von einem gewissen Daniel Schlucht."

„Mich beschäftigt etwas anderes." Gitti saß mit gefurchter Stirn hinter dem Steuer, erweckte aber nicht den Anschein, das Fahrzeug in Gang setzen zu wollen. „Frau Häbich. Wir hätten uns ihre Adresse geben lassen sollen. Oder wenigstens den Vornamen."

„Muss Knödler uns nicht sagen. Verschwiegenheitspflicht."

„Einen Versuch wär's wert gewesen. Ist dir nicht aufgefallen, wie er gesprochen hat?"

„Wer?"

„Knödler. Er sagte, er wisse schon, wer die Nothdurft ist. Als sei sie noch am Leben. Dabei war doch auch er bereits durch diese Häbich informiert, dass seine Angestellte tot ist. Wollte er uns gegenüber bewusst den Eindruck erwecken, dass er völlig ahnungslos ist? Oder …"

„Mich würde vielmehr interessieren, woher die Häbich selbst ihre Kenntnisse bezieht. Isolde Nothdurft hat das Wochenende in der Pathologie verbracht, soweit ich weiß, haben wir außer ihrem Nachbarn Blechle noch niemandem von ihrem Tod erzählt."

„Ein Geheimnis, dem wir auf den Grund gehen sollten", stimmte Gitti zu. „Ich rufe die Kollegen von der Spusi an."

Sie zückte ihr Handy, und Emmerich griff nach dem mit chinesischen Motiven bedruckten Notizbuch. *Der Zweck eines Lichts,* las er stumm die erste handschriftliche Eintragung, *ist es, Licht zu geben. Der Sinn eines Lebens besteht darin, zu leben. Und wenn es gelingt, nach dem Lichte zu streben.* Während er noch überlegte, ob es sich hier um eine asiatische Lebensweisheit oder die eigenen Worte der Toten handeln mochte, hatte Gitti ihr Telefonat auch schon wieder beendet.

„Bingo", verkündete sie zufrieden und tippte bereits auf dem Navigationsgerät herum. „Anschrift und Telefonnummer einer Nicole Häbich stehen in einem Taschenkalender von Isolde Nothdurft."

„Das heißt, Herr Ingeroni darf noch ein Weilchen warten?"

„Würde ich sagen. Du meine Güte …"

„Was?"

„Die Adresse. Liegt in Schönberg. Hinter dem Fernsehturm, auf der anderen Seite der Stadt."

„Seit wann hast du so ein Gerät?"

„Das Navi? Hab ich mir vor ein paar Monaten angeschafft. Gebraucht. Ich weiß, du magst die Dinger nicht, aber sie sind wirklich praktisch. Zum Beispiel jetzt. Oder hättest du gewusst, wo der Hallimaschweg liegt?"

Emmerich, den Segnungen moderner Technik gegenüber nur bedingt aufgeschlossen – was im Kollegenkreis nicht unbekannt war –, entschied auf eine Diskussion über die Vorzüge umweltfreundlicher Stadtpläne aus nachwachsenden Rohstoffen, auch als Papier bekannt, für heute zu verzichten.

„Fahren wir", sagte er stattdessen. „In diese Gegend komme ich nicht oft. Schönberg gilt nicht gerade als Hochburg der Kriminalität."

* * *

Beim Finanzamt vertröstete Helmuts Nachfolgerin ihn freundlich, aber bestimmt. Natürlich werde sie sich persönlich um sein Anliegen kümmern. Nur nicht gerade jetzt. Schließlich wisse er so gut wie kaum ein anderer, wie überlastet die Behörde sei. Zudem man ja gerade auf ein neues, fortschrittliches System der Datenverarbeitung umstelle, das gegenwärtig leider noch für große Verzögerungen bei der Bearbeitung von Steuererklärungen sorge. Selbstverständlich notiere sie sich die drei Namen, aber garantieren könne sie für nichts. Helmut äußerte frustriert etwas Verständnisvolles und legte wieder auf. Die Zustände in der riesigen, ehemals königlichen Reiterkaserne, die heute das Stuttgarter Finanzamt beherbergte, waren ihm durchaus vertraut. Auch welche Beträge man, ohne dass dies in der Öffentlichkeit auf größeres Interesse gestoßen wäre, während der letzten Jahre in den Finanzverwaltungen vergeblich für die Optimierung der EDV-Systeme ausgegeben hatte. Bevor es ihm gelang, sich darüber ernsthaft zu erregen, besann er sich auf seinen Pensionärsstatus und darauf, dass ihn das alles im Grunde nichts mehr anging. Was natürlich prinzipiell auch auf die Machenschaften Giesbert Knödlers zutraf, mit dem er in den letzten Jahren mehrfach aneinandergeraten war. Meist zum Nachteil der Behörde und zum Vorteil des jeweiligen Steuerpflichtigen, dem nicht nachzuweisen war, dass Sachverhalte unrichtig dargestellt oder Belege nachträglich manipuliert worden waren. Helmut hatte sich über solche Dinge stets geärgert, doch nie ausreichend Zeit für eine grundsätzliche Lösung des Problems gefunden. Diese Zeit stand ihm nun zur Verfügung, dafür fehlte ihm die Möglichkeit, innerhalb „seines" Amtes an die nötigen Daten zu kommen. Doch so einfach, beschloss Helmut, würde er nicht klein beigeben. Das Telefon klingelte, und Nicole verlangte Melanie zu sprechen.

„Sie ist nicht da", unterrichtete Helmut seine Schwägerin. „Soll ich etwas ausrichten?"

„Nicht nötig. Ich rufe wieder an."

„Geht es um Isolde?"

„Ich versuche es auf ihrem Handy."

„Diese Bankauszüge. Die Isolde dir gefaxt hat. Was hält dein Mann davon?"

„Elmar?" Nicoles Stimme klang so, als sei die Vorstellung, Elmar könne sich überhaupt zu irgendetwas von Bedeutung äußern, vollkommen abwegig. „Was soll er davon halten?"

„Weiß ich nicht. Deshalb frage ich dich ja. Ein großer Teil davon stammt immerhin aus seiner Bank."

„Elmar hat keine Zeit für solche Sachen. Er hat einen sehr verantwortungsvollen Beruf."

„Glaubst du, ich könnte mich einmal mit ihm darüber unterhalten?"

„Nein, Helmut", erklärte Nicole energisch. „Das glaube ich nicht. Wieso interessiert dich das überhaupt so sehr? Warum kannst du die Angelegenheit nicht einfach auf sich beruhen lassen? Jetzt, wo Isolde tot ist."

„Wegen Knödler. Ich wusste gar nicht, dass er euer Berater ist. War er womöglich auch auf deinem Geburtstagsfest?"

„Berti? Nein. Isolde wäre kaum gekommen, wenn sie ihn dort angetroffen hätte. Hast du etwas gegen Berti?"

„Wie kommst du darauf?"

„Deine Fragerei …"

„Wir hatten das eine oder andere Mal miteinander zu tun", wich Helmut aus. „Persönlich sind wir uns allerdings noch nie begegnet."

„Weißt du was?", entgegnete Nicole in forschem Ton. „Ich schätze dich persönlich sehr. Als Schwager. Aber ich bin froh, dass du jetzt in Rente bist. Genieß doch einfach mit Melanie eure gemeinsame Zeit. Wer weiß schon, wie viel euch davon noch bleibt."

„Was willst du damit sagen?"

„Ist nur ein guter Rat von mir. Küsschen, Helmut, und bis bald."

9

Häbichs Haus im Hallimaschweg stammte dem Stil nach aus den 60er-Jahren des 20. Jahrhunderts. Wie der ganze Stadtteil lag es im Grünen, zwischen Wald und Gärten. Emmerich konnte nicht anders, als insgeheim einen Vergleich mit seiner Wohnung in der Innenstadt anzustellen und unterdrückte gewaltsam einen Anflug von Neid. Was er früher einmal für erstrebenswert gehalten hatte, mittendrin im urbanen Geschehen zu sein, Kneipen und Läden in der unmittelbaren Umgebung zu haben und kurze Wege in die Stadt, ging ihm heute in zunehmendem Maße auf die Nerven. Denn während Gabi und er die Wohnung abbezahlten, hatte die Umgebung sich mehr und mehr verändert, alteingesessene Läden hatten längst geschlossen oder sich in Spielhöllen verwandelt, hinzu kam der ständig zunehmende Verkehrslärm, und bald würde sich aller Voraussicht nach auch noch Europas größte Baustelle direkt vor seiner Tür befinden. Leute wie die Häbichs dagegen verfügten zwar in ihren grünen, fast schon dörflich anmutenden Wohngebieten auch über so gut wie keine Einkaufsmöglichkeiten mehr und die Anbindung an den öffentlichen Nahverkehr ließ sicherlich zu wünschen übrig, dafür aber hatten sie wenigstens frische Luft und ihre Ruhe. Was nicht ganz stimmte, denn Emmerich hatte den Satz noch nicht zu Ende gedacht, als in nächster Nähe eine Motorsäge angeworfen wurde.

„Soll ich hier am Gartentor klingeln, oder gehen wir gleich bis zum Haus?", versuchte Gitti das Sägen zu übertönen.

„Zum Haus. Hier versteht man ja sein eigenes Wort nicht mehr." Emmerich ging voran, drückte am Ende eines gepflegten, kleinen Weges auf die einzige vorhandene Klingel, was darauf schließen ließ, dass Häbichs das zweistöckige Gebäude allein bewohnten, und hielt sein Ohr an den Lautsprecher. Abgesehen von einem unverständlichen Krächzen erfolgte keine Reaktion.

„Kriminalpolizei Stuttgart", brüllte Emmerich daher mit Inbrunst im selben Moment, als die Säge wieder schwieg. „Wir wollen zu Frau Häbich."

Es dauerte keine Minute, bis die Haustür aufgerissen wurde und eine Frau mit Seidenbluse, dunkler Hose und perfektem Make-up erbost heraussah.

„Was fällt Ihnen ein, hier so herumzuschreien?“, wollte sie in ebenfalls nicht unbedingt gedämpftem Ton wissen.

„Tut mir leid. Gerade eben hat hier noch …“

„Von der Polizei wollen Sie sein?“

„Sind Sie Frau Häbich? Nicole Häbich?“

„Worum geht es?“

„Kennen Sie eine Isolde Nothdurft?“

Die Frau trat einen Schritt heraus, warf einen Blick nach rechts und dann einen nach links.

„Kommen Sie rein“, sagte sie unfreundlich und winkte. „Nach rechts.“

Emmerich und Gitti betraten ein großzügiges Wohnzimmer mit Panoramablick zum Garten und einem offenen Kamin, der sichtbar nicht benutzt wurde, denn dort, wo sich normalerweise das Feuerholz befinden sollte, lag ein großer, grauer Hund auf einer Decke.

„Bleib schön Platz, Hubertus“, befahl die Frau, die zumindest nicht abgestritten hatte, Nicole Häbich zu sein. „Was ist mit Isolde?“

„Nun“, meinte Emmerich gemächlich, während er sich umsah. „Ich denke, das wissen Sie bereits. Ihre Freundin ist verstorben.“

„Woher wissen Sie, was ich weiß?“

„Wir kommen gerade von Herrn Knödler. Dort hat man uns gesagt, dass Sie Frau Nothdurfts Sachen holen wollten.“

„Und? Ist daran etwas auszusetzen?“

„So einfach ist die Sache nicht, Frau Häbich“, mischte Gitti sich ein. „Sind Sie mit Frau Nothdurft verwandt? Oder verschwägert?“

„Nein. Sie ist … war … meine Freundin. Weil sie keine Angehörigen hat, dachte ich …“

„Das ist nett von Ihnen“, sagte Emmerich in väterlichem Ton. „Nur leider etwas vorschnell. Bevor wir nicht geklärt haben, ob sie gesetzliche Erben hat, können wir das bedauerlicherweise gar nicht zulassen. Nichts für ungut.“

Nicole Häbich zog ein seidenes Tüchlein aus der Tasche und betupfte sich die Augen.

„Ach“, seufzte sie bedauernd. „Das wusste ich nicht. Sind Sie gekommen, um mir das zu sagen?“

„Genau genommen nicht. Uns interessiert vielmehr, wie Sie vom Tod Ihrer Freundin erfahren haben."

„Möchten Sie nicht Platz nehmen? Ich kann uns einen Kaffee kochen."

„Vielen Dank, wir wollen Sie nicht lange aufhalten. Beantworten Sie einfach meine Frage."

„Wie ich davon erfahren habe?" Nicole Häbich knetete unschlüssig mit beiden Händen ihr Tüchlein und sah den Hund an. „Ja, also …"

„Bitte."

„Durch meinen Schwager. Helmut Schropsnagel. Dummerweise war er es, der Isolde am Samstag tot aufgefunden hat. Natürlich hat er sie erkannt …"

„So heißt einer der Zeugen", wisperte Gitti Emmerich ins Ohr. „Der Name ist so absonderlich, dass ich ihn mir gemerkt habe."

„Das würde bedeuten", folgerte Emmerich nachdenklich, „dass Sie schon seit Samstag wissen … und andere Personen eventuell auch …?"

„Ganz falsch." Nicole Häbich fuchtelte verneinend mit ihrem Tüchlein durch die Luft. „Am Montag hat mich meine Schwester angerufen. Helmuts Frau."

„Wann genau soll das gewesen sein?"

„Wann genau? Ich weiß nicht mehr. Irgendwann am Vormittag. Ich wollte es erst gar nicht glauben. Aber Isolde ging nicht ans Telefon. Sie war nicht bei der Arbeit …"

„Standen Sie in regelmäßigem Kontakt zu ihr?"

„Schon."

„Sie haben täglich mit ihr telefoniert?"

„Das vielleicht nicht, aber doch recht häufig."

„Dann erzählen Sie uns etwas über Ihre Freundin." Emmerich entschied, sich doch für ein längeres Gespräch auf dem ausladenden, weißen Ledersofa niederzulassen und bedeutete Gitti, es ihm gleichzutun. „Was hat sie so gemacht? Gab es irgendetwas Besonderes in letzter Zeit? Wann haben Sie sie zuletzt gesehen?"

Das Tüchlein verschwand in Nicole Häbichs Hosentasche, ihre Körperhaltung versteifte sich und sie sah Emmerich misstrauisch an, während der Hund im Kamin den Kopf hob.

„Hören Sie, was sollen diese Fragen? Helmut sagt, Isolde sah ganz friedlich aus. Als sei sie einfach eingeschlafen."

„Friedlich vielleicht." Emmerich dachte an die Worte im Notizbuch und hoffte für die Tote, dass sie ihr Licht gefunden hatte. „Aber nicht einfach. Nach unseren Erkenntnissen hat jemand nachgeholfen."

„Was soll das heißen? Wurde sie umgebracht?"

„Genau."

Trotz des Make-ups war deutlich zu erkennen, wie Nicole Häbich blass wurde, ihre Beine schienen ihr den Dienst zu versagen, denn sie sank geradezu in den Emmerich gegenüberstehenden Sessel.

„Ist Ihnen nicht gut?", fragte er fürsorglich.

„Nein", krächzte Nicole Häbich zittrig. „Nein, mir ist gar nicht gut."

* * *

Kurz nach fünf hatte Solferinos Frischeservice noch immer nicht geantwortet. Dafür aber meldete Boris Kladic sich persönlich. Etwas umständlich erklärte Helmut, ein alter Mann zu sein, der ein schweres Paket nicht mehr selbst zur Post bringen könne und deshalb ausnahmsweise …"

„Kein Problem, Opa", unterbrach ihn Kladic rüde. „Wo wohnst du?"

Es hörte sich weniger so an, als frage dies ein freundlicher Dienstleister, sondern vielmehr der Anführer eines Schlägertrupps. Widerstrebend nannte Helmut seine Adresse.

„Und wo soll das Päckchen hin?"

Helmut gab noch etwas zurückhaltender Ottmars Anschrift durch.

„Das schieb ich zwischenrein. Zwanzig Euro. Ohne Rechnung."

Kladics Dreistigkeit verschlug Helmut für einen Augenblick die Sprache, dennoch gelang es ihm, etwas Zustimmendes zu äußern.

„In einer halben Stunde bin ich da", versprach Kladic und legte auf. Tatsächlich klingelte es fünfundvierzig Minuten später an der Wohnungstür. Helmut öffnete und sah sich einem Hünen gegenüber. Im Ausschnitt seines T-Shirts glitzerte es golden über einer Tätowierung, deren sichtbarer Teil nur die Spitze eines Motivs von nicht unbeträchtlicher Größe zu sein schien.

„Wo ist das Ding?", fragte der Hüne und entblößte beim Grinsen einen vergoldeten Schneidezahn.

„In der K … Küche", stotterte Helmut eingeschüchtert und zeigte auf die entsprechende Tür.

„Darf ich reinkommen, um es rauszuholen?"

„Ja … äh … ja, natürlich." Helmut gab den Weg frei, und Kladic betrat die Wohnung.

„Die Kohle?"

„Bitte, entschuldigen Sie. Wie kann ich sicher sein, dass mein Paket auch wirklich dort ankommt, wo es hinsoll? Ohne Quittung? Ohne alles?"

„Musst mir halt vertrauen, Opa", grinste Kladic liebenswürdig. „Ich kann auch wieder gehen."

„Schon gut", lenkte Helmut ein und fischte einen Zwanziger aus der Hosentasche. „Sie wurden mir nämlich empfohlen. Von einem Daniel Schlucht."

„Kenne ich nicht."

„Bankhaus Treufuß."

„Kenne ich nicht."

„Wie? Haben Sie nicht ein Konto dort?"

„Opa." Kladic stemmte zwei muskelbepackte Arme in seine verhältnismäßig schmale Taille. „Ich hab mein Konto bei der Volksbank und sonst nirgends. Jetzt gib mir das Geld und dein Paket, ich kann nicht den halben Tag hier stehen und quatschen."

„Bitte." Helmut reichte dem Hünen seinen Zwanziger, sah zu, wie der mühelos das Paket schulterte und hielt die Tür auf. „Wann wird es dort sein? Bei meinem Freund?"

„Heute Abend noch", versprach Kladic, schon am Treppenabsatz. „Mach dir keine Sorgen, das geht klar."

Eine Empfehlung, der Helmut nicht ohne weiteres Folge leisten konnte, doch nun waren seine Bücher bereits unterwegs, und ihm blieb gar nichts anderes übrig. Wieder im Wohnzimmer wählte er erneut Ottmars Nummer und kündigte die bevorstehende Lieferung an.

„Eine Bitte hätte ich noch", fügte er hinzu. „Frag den Mann, der das Paket bringt, ob er nicht zufällig früher mal für Solferinos Frischeservice gefahren ist."

„Was soll ich fragen?"

Helmut wiederholte seine Bitte, wobei er den Namen Solferino betont langsam aussprach. Ottmar gab sich nicht damit zufrieden.

„Ich will wissen, wie er reagiert", versuchte Helmut eine Erklärung. „Der Fahrer. Ob der Name ihm was sagt."

„Hältst du dich jetzt für Inspektor Columbo? Oder wie darf ich das verstehen?"

„Keineswegs. Es geht mir nur darum, ein paar Dinge klarzustellen. Dazu benötige ich deine Hilfe."

„Weißt du was?" Ottmar hüstelte verhalten. „Morgen hole ich dich ab, und wir fahren auf den Waldfriedhof. Dort gibt es Grabsteine zu fotografieren. Wunderschöne Grabsteine. Du wirst sehr zufrieden sein."

„Die Steine können warten. Sie laufen ja nicht weg. Wirst du mir den Gefallen tun?"

„Wenn dir so viel daran liegt", seufzte Ottmar resigniert.

* * *

Emmerich und Gitti verließen Schönberg gegen sechs. Sie wussten nun, wo Isolde Nothdurft sich am Vorabend ihres Todes aufgehalten hatte, wie sie zu ihrer Stelle bei Giesbert Knödler gekommen war und dass sie mit ihrem Leben als alleinstehende Frau zwar zufrieden, aber dennoch auf der Suche nach einem Partner gewesen sei. Im Internet vermutlich, wie auch sonst, so mache man dies schließlich heute. Nein, Feinde habe sie, zumindest nach Nicole Häbichs Kenntnis, keine gehabt, und in den letzten Wochen habe man sich, mangels Zeit und vom Freitag abgesehen, auch nicht getroffen. Gegen halb sechs hatte Frau Häbich begonnen, sichtlich nervös zu werden – der Grund dafür war unschwer zu erraten –, denn wenig später war ihr Gatte eingetroffen und hatte sich ausgesprochen ungehalten über die Anwesenheit von Besuch gezeigt. Selbst Gittis charmantes Lächeln, mit dem sie sich und Emmerich vorstellte, änderte daran nichts. Elmar Häbich erklärte, einen anstrengenden Tag hinter sich und nunmehr Hunger zu haben, seine Frau wie auch der Hund waren längst aufgesprungen, an eine vernünftige Unterhaltung war nicht mehr zu denken. Also verabschiedeten sich die Kommissare und fuhren über die Weinsteige zurück in die Stadt hinunter. Der um diese Zeit dort übliche Stau verschaffte ihnen die Gelegenheit, sich in Ruhe auszutauschen.

„Wir müssen uns ihren Computer vornehmen", sagte Gitti wenig motiviert. „Womöglich hat sie ihren Mörder irgendwo im Netz kennengelernt. So langsam glaube ich, dass ich diese Kontaktbörsen hassen lernen werde. Es macht keine Freude, nur noch hinter IP-Adressen herzuschnüffeln. Echte Menschen sind mir lieber."

„Meine Rede", nickte Emmerich und gähnte. „Das Internet hat nicht nur gute Seiten."

„Wie so vieles auf der Welt", relativierte Gitti prompt. „Ein Leben ohne könnte ich mir auch nicht denken."

„Eben. Stell dir vor, es bricht zusammen. Eines Tages."

„Warum sollte das geschehen?"

„Warum nicht? Nichts ist unmöglich."

„Das geht mir jetzt zu weit."

„Dann fahren wir zu Ingeroni."

„Bitte", sagte Gitti, gab Gas und bremste wieder. „Muss das unbedingt noch heute sein? Ich muss zu meiner Nichte."

„Schon wieder?"

„Meine Schwester ist alleinerziehend. Sie hat diese Woche abends einen Aushilfsjob gefunden und braucht das Geld. Also wechsle ich mich mit einer Freundin bei der Betreuung der Kleinen ab."

„Wo bleibt der Vater?"

„Vergiss ihn. Der wollte nie ein Kind. Immerhin bezahlt er seinen Unterhalt. Da muss man als Frau wahrscheinlich schon froh sein, heutzutage. Also, wie ist es? Nehmen wir uns Ingeroni für morgen vor?"

„Von mir aus." Emmerich seufzte und schüttelte unmerklich den Kopf. Unter solchen Umständen und mit solchen Vätern brauchte sich seiner Ansicht nach keine Familienministerin zu wundern, wenn die Anzahl der Geburten im Land ständig sank.

„Soll ich dich noch zurück ins Präsidium fahren?"

„Nein. Ich steige am Charlottenplatz aus und gehe zu Fuß nach Hause."

„Wie du willst." Gitti ließ ihn an der großen Kreuzung aussteigen und verschwand im Tunnel Richtung Stuttgarter Westen. Emmerich lenkte seine Schritte in den Park, der hinter dem neuen Schloss begann und sich immer noch ohne Unterbrechung bis hinaus nach Bad Cannstatt erstreckte. Das aber würde bald ein Ende haben, wenn erst der Aushub für den Bahnhofsneubau begonnen wurde. Eine Zukunftsaussicht, die Emmerich manchmal so sehr frustrierte, dass er schon jetzt immer häufiger darauf verzichtete, durch seinen geliebten Schlossgarten zu gehen. Um sich den hässlichen Anblick der Türme für das sogenannte Grundwassermanagement zu ersparen und weil ihm jedes Mal beinahe die Tränen kamen, wenn er an die bevorstehende Fällung der uralten Bäume zwischen Bahnhof und Wagenburgtunnel denken musste. Hinter dem Schloss jedoch würde alles intakt bleiben. Emmerich beschloss, noch eine Weile das schöne Wetter zu genießen, und setzte sich in der Nähe eines historischen Brunnens auf eine Bank. Die neue Jeans, die er pflichtschuldig am Morgen angezogen hatte, deren Neu-Sein jedoch entgegen Gabis Erwartungen im Präsidium niemand aufgefallen war, zwickte ihn dabei ein wenig, doch das würde sich hoffentlich bald geben. Denn Emmerich hatte vorausschauend schon in der Kabine das wirklich gut sitzende Modell, das seine Gattin ihm ans Herz gelegt hatte, mit der größeren Ausgabe vertauscht, die zwar am Hosenboden jetzt schon Falten warf, dafür aber ausreichend Spielraum um den Bauch herum bot. Gabi schien bislang von dieser Mogelei nichts bemerkt zu haben, das Sitzen auf der Parkbank und anschließend ein paar Schritte über den Rasen um den Eckensee würden ausreichen, um die Hose in einen nicht mehr umtauschfähigen Zustand zu versetzen. Emmerich konnte also mit seiner Neuerwerbung zufrieden sein und entspannt den Tag Revue passieren lassen. Allzu viel hatte er noch nicht gebracht, doch man durfte auch auf Anhieb nicht zu viel erwarten. Dass Spuren in einem Mordfall nach Ablauf der ersten vierundzwanzig Stunden kalt wurden, war ein Märchen, das vielleicht in den Anfangszeiten der forensischen Wissenschaften wahr gewesen sein mochte. Heute benötigte allein die technische Auswertung dieser Spuren mehr Zeit, die Ergebnisse galt es abzuwarten, und so manches Asservat, dessen genaue Analyse in der Vergangenheit gar nicht möglich gewesen war, überführte inzwischen noch Jahrzehnte später einen Menschen seiner Tat. Beim derzeitigen Stand der Ermittlungen sah Emmerich daher keinen Grund zur Eile, zumal er immer noch ein wenig an Zweigles Erläuterungen zweifelte. Nach wie vor hielt er den Pathologen, dem auch die gerichtsmedizinischen Untersuchungen oblagen, für einen Wichtigtuer, dem er durchaus zutraute, aus einer Mücke einen Elefanten zu machen. Andererseits war Isolde Nothdurfts Wohnung eindeutig durchsucht worden, ein Umstand, der ihre Ermordung zumindest nicht unwahrscheinlicher machte. Von Rechts wegen hätten daher längst der Chef und damit auch die Presse informiert werden müssen, doch gerade das wollte Emmerich, solange es möglich war, vermeiden. Denn mit der offiziellen Bekanntgabe eines Gewaltverbrechens entfiel auch der Überraschungseffekt bei den beteiligten Zeugen, und der konnte bei den Ermittlungen durchaus nützlich sein. In Gedanken erstellte er eine Liste für den morgigen Tag, auf der als Erstes ein Besuch beim Zeugen Ingeroni stand. Danach konnte es sinnvoll sein, Frau Häbichs Schwager noch persönlich zu befragen, und schließlich, nach einer ordentlichen Mittagspause, war es wahrscheinlich unumgänglich, den Chef zu unterrichten. Zudem gedachte er, sich die Aussage der Frau, die am Samstag in der Frühe einen Mann bei Isolde Nothdurft gesehen haben wollte, noch einmal vorzunehmen, darüber hinaus hoffte er auf die ersten Ergebnisse der Spurensicherung aus der durchsuchten Wohnung. Kurzum, ihm stand ein prall gefüllter Arbeitstag bevor, der es keinesfalls zulassen würde, sich an Frau Sonderbars Frühjahrsputz zu beteiligen. Emmerich erachtete es daher als strategisch klug, am Morgen erst gar nicht im Präsidium zu erscheinen, holte sein Handy aus der Tasche und bat Gitti, ihn zu Hause abzuholen.

* * *

Bei Schropsnagels gab es zum Abendessen Wurstsalat. Obwohl Helmut ein wenig damit haderte, sich am Mittag nicht für eine warme Mahlzeit entschieden zu haben, aß er mit gutem Appetit. Bis Melanie die schlecht kaschierte Lücke im Regal entdeckte.

„Was ist hier passiert?", wollte sie wissen. „Fehlen da nicht Bücher?"

„Nur ein paar", wiegelte Helmut ab. „Ottmar hat sie sich geliehen."

„Ottmar? War er hier?"

„Äh … nein. Ich hab sie per Kurier geschickt."

„Per Kurier?" Melanie stand auf und unterzog das Bücherregal einer genauen Musterung. „Brehms Tierleben", stellte sie nicht ohne eine gewisse Empörung fest. „Ein Erbstück meines Vaters. Das leihst du einfach aus, ohne mich vorher zu fragen?"

„Es … äh … kam ganz plötzlich. Dass Ottmar die Idee hatte …"

„Soll ich dir was sagen? Ich glaube dir kein Wort. Ottmar hat sich die letzten fünfzehn Jahre nicht für Brehms Tierleben interessiert. Nicht, seit es bei uns steht. Warum also sollte er ausgerechnet jetzt … ganz dringend … und dann noch per Kurier? Ich rufe ihn an und frage."

„Nein, lass es", protestierte Helmut laut mit vollem Mund. „Ich kann das erklären."

„Die beiden Bibeln fehlen auch."

„Ottmar hat sie. Wirklich. Er will sie nur nicht lesen."

„Ach?"

„Setz dich wieder hin." Helmut kaute sorgfältig zu Ende, während er zu dem Schluss kam, dass es wohl am besten war, Melanie gegenüber bei der Wahrheit zu bleiben. Also erzählte er ihr, was er von Joe erfahren hatte sowie vom Besuch des Boris Kladic, und versprach hoch und heilig, die Bücher gleich am nächsten Tag bei Ottmar wieder abzuholen.

„Nur, stell dir vor", schloss er seine Ausführungen, „Kladic sagt, er hätte gar kein Konto bei Elmars Bankhaus Treufuß. Dabei haben wir doch die Auszüge, die …"

„Apropos Auszüge", entgegnete Melanie, deren Miene sich während Helmuts Erzählung zusehends verfinstert hatte, „Nicole hat angerufen, sie hätte diese Papiere gern zurück. Damit du keinen Unfug damit anstellst."

„Unfug? Ich? Was meint sie denn damit?"

„Vermutlich das, was du mir gerade eingestanden hast. Misch dich nicht in Dinge, die uns nichts angehen. Hol die Bücher ab und Schwamm drüber."

„Aber Herzchen. Hast du nicht verstanden, was ich dir gerade erklärt habe? Ich kann mir zwar nicht vorstellen, dass Isolde etwas mit der Mafia …"

„Dann fang erst gar nicht damit an, Dir so etwas vorzustellen. Mit solchen Sachen will ich nichts zu tun haben. Petra hat mich eindringlich gewarnt. Diese Leute, sagt sie, sind mehr als gefährlich, wenn man ihnen in die Quere kommt. Wir hätten keine Ahnung. Sagt sie."

Helmut legte sein Besteck zur Seite und setzte sich sehr aufrecht hin.

„Es geht um Geldwäsche und Steuerhinterziehung", erklärte er streng. „Wenn ich diese Bankauszüge richtig interpretiere. Ich weiß nur noch nicht genau, wie es gemacht wird, aber das bekomme ich heraus. Und Giesbert Knödler steckt dahinter. Du weißt, dass ich den schon lange im Visier habe. Glaubst du ernsthaft, ich sitze tatenlos hier rum, wenn ich stattdessen …"

„Du riskierst dein Leben. Und meins dazu. Wenn du keine Ruhe gibst. Sagt Petra."

„Sie übertreibt. Wir sind doch hier nicht in Sizilien."

„Kalabrien. Isolde ist bereits gestorben. Und dass die Mafia sich in unserer Gegend schon lange eingenistet hat, das glaube ich Petra auf's Wort. Denk nur an unseren früheren Ministerpräsidenten und seinen Kumpel, diesen Weilimdorfer Pizzabäcker. Der soll immer noch ein großes Tier bei der 'Ndrangheta sein und hierzulande Gaststätten betreiben."

„Das kann ja sein. Hat aber nichts mit Leuten wie Giesbert Knödler zu tun. Knödler ist waschechter Schwabe."

„Ha", schnaubte Melanie verächtlich. „Was soll das schon heißen? Auch Schwaben wollen Geld verdienen. Und es ist sehr viel Geld im Spiel. Wir sind eine reiche Stadt. Wo, wenn nicht hier, glaubst du, kann man dieses Geld unauffällig und in großen Beträgen investieren? Du brauchst dir nur die ganzen Baustellen anzusehen. Die, die schon in Betrieb sind, und erst recht diejenigen, die in naher Zukunft kommen."

„Wer sagt denn, dass da die Mafia dahintersteckt?"

„Petra."

„Kann sie es beweisen?"

„Ich glaube nicht, dass sie das wollte. Selbst wenn sie könnte. Sie will ihre Ruhe haben. Ebenso wie ich, im Übrigen."

„Das sollst du auch, mein Herzchen." Helmut wischte sich den Mund mit einer Serviette ab. „Nur Giesbert Knödler kommt mir nicht davon."

10

Am nächsten Morgen, kurz vor halb acht, klingelte es Sturm an Schropsnagels Wohnungstür.

„Du lieber Gott", murmelte Melanie verschlafen und machte Anstalten, aufzustehen.

„Lass nur", kam Helmut ihr zuvor, hechtete aus den Federn und in seinen Morgenmantel. „Das ist für mich."

„Für dich? Um diese Zeit?"

„Ich hab nur was bestellt. Schlaf einfach weiter." Helmut spurtete in den Flur und warf einen Blick durch den Spion. Draußen wartete ein junger Mann in sportiver Kleidung mit einem Karton voller Grünzeug. Helmut öffnete die Tür.

„Herr Solferino?"

„Ihre Lieferung. Macht achtzehn siebzig."

„Sind Sie Herr Solferino? Giancarlo Solferino?"

„Persönlich. Wo soll das hin?"

Der junge Mann schien in Eile zu sein. Während Helmut noch versuchte, seine Müdigkeit abzuschütteln, ließ er bereits hektisch die ihm zur Verfügung stehenden Namen Revue passieren. Mehr als einen Versuch, so war zu befürchten, hatte er nicht.

„Ins Wohnzimmer", bat er und setzte, um Zeit zu gewinnen, vorwurfsvoll hinzu: „Einen Augenblick, ich muss erst meinen Geldbeutel suchen. Ich dachte, Sie melden sich, bevor Sie hier auftauchen."

Der junge Mann kommentierte dies nicht, sondern trug wortlos den Karton hinein und setzte ihn auf dem Esstisch ab.

„Achtzehn siebzig", wiederholte er, ohne eine Miene zu verziehen.

„Sie wurden mir empfohlen", rief Helmut sein Sprüchlein, während er vorgab, in der Küche nach Geld zu suchen. *Daniel Schlucht, Boris Kladic,* dachte er hektisch, *welchen nehme ich bloß?* Mit dem Portemonnaie in der Hand betrat er schließlich das Wohnzimmer und folgte einer spontanen Eingebung: „Von einer Freundin. Isolde Nothdurft."

„Bitte?", sagte der junge Mann und zog die Brauen hoch.

„Eine Freundin hat Sie mir empfohlen", wiederholte Helmut, der annahm, nicht verstanden worden zu sein. „Sie hätten so besonders frische

Ware, hat sie mir gesagt. Sie hat Ihre Adresse von einer Bekannten beim Bankhaus Treufuß. Ich bin ein alter Mann und kann nicht mehr selbst einkaufen gehen, da dachte ich …"

„Wie sagten Sie, heißt Ihre Freundin?"

„Isolde Nothdurft."

„Achtzehn siebzig." Der junge Mann hielt demonstrativ die Hand auf. Helmut legte zwei Scheine hinein und begann, Kleingeld abzuzählen.

„Eine gute Bank, das Bankhaus Treufuß", sagte er beiläufig nebenher. „Privat, soweit ich weiß. Kennen Sie es auch?"

„Ich bin Gemüsehändler." Der junge Mann schloss seine Hand um das Geld, obwohl der Betrag noch nicht vollständig darin lag. „Behalten Sie den Rest. Ich muss weiter. Guten Tag."

Nachdem er die Wohnung verlassen hatte, kam auch Melanie aus dem Schlafzimmer, gähnte und nahm die Bescherung auf dem Esstisch in Augenschein.

„Blumenkohl", stellte sie zweifelnd fest. „Salat, Frühlingszwiebeln und zwei Kilo Stangenbohnen? Womöglich auch für Ottmar?"

„Ich dachte mehr an uns." Helmut stand, die Börse in der Hand, in seinem Morgenmantel da und wusste nicht so recht, wo er hinsehen sollte. „Das war ein Angebot. Hab ich im Internet gefunden."

„Zwei Kilo Bohnen? Nur für uns?"

„Zum Einfrieren vielleicht. Sie waren günstig."

„Ich friere niemals frische Bohnen ein."

„Das … wusste ich nicht. Soll ich mich selbst darum kümmern?"

„Nein, das sollst du nicht." Melanie wühlte ein wenig ratlos in der Gemüsekiste, entdeckte die frische Honigmelone und ergriff sie mit beiden Händen. „Du versprichst mir jetzt, dass du die Vorratsplanung mir überlässt. So, wie wir's gewohnt sind. Überhaupt wäre es mir recht, wenn wir auch im Ruhestand alles weiterhin so machen könnten, wie wir es gewohnt sind."

„Wenn du es so willst", meinte Helmut kleinlaut, aber dankbar dafür, ohne weitere Nachfragen davonzukommen. Melanie zwinkerte ihm nachsichtig zu.

„Mit diesem gelben Ding hier", sagte sie gnädig, „lässt sich jetzt immerhin ein Frühstück machen. Was den Rest anbelangt, wird mir etwas einfallen."

* * *

„Ingeroni, Giovanni", las Gitti von einem Blatt Papier ab, nachdem sie Emmerich hatte einsteigen lassen. „Der erste von drei älteren Herren, die Isolde Nothdurft letzten Samstag leblos auf dem Hoppenlau-Friedhof bemerkt haben. Ihm konnte die Spurensicherung eine Zigarettenkippe in der Nähe der Bank zuordnen. Er hat angegeben, die Tote nur kurz berührt zu haben. Nachdem er festgestellt hatte, dass die Frau nicht mehr lebt, hat er seinen Freund Schropsnagel alarmiert, der dann mit dem Handy den Notruf abgesetzt hat."

„So weit nichts Außergewöhnliches", meinte Emmerich und legte den Sicherheitsgurt an.

„Wäre da nicht dieses Haar", nickte Gitti, ließ den Motor an und fädelte sich nach einigen Metern in den fließenden Verkehr auf der Neckarstraße ein. „Das ist schon ein recht merkwürdiger Zufall."

„Man könnte ja auch mal einfach nur Glück haben. Noch wissen wir nicht, ob es uns in irgendeiner Weise weiterhilft."

„Ich habe heute früh schon mit der Spurensicherung gesprochen." Gitti wendete an einer dafür vorgesehenen Kehre und fuhr ein Stück in der entgegengesetzten Richtung weiter, bevor es links hinauf in die Halbhöhenlage ging. „Dieselbe DNA wurde auch in Isolde Nothdurfts Wohnung festgestellt. Es sind frische Spuren, Hautpartikel wohl. Vielleicht von dem Mann, den der unrasierte Blechle gesehen hat?"

„Das macht die Sache spannend", meinte Emmerich nachdenklich. „Der Zeuge Ingeroni wäre damit unser bester Ansatzpunkt."

„So sieht es aus."

Eine Viertelstunde später hatten sie die von Ingeroni angegebene Adresse erreicht. Angesichts der Treppe, vor der sie standen, stieß Gitti einen tiefen Seufzer aus.

„Frühsport hatte ich für heute gar nicht vorgesehen."

„Was? Frühsport? Die paar Staffeln?" Emmerich musterte die Kollegin erstaunt. „Das hab ich bei mir im vierten Stock jeden Tag zu laufen."

„Es gibt keinen Aufzug?" Gitti guckte ungläubig. „Bei euch im Haus?"

„Das Haus ist hundert Jahre alt."

„Und wenn ihr einkauft? Getränke? Kartoffeln? Obst? Wer trägt das nach oben?"

„Wer wohl? Gabi, Jule oder ich."

„Gute Güte", sagte Gitti, sichtlich erschüttert. „Das wäre nichts für mich. Dabei habe ich euch immer beneidet. Dass ihr eine dieser begehrten Jugendstilwohnungen habt."

„Alles hat seinen Preis", grinste Emmerich. „Ich bin's gewohnt und spare mir das Fitnessstudio. Wollen wir?"

Oben angekommen, benötigte Gitti einige Sekunden, um wieder normal atmen zu können, dann drückte sie entschlossen auf die Klingel. Über der Haustür wurde ein Fenster geöffnet und eine dunkelhaarige Frau sah heraus.

„Morgen", grüßte Emmerich höflich. „Wir wollen zu Herrn Giovanni Ingeroni."

„Worum geht es?", fragte die Frau reserviert. „Mein Mann ist noch im Bad."

„Kriminalpolizei. Wir hätten da noch ein paar Fragen. Zu seiner Zeugenaussage. Vom letzten Samstag."

„Gehen Sie rechts ums Haus herum", sagte die Frau und deutete in die entsprechende Richtung. „Auf die Terrasse."

Emmerich und Gitti stiegen noch ein paar Meter weiter den Hang hinauf, bis sie die Terrasse erreicht hatten. Frau Ingeroni, in weißer Hose und einem bunt bedruckten T-Shirt, erwartete sie bereits.

„Können Sie sich ausweisen?", wollte sie als Erstes wissen.

„Selbstverständlich."

Nachdem der formelle Teil erledigt war, wurden die Kommissare gebeten, Platz zu nehmen. Frau Ingeroni ging ins Haus und kehrte mit Tassen und einer Thermoskanne voller Kaffee zurück.

„Giovanni duscht", erklärte sie kurz angebunden. „Danach wird er sich rasieren. So lange müssen Sie sich wohl gedulden."

„Kein Problem", meinte Gitti liebenswürdig und ließ sich Kaffee einschenken. „Schön haben Sie es hier. Wenn man erst einmal oben ist."

„Was wollen Sie von meinem Mann?" Frau Ingeroni schien der Sinn nicht nach der Bewunderung ihres hübsch angelegten, für Emmerichs Geschmack aber etwas zu kitschigen Sitzplatzes zu stehen.

„Wie ich schon sagte", wiederholte er geduldig. „Wir haben noch ein paar Fragen zu seiner Aussage vom Samstag. Sicher hat er Ihnen erzählt …"

„Giovanni darf sich nicht aufregen. Er ist nicht mehr der Jüngste. Ich gehe davon aus, dass er Ihnen alles gesagt hat, was zu sagen ist."

„Das würden wir", sagte Emmerich nicht ohne Strenge, „gern selbst mit ihm besprechen. Oder waren Sie dabei? Als Ihr Mann die tote Frau gefunden hat?"

„Ich? Nein."

„Auch sonst niemand aus der Familie?"

„Er war mit seinen Freunden unterwegs."

Emmerich nippte vorsichtig an seiner Tasse. Der Kaffee war heiß und schwarz, fast schon ein Espresso.

„Sehr gut", lobte er, obwohl ihm das Getränk zu stark war. „Italienisch?"

„Vom Discounter hierzulande", entgegnete Frau Ingeroni nüchtern.

„Sicher haben Sie eine große Familie", vermutete Gitti und zeigte auf das Haus. „Platz genug ist ja vorhanden."

„Unsere Söhne sind erwachsen", entgegnete Frau Ingeroni abweisend. „Die führen längst ihr eigenes Leben."

„In Stuttgart?"

„In München und in Freiburg." Die Frau sah Gitti misstrauisch an. „Weshalb interessiert Sie das?"

„Nur so." Gitti nahm Zuflucht zu ihrer Kaffeetasse, im Haus klingelte ein Telefon, Frau Ingeroni bat um Entschuldigung, stand auf und ging nach drinnen. Emmerich beobachtete träge eine Amsel, die ein Bad in einem Vogelbecken aus bunten Mosaiksteinen nahm. Hinter dem Vogelbecken blühten Blumen, Eidechsen sonnten sich auf einigen, zu einer Miniaturfelslandschaft arrangierten Steinen, Insekten summten friedlich vor sich hin. *So ein Garten,* dachte Emmerich, *ist eigentlich ja auch nichts Schlechtes. Man wäre an der frischen Luft, könnte gelegentlich ein Sonnenbad nehmen oder …* Die Amsel tschilpte und flog auf, als ein Mann mit feuchten grauen Löckchen aus dem Haus trat. Er trug eine dunkle Hose und darüber einen kurzen Hausmantel aus weinroter Seide, in dessen Ausschnitt ein Seidenschal drapiert war. Emmerich fühlte sich an den Schauspieler Sir Alec Guinness erinnert.

„Buongiorno", sagte der Mann, setzte sich an den Tisch und steckte sich eine Zigarette an.

„Herr Ingeroni?", vergewisserte sich Emmerich.

„Sì."

„Sprechen Sie Deutsch?"

„Ein wenig."

„Sie haben letzten Samstag eine Frau gefunden."

„Sì."

„Haben Sie diese Frau gekannt?"

„No."

„Sind Sie sicher?"

„Sì."

„Würden Sie uns freundlicherweise erklären, wie Sie auf die Frau aufmerksam wurden?"

Ingeroni langte gemächlich nach der Thermoskanne, schenkte sich ein, zog an seiner Zigarette und hustete.

„Sie saß so komisch da", erklärte er bedächtig. „Wie soll ich sagen? So still."

„Nach unseren Ermittlungen seit mehreren Stunden", bestätigte Emmerich freundlich. „Während dieser Zeit hat niemand auf die Frau geachtet. Sie sah aus, als schliefe sie. Warum ist sie wohl ausgerechnet Ihnen aufgefallen?"

„Scusi?" Ingeroni guckte verständnislos. Seine Frau kam aus dem Haus zurück und setzte sich neben ihn. Emmerich beschloss, vorerst nichts dagegen einzuwenden.

„Weitere Ermittlungen", fuhr er fort, „haben ergeben, dass die Frau keines natürlichen Todes starb."

Das Paar ihm gegenüber reagierte nicht auf diese Mitteilung.

„Haben Sie mich verstanden?", wollte Emmerich, in nunmehr eindringlichem Ton, wissen. „Die Kollegin und ich bearbeiten ein Tötungsdelikt. Es kommt auf Kleinigkeiten an."

Die Ingeronis wechselten einen Blick und zogen wortlos, aber synchron die Achseln hoch.

„Hat das etwas mit uns zu tun?", fragte die Frau in der weißen Hose gleichgültig. Emmerich ging nicht darauf ein und wandte sich an den Mann.

„Was haben Sie genau gemacht? Als Sie die Frau entdeckten?"

Ingeroni legte die Stirn in Falten.

„Ich bin gegangen hin zu ihr", erklärte er nach einer gerade noch akzeptablen Zeit des Nachdenkens und zeigte auf seine Schulter. „Hier hab ich sie geschüttelt. Nur ein bisschen. Da hat ihr Kopf … so gemacht." Das Haupt des Hausherrn wurde zur Seite gedreht und kippte ruckartig nach vorn, sodass Ingeronis Kinn auf seinem Brustkorb landete. Was ein wenig so wirkte, wie das Erhängen eines Gangsters im Italo-Western, zumal das Ganze noch durch theatralisch ausgebreitete Arme unterstrichen wurde. „Ich wusste gleich … mamma mia! … die arme Frau. Es ist gewesen eine große Schock für mich."

„So weit, so gut." Gitti hielt das Protokoll von Ingeronis Aussage in der Hand. „Das haben Sie ja alles den Kollegen schon erzählt. In der Zwischenzeit haben wir allerdings Hinweise darauf, dass noch ein weiterer Angehöriger Ihrer Familie am Tatort gewesen sein muss. Können Sie uns dazu etwas sagen?"

Wieder sah das Paar sich, statt einer Antwort, gegenseitig an. Dabei glaubte Emmerich im Blick des Mannes einen Ausdruck leichter Panik zu entdecken, während der ihrige eher beruhigend wirkte.

„Was für Hinweise sollen das denn sein?", fragte Frau Ingeroni schließlich zweifelnd.

„DNA-Spuren", entgegnete Gitti knapp. „Wenn Ihnen das etwas sagt."

„Ich bin ja nicht blöd", erklärte Frau Ingeroni, als habe man ihr Derartiges unterstellt, empört. „Trotzdem fällt mir dazu nichts ein."

„Was ist mit Ihrem Mann? Hat er verstanden, worum es geht?"

„Giovanni?" Sie sah ihn an, und er wiederholte, was seine Frau schon zuvor gesagt hatte:

„Ich war dort mit Freunden."

„Haben Sie, von Ihren Kindern abgesehen, Angehörige im Großraum Stuttgart?"

„Meine Familie ist groß. Fünf Geschwister, Onkel, Tanten, Vettern, Kusinen, Neffen, Nichten."

„Schön für Sie", meinte Emmerich und beugte sich nach vorn. „Ist aber keine Antwort auf unsere Frage."

„Ein Teil von ihnen lebt hier in der Gegend", räumte Frau Ingeroni etwas widerwillig ein. „Wir haben allerdings schon lange keinen Kontakt mehr zur Familie meines Mannes. Vermutlich kennen wir auch längst nicht mehr alle, die dazugehören."

„Keinen Kontakt mehr? Warum nicht?"

„Ich wüsste nicht, was Sie das angeht, aber wenn Sie sich dann zufriedengeben … sie haben es ihm verübelt, dass er eine evangelische Deutsche geheiratet hat. Reicht das jetzt?"

„Wenn Sie uns noch den einen oder anderen Namen nennen könnten? Es würde uns viel Arbeit ersparen."

Ingeroni gab ein würgendes Geräusch von sich, hustete einmal mehr und drückte seine bis auf den Filter heruntergerauchte Zigarette aus.

„Beim besten Willen", sagte seine Frau, während sie ihm sorgend auf den Rücken klopfte. „Das dürfen Sie nicht von uns erwarten. Mein Mann hat es auch so schon schwer genug."

„Einen Versuch war's wert", sagte Gitti leichthin und stand auf. „So werden wir uns eben an die Einwohnermeldeämter wenden müssen.

Notfalls mit Amtshilfe aus Italien. Das wird dann nicht nur einzelne Mitglieder Ihrer Familie treffen, sondern viele."

Ein weiterer Hustenanfall erschütterte den Mann im Hausmantel, doch statt zu klopfen, stand seine Frau ebenfalls auf und reichte Gitti die Hand.

„Tun Sie, was Sie für nötig halten. Vielleicht fällt ihm ja später noch etwas ein. Dann würde ich Sie anrufen. Wenn Sie ein Kärtchen für mich hätten …"

* * *

Helmut frühstückte kommentarlos eine Melonenhälfte mit Schinken statt der gewohnten Brote, wartete, bis Melanie sich in der Küche zu schaffen machte, und ergriff die Gelegenheit.

„Ich fahre schnell zu Ottmar und hole die Bücher wieder ab", rief er hastig, schnappte sich den Ordner mit den kopierten Bankauszügen und verließ die Wohnung. Bei Ottmar in der Ludwigstraße hatte sich die Stadtverwaltung etwas Neues einfallen lassen. Etwas, das sich „Parkraummanagement" nannte und angeblich dafür sorgen sollte, dass zumindest tagsüber freie Plätze für den fahrbaren Untersatz am Straßenrand verfügbar waren. Inwieweit dabei tatsächlich etwas gemanagt wurde, war für den Laien nicht ersichtlich, dafür kostete das Parken nun ausnahmslos und überall im Stadtteil Geld, während das zugrunde liegende Konzept, zumindest soweit es Ottmars Umgebung betraf, nicht aufzugehen schien. Wie gewohnt fuhr Helmut daher mehrmals um den Block herum, bis er einen Stellplatz fand, für den er ordnungsgemäß den neuen Obolus an einem solarbetriebenen Parkscheinautomaten entrichtete. Angesichts der nicht unerheblichen Entfernung zu seinem eigentlichen Ziel, beschloss er, auf dem Rückweg zunächst nur einen Teil der Bücher mitzunehmen, denn auf die kam es ihm im Moment nicht an. Vielmehr war ihm eingefallen, dass Ottmar über ein kleines Tischkopiergerät verfügte, und weil er wusste, dass sein Freund kein Frühaufsteher war, klingelte er gleich mehrfach an dessen Tür. So lange, bis ein aufgebrachter Ottmar „Heilandsack, was soll denn das?" durch die Gegensprechanlage schrie.

„Ich bin's."

„Wer?"

„Helmut."

„Spinnst du?"

„Es ist wichtig. Lass mich rein."

„Du kannst mich mal." Der Summer tönte, im ersten Stock stand Ottmar in T-Shirt und Unterhose auf dem Treppenabsatz. „So langsam hab ich deine Faxen satt", knurrte er anstelle einer Begrüßung. „Hättest du nicht wenigstens vorher anrufen können?"

„Tut mir leid", schwindelte Helmut souverän. „Es ergab sich so. Lass mich schnell ein paar Kopien machen, und gib mir einen Teil von meinen Büchern. Dann bin ich sofort wieder weg."

„Schnell geht gar nix." Ottmar drehte sich um. „In meinem Alter. Komm rein und mach die Tür zu. Du schuldest mir eine Erklärung."

„Nein, wirklich, Ottmar. Ich habe nicht viel Zeit …"

„Wenn du etwas von mir willst, wirst du sie dir nehmen. Ich sitze beim Frühstück und lasse mich nicht hetzen. Dein Paket hab ich noch nicht geöffnet, und der Typ, der es gebracht hat …wo hast du den bloß her?"

„Also schön. Pass auf." Helmut setzte sich zu Ottmar an den Küchentisch, ließ sich ein Glas Orangensaft aufdrängen, obwohl er am Morgen für seinen Geschmack bereits eine Wochendosis Obst eingenommen hatte, schlug seinen Ordner auf und versuchte zu erklären.

„Du willst mir also weismachen", sagte Ottmar, nachdem Helmut geendet hatte, „dass ein tätowierter Kleiderschrank mit Goldzahn namens Kladic Kunde bei einem Bonzeninstitut wie dem Bankhaus Treufuß ist?"

„Eben nicht. Zu mir hat er gesagt, dass er das Bankhaus gar nicht kennt."

„Aber du hast hier die Auszüge. Wie kann das sein?"

„Genau das will ich ja herausfinden. Deshalb brauche ich Kopien. Weil meine Schwägerin die Originale hier zurückwill. Damit ihr teurer Berti keinen Stress macht. Oder womöglich noch ihr Mann."

„Hm." Ottmar wischte sich die buttrigen Finger an seinem T-Shirt ab, bevor er in den Flur schlurfte und dort das Tischkopiergerät in Gang setzte. „Wenn dein Schwager dort arbeitet", rief er von draußen, „bei diesem Bankhaus Treufuß … warum fragst du den nicht einfach?"

„Elmar?" Helmut dachte ein paar Sekunden nach, bevor er antwortete. „Lieber nicht. Der hat nie Zeit, ist ein hohes Tier und wird sich kaum um solches Kroppzeug kümmern. Da würde ich nur die Schwester meiner Frau in unnötige Aufregung versetzen, was dann auf mich zurückfallen könnte. Wenn du verstehst, was ich damit sagen will …"

„'türlich." Ottmar lugte durch die Küchentür. „Das Kopiergerät ist warm. Jetzt gib mir deinen Ordner."

„Kommt nicht infrage. Mit deinen fettigen Griffeln fasst du das Ding nicht an."

„Fettige Griffel? Wenn das nicht die Höhe ist."

„Und überhaupt. Wie du daherkommst. Zieh dir was Ordentliches an, ich mache die Kopien."

„Muss ich mir das bieten lassen? Erst dein Paket, dann schneist du hier einfach so herein und hast nichts Besseres zu tun, als an meinen Klamotten rumzumotzen …"

„Musst du", entgegnete Helmut fest. „Wozu sind wir Freunde?"

„Auch wieder wahr", resignierte Ottmar und kratzte sich im Schritt. „Tu, was du nicht lassen kannst."

Wenig später trug er ein sauberes Hemd über einer frischen Hose, hatte sich das Haar gekämmt und schenkte Helmut in der Küche das nächste Glas Orangensaft ein.

„Für mich bitte nicht", lehnte der dankend ab. „Ich muss zurück zu Melanie."

„Später", beschied ihn Ottmar ungerührt. „Vorher will ich wissen, wie es weitergeht."

„Das weiß ich selbst noch nicht." Helmut faltete die Kopien der Kopien sorgfältig zusammen und steckte sie in seine Jackentasche.

„Ich habe", sagte Ottmar beiläufig, „deinen Kumpel Kladic übrigens gefragt. Nach Solferino."

„Und?"

„Stinksauer hat er ausgesehen. Aber rundweg abgestritten, den Namen je gehört zu haben. Wenn du mich fragst … eine glatte Lüge."

„Du meinst, die beiden kennen sich?"

„Darauf kannst du einen lassen."

„Na, also", meinte Helmut, nicht ganz unzufrieden. „Ich dank dir schön für deine Mühe. Das ist doch immerhin ein Ansatz."

Ottmar sah ihn spöttisch an.

„Wofür denn, werter Meisterdetektiv? Willst du fortan mit Schlapphut und Lupe hinter den beiden herschleichen? Selbst wenn du sie zu zweit erwischst, was soll das beweisen?"

„Vielleicht sollte ich noch den anderen finden? Daniel Schlucht."

„Ich habe eine bessere Idee."

„Du? Eine Idee?"

„Warum nicht?“ Ottmar entfernte lässig ein imaginäres Stäubchen von seiner frischen Hose. „Die Sache interessiert mich.“

„Warst du nicht der, der mir empfohlen hat, mich da herauszuhalten? Jetzt willst du mitmachen?“

„Soll ich einfach zusehen, wie du in dein Unglück rennst?“

„Wer sagt, dass ich …?“

„Ich.“

„Du hast doch selber keine Ahnung.“

„Aber eine Idee. Während du nicht weiterweißt. Gib's ruhig zu.“

Obwohl Helmut sich eingestehen musste, dass Ottmar nicht ganz unrecht hatte, tat er selbstverständlich nichts dergleichen. Etwas bockig nippte er an seinem Saft und schwieg.

„Wir treffen uns zur Mittagszeit. Wieder in der Calwer Straße“, bestimmte Ottmar. „Ich bringe einen ehemaligen Kollegen mit.“

„Wozu?“

„Der Kollege weiß ein bisschen was. Über Solferinos Frischeservice.“

11

Im Präsidium auf dem Pragsattel stellte Emmerich als Erstes fest, dass sich unter seinem Fenster im Büro anstelle von Musikmagazinen nun Pappkartons mit Blumenmustern stapelten. Ins Auge stachen dabei in erster Linie Sonnenblumen, doch es waren auch Tulpen und Rosen vertreten. Emmerich betrachtete die Kartons verblüfft und nahm vom obersten den Deckel ab. Drinnen lagen seine Magazine.

„Ich dachte mir", erläuterte Frau Sonderbar von der Tür her, „dass es so viel besser aussieht. Ordentlicher. Fröhlicher. Die Zeitungen verstauben nicht. Wenn Sie einst in den Ruhestand gehen, nehmen Sie die Kartons einfach mit."

„So", entgegnete Emmerich, den Deckel wieder schließend. „Dachten Sie. Und es mussten ausgerechnet Blumen sein? Etwas Einfarbiges hätte vollkommen ausgereicht."

„Diese hier waren bei mir zu Hause übrig. Wenn Sie es bezahlen, kann ich auch gerne einfarbige Kartons besorgen. Am besten schwarze, vermute ich."

„Ich werde versuchen, mich an die Blumen zu gewöhnen", winkte Emmerich ab. Man gewöhnte sich an vieles, wenn es nur lange genug um einen herum war. Der Staub machte vor bunten Kartons so wenig halt wie vor seinen Magazinen, deren Vorhandensein offenbar nicht mehr beanstandet wurde. „Haben wir etwas Neues?"

„Der vorläufige Bericht der Spurensicherung liegt vor."

„Geht erst mal an Frau Kerner. Der Fall ist ihrer."

„Da wäre ich mir nicht so sicher."

„Bitte?"

„Der Chef scheint anderer Ansicht zu sein." Frau Sonderbar hatte die Lippen in einer Art verzogen, die als ein für sie völlig untypisches Grinsen betrachtet werden konnte. „Frau Kerner hatte wohl Bereitschaft, er hat aber Wind davon bekommen, dass Sie zuerst am Tatort waren. Und wir kennen ja den Chef."

„Er kann mich mal. Der Chef."

„Ich fürchte, er ist umgekehrt auch dieser Ansicht. Überdies verärgert. Weil ihn bislang niemand unterrichtet hat."

„Nun, das kann Frau Kerner ja jetzt tun." Emmerich griff nach dem Telefon und bat Gitti, das Versäumte so schnell wie möglich nachzuholen. Frau Sonderbar reagierte mit einem Kopfschütteln, das überzeugend zum Ausdruck brachte, dass sie ein solches Vorgehen für wenig Erfolg versprechend hielt, und ging ohne weiteren Kommentar zurück in ihr Vorzimmer. Emmerich setzte sich an seinen Schreibtisch und nahm sich den Bericht der Spurensicherung vor, doch er kam damit nicht weit. Das Telefon auf seinem Schreibtisch summte nur wenige Minuten später, Frau Sonderbar informierte ihn triumphierend, dass der Chef um ein Gespräch ersuche, und stellte durch, bevor er widersprechen konnte.

„Emmerich", sagte der Chef ohne weitere Einleitung in einem Ton, als spräche er mit einem schwer erziehbaren Jugendlichen, „was soll denn das?"

„Was?"

„Warum sprechen Sie nicht mit mir?"

„Ich spreche doch mit Ihnen. Justament gerade jetzt."

„Sie wissen, was ich meine. Sinnlos, Frau Kerner vorzuschicken. Die Angelegenheit ist Ihre Sache."

„Aber ..."

„Keine Widerrede. Nicht in so einem speziellen Fall. Die Kollegin wird ihre Chance noch bekommen. Jetzt benötige ich Erfahrung."

„Was ist denn so speziell daran?", fragte Emmerich unangenehm berührt. Ankündigungen dieser Art verhießen selten Gutes.

„Der Hintergrund", erklärte denn der Chef auch kryptisch.

„Glückwunsch", meinte Emmerich sarkastisch. „Sie scheinen, besser informiert zu sein als wir. Ich könnte über einen Hintergrund derzeit noch überhaupt nichts sagen."

„Deshalb informiere ich Sie ja. Und muss Ihnen gleichzeitig mitteilen, dass mir Ihre Art, mich auf dem Laufenden zu halten, gar nicht zusagt. Wobei Sie völlig richtig gehandelt haben, die Sache nicht gleich an die Öffentlichkeit zu bringen."

Emmerich holte Luft und schluckte den leider nicht ganz unberechtigten Rüffel seines Vorgesetzten hinunter.

„Ich höre. Was ist der Hintergrund?"

„Sie werden mit äußerster Diskretion vorgehen. Ich erhielt einen Hinweis von einem ehemaligen politischen Entscheidungsträger ..."

„Sie meinen von der abgewählten Landesregierung?"

„Ein früherer politischer Entscheidungsträger", wiederholte der Chef beharrlich. „Man weiß nicht, ob dieser Entscheidungsträger eines Tages wieder in der Verantwortung stehen wird. Also bin ich vorsichtig. Falls sich bei Ihren Ermittlungen Zusammenhänge mit einer Firma DBD ergeben sollten, machen Sie keinen Schritt mehr, ohne mich zu informieren."

„Was soll das für eine Firma sein?"

„Hören Sie mal, Emmerich." Der Chef ließ ein vorwurfsvolles Hüsteln hören. „Lesen Sie denn keine Zeitung? Das ist die Deutsche Business Development, die im Begriff ist, an einer *sehr* zentralen Stelle in der Stadt ein Einkaufszentrum zu errichten. Der Entscheidungsträger möchte auf keinen Fall, dass ein solcher Investor in irgendeiner Weise abgeschreckt wird."

„Der frühere Entscheidungsträger?"

„Ich werde das jetzt nicht mit Ihnen diskutieren", erklärte der Chef abschließend und sehr bestimmt. „Und ich erwarte, dass Sie sich an meine Anweisungen halten. Ansonsten lasse ich Ihnen freie Hand."

„Heißt das, ich darf eine Sonderkommission zusammenstellen?"

„Vorausgesetzt, sie ist diskret ..."

„Schon verstanden", knurrte Emmerich wenig amüsiert. In den letzten Monaten waren im Zusammenhang mit dem Stuttgarter Hauptbahnhof immer wieder Dinge aus dem Präsidium nach draußen gedrungen, die eigentlich hätten drinnen bleiben sollen. Je mehr Kollegen in einen Fall involviert waren, desto größer war auch die Wahrscheinlichkeit einer Indiskretion. Für die im Fall Isolde Nothdurft Emmerich persönlich verantwortlich gemacht werden würde.

„Das freut mich", sagte der Chef in ausgesucht höflichem Ton. „Ich hatte auch nichts anderes erwartet. Sie stehen von meiner Seite jedenfalls nicht unter Druck. Manchmal stellt sich ja auch heraus, dass der Täter längst über alle Berge ist. Dann könnten wir ohnehin nichts machen."

Emmerich vermied es, mit den Zähnen zu knirschen, obwohl er plötzlich ein dringendes Bedürfnis danach empfand.

„Sicher wollten Sie mir jetzt noch sagen, um welchen ehemaligen politischen Entscheidungsträger es sich handelt", entgegnete er beherrscht. „Nur für den Fall, dass auch der plötzlich bei unseren Ermittlungen auftaucht."

„Wollte ich das? Da haben Sie sich wohl verhört." Der Chef hüstelte ein zweites Mal. „Sollten Sie auf so jemanden stoßen, gilt natürlich dasselbe wie für die Firma DBD."

* * *

Der Mann, der sich nach einer knappen Viertelstunde zu ihnen gesellte, trug eine Sportmütze mit Schirm und sah sich mehrmals um, bevor er sich setzte.

„Schubert", stellte er sich vor und reichte zuerst Helmut und dann Ottmar die Hand. „Wie geht's zu im Ruhestand?", wandte er sich an Letzteren.

„Ruhig", antwortete Ottmar. „Sollte es zumindest. Würde es auch, wenn ich den da nicht am Hals hätte."

„Und wer ist der da?"

„Mein Freund Helmut Schropsnagel. Früher beim Finanzamt. Hat sich da wohl in was verrannt."

„Du sprachst von Solferinos Frischeservice?"

„Richtig. Vielleicht könntest du so freundlich sein und Helmut erzählen, was du darüber weißt. Ohne, dass wir gleich lang und breit erklären müssen, wozu er das wissen will."

„Ich hab sowieso nur eine halbe Stunde Zeit." Schubert sah auf seine Armbanduhr und danach Helmut an. „Solferinos Frischeservice, also?"

„Bitte", sagte Helmut höflich.

„Das ist offiziell ein sogenanntes Ein-Mann-Unternehmen. Früher hieß es auch mal Ich-AG, doch der Begriff ist wieder aus der Mode gekommen."

„Davon gibt es viele, heutzutage", nickte Helmut verständig. „Die wenigsten sind überlebensfähig. Und viele auch nur scheinselbstständig."

„Das mag wohl sein", stimmte Schubert zu und sah sich wieder um. Auf Helmut machte der Mann den Eindruck, als fürchte er, bei etwas erwischt zu werden. „Solferino jedenfalls fährt einen dieser kleinen Laster, die so oft wegen zu hohen Tempos in schwere Unfälle verwickelt sind. Damit legt er angeblich zweimal die Woche eine Strecke von Stuttgart nach Süditalien zurück, wo er jeweils frisches Obst und Gemüse einpackt, um es dann hierher zu verfrachten und zu verkaufen."

„Angeblich? Was heißt angeblich?"

„Rechnen Sie doch mal." Schubert sah auf seine Armbanduhr. „Von Stuttgart bis, sagen wir, Bari, sind es knapp eintausendvierhundert Kilometer. Ich bin die Strecke selbst schon gefahren. Was schätzen Sie, wie lange braucht man heutzutage für eine solche Entfernung?"

„Hm." Helmut legte die Stirn in Falten und dachte nach. Er war kein passionierter Fahrer solcher Touren.

„Ich will es Ihnen sagen", verkürzte Schubert seine Überlegungen. „Mit einem Laster, wenn Sie sich nicht an die vorgeschriebenen Pausen halten, wenn Sie nicht in irgendeinem Stau stehen und ohne Aufenthalt durch einen Alpentunnel kommen, dann können Sie mit mindestens fünfzehn, sechzehn Stunden rechnen. Das zweimal die Woche hin und zurück zuzüglich der Zeit, die Sie benötigen, um die Ware hierzulande auszuliefern … was glauben Sie, wie lange würden Sie das durchhalten? Unfallfrei? Ein paar Stunden schlafen oder etwas essen sollten Sie zwischendurch ja vielleicht auch."

„Nun, ich bin nicht mehr der Jüngste …", meinte Helmut etwas überrumpelt. Schubert sah sich um, zog sich den Schirm seiner Mütze etwas tiefer ins Gesicht und beugte sich nach vorn.

„Eine Woche", mutmaßte er vertraulich. „In Ihrem Alter. Ein junger Kerl wie Solferino schafft es vielleicht in drei Tagen. Meinetwegen vier. Oder es ist nicht so, wie es aussehen soll."

„Nicht? Wie denn dann?"

„Zum Beispiel so, dass Solferino seinen Laster nur bis an die deutsche Grenze fährt und ihn dort ein anderer übernimmt. Einer, der weder hierzulande noch in einem anderen Land ordentlich angemeldet ist, schwarz arbeitet, keine Sozialversicherung hat, dafür aber billig ist."

Helmut dachte an Jaroslav vor dem Gotthardtunnel, der sich anstelle von Boris Kladic gemeldet hatte.

„Das wäre denkbar", sagte er zustimmend. „Gibt es dafür Beweise? Hat man irgendeine Handhabe?"

„In meiner Behörde sicher nicht. Wir sind froh, wenn wir mit unserem bisschen Personal unsere Aufgaben erledigen können."

„Schubert ist bei der Lebensmittelüberwachung", warf Ottmar erklärend ein. „Er hat oft mit …"

„Das tut überhaupt nichts zur Sache", unterbrach ihn Schubert. „Sollte jemand fragen, dann war ich auch niemals hier."

„Warum so geheimnisvoll? Wären Sie nicht froh, wenn derartige Machenschaften aufgeklärt werden?"

„Wir sind für Bakterien und Viren zuständig", winkte Schubert ab. „Für Hygiene, Mäusedreck und Gammelfleisch. Mir reicht schon, was ich da zu sehen kriege. Und was ich mir dabei anhören muss. Mit Sozialversicherungsbetrug, Steuerhinterziehung oder Schwarzarbeit sollen sich andere beschäftigen. Das Gleiche gilt für Drogen- oder Menschenschmuggel. Ich habe Familie, ich will in nichts hineingeraten."

„Drogenhandel? Menschenschmuggel?“ Helmut zog die Brauen hoch. „So etwas steckt hinter Solferinos Frischeservice? Und es wird nichts dagegen unternommen?“

„Wohlgemerkt“, sagte Schubert, lehnte sich wieder zurück und sah auf seine Armbanduhr, „von mir haben Sie das nicht. Ich erzähle Ihnen nur, was andere mir erzählten. Solches Gerede gibt es im Übrigen nicht nur von Solferino. Der beliefert hierzulande ein Dutzend Gastronomen, ein paar Gemüseläden und sogar gelegentlich die eine oder andere Privatperson. Rein lebensmitteltechnisch hat er sich noch nie etwas zuschulden kommen lassen.“

„Es sind also alles nur Gerüchte?“

„Wo Rauch ist, ist meistens auch Feuer. Bei Solferino raucht es gewaltig. Ottmar meinte, Sie wären beim Finanzamt. Warum schicken Sie ihm nicht einfach mal Ihre Betriebsprüfer ins Haus? Routinemäßig? Sehen Sie sich die Lieferscheine an. Die Einfuhrpapiere. Die Rechnungen, die er an seine Kunden stellt. Ich würde eine Kiste Schampus wetten, dass Sie Diskrepanzen finden. Zum Beispiel zwischen den beförderten, den verkauften und den schlussendlich bezahlten Warenmengen.“

„Das würde bedeuten“, meinte Helmut nachdenklich, „dass Solferinos Frischeservice nichts anderes ist als eine Tarnung?“

„Ziehen Sie ruhig Ihre eigenen Schlüsse. Ich muss wieder los.“ Schubert machte Anstalten, aufzustehen.

„Moment noch“, versuchte Helmut, ihn aufzuhalten. „Wo kann ich Sie erreichen? Falls ich noch Fragen habe?“

„Gar nicht. Notfalls über Ottmar. Aber am liebsten gar nicht.“

„Warum sind Sie so nervös? Sie haben doch nichts zu befürchten. Ich werde Sie nirgendwo erwähnen.“

Schubert beugte sich noch einmal vor.

„Sie haben mich nicht gefragt“, sagte er, die Stimme zu einem gerade noch verständlichen Flüstern senkend, „für wen dieser Solferino in Wahrheit arbeitet. Auch das sind natürlich Gerüchte, allerdings solche, die sich ausgesprochen hartnäckig halten.“

„Und was besagen sie? Diese Gerüchte?“

„Die Mafia“, wisperte Schubert, sah sich um und blickte auf seine Armbanduhr. „Es heißt, er sei ein Handlanger der Mafia.“

* * *

Hauptkommissarin Brigitte Kerner eilte ungestüm herein, kaum dass Emmerich den Hörer aufgelegt hatte.

„Der Chef …", begann sie biestig und wurde zügig unterbrochen.

„Weiß schon", sagte Emmerich, deutete auf einen der Besucherstühle vor seinem Schreibtisch und gab in kurzen Worten das Gespräch mit ihrer beider Vorgesetztem wieder.

„Nicht aufregen. Nicht ärgern", fügte er beruhigend und abschließend hinzu. „Damit versaut man sich nur selbst den Tag."

„Das fällt mir schwer." Gitti hatte sich gesetzt. „Im Augenblick zumindest."

„Man muss die Leute nehmen, wie sie sind. Der Chef ist eben so. Andere sind anders."

„Meinst du jemand im Speziellen?"

„Ich, zum Beispiel, habe kein Problem damit, wenn du die Federführung übernehmen möchtest."

„Während du am Schluss die Lorbeeren erntest?"

„Wir werden sehen, ob es was zu ernten gibt. Erstmal konzentrieren wir uns auf den Bericht der Spurensicherung. Den wollte ich gerade durchlesen."

„Hab ihn schon überflogen." Gittis Gesicht entspannte sich nur mäßig. „In Isolde Nothdurfts Wohnung wurde ein Album mit Kinderbildern gefunden. Aus den 80er-Jahren. Die Fotos zeigen ein Baby und später einen Jungen namens Daniel. Im Adressbuch steht die Nummer eines Daniel Schluchts. Ich gehe davon aus, dass es sich bei ihm um das gesuchte Patenkind handelt."

„Daniel Schlucht? War das nicht der, dessen Bankauszüge im Umschlag waren?"

„Der Name ist derselbe. Ich hab die Bankauszüge mitgebracht."

„Dann lass mal sehen."

Gitti zog die Kopien aus dem Umschlag und reichte sie über den Schreibtisch. Emmerich betrachtete die Blätter nachdenklich.

„Genau genommen", sagte er nach kurzem Studium, „ist es ja nur einer. Bankauszug, meine ich. Nummer vier, Blatt eins bis drei. Anfangssaldo elftausenddreihundertfünfzehn Euro einundfünfzig, Endsaldo neuntausendsechshundertzwei und ein paar Zerquetschte. Eine Menge Geld für einen Burschen, der jetzt gerade mal so Mitte bis Ende zwanzig sein dürfte."

„Auf den ersten Blick dachte ich", erklärte Gitti mit gefurchter Stirn, „es ist ein Konto, das sie für ihn unterhalten hat. Die Tante für das Patenkind. Um etwas für ihn zu sparen. Aber dies hier ist kein Sparbuch."

„Stimmt", sagte Emmerich nach einem kurzen Blick. „Hier wurden Rechnungen bezahlt und abgebucht. Was das wohl für handschriftliche Zahlen sind, die neben den Beträgen stehen?"

„Kontierungen", erklärte Gitti knapp und setzte angesichts Emmerichs verständnisloser Miene hinzu: „Das sind die Nummern der Konten, auf die die Rechnungen gebucht werden."

„Hä?"

„Die Nummern der Konten, auf die …"

„Die Kontonummer steht doch oben. Auf dem Bankauszug."

„Das ist etwas anderes. Die handschriftlichen Zahlen sind für die Buchhaltung. Einnahmen werden auf einem Erlöskonto verbucht, Ausgaben auf einem Aufwandskonto. Diese Nummern meine ich."

„Muss ich das verstehen, um den Fall zu lösen?"

„Wahrscheinlich nicht." Aus für Emmerich nicht nachvollziehbaren Gründen schien Gitti sein Unverständnis in höchst unangebrachter Weise zu amüsieren, ihre soeben durch den Ärger über ihren Vorgesetzten noch recht mürrische Miene hatte sich in ein mühsam unterdrücktes Grinsen verwandelt.

„Was ist so komisch?", wollte er wissen.

„Nichts", erklärte Gitti ernsthaft. „Ich musste gerade nur an einen meiner Lehrer auf dem Wirtschaftsgymnasium denken."

„Meinetwegen?"

„Der Gute war felsenfest davon überzeugt, dass unser Land dereinst zugrunde gehen werde, weil selbst Führungskräfte nichts von Buchhaltung verstehen. Nicht einmal", – Gitti hob mit gespielter Empörung den Zeigefinger – „so pflegte er zu sagen, die bei der Polizei."

„Was mich betrifft, hatte der Mann sicherlich recht." Emmerich legte die drei Blätter ordentlich nebeneinander und die Stirn in Falten. „Und wenn man bedenkt, was besagte Führungskräfte in der Wirtschaft oder der sogenannten Finanzindustrie derzeit mit unserem Geld alles so anstellen, lag er vielleicht mit seiner Prognose gar nicht so falsch."

„In diesem Fall allerdings", meinte Gitti und tippte auf Blatt eins von Bankauszug Nummer vier, „könnte es genau umgekehrt sein."

„Wie?"

„Jemand versteht mehr von Buchhaltung, als er, beziehungsweise sie, sollte. Es war Isolde Nothdurfts Aufgabe, diese Kontierungen zu erfassen. Von einer langjährigen Chefsekretärin kann man annehmen, dass sie weiß, was genau sie da tut. Im Gegensatz zu irgendeiner angelernten Tippse werden ihr die Zahlen sehr wohl etwas gesagt haben. Vorausgesetzt, diese Auszüge gehören tatsächlich ihrem Patenkind, dann wird irgendetwas daran sein, was sie interessiert hat. Oder es hat ihr etwas daran nicht gepasst."

„Du meinst, sie wollte möglicherweise diesen Daniel anhand der Auszüge wegen irgendwas zur Rede stellen? Warum bewahrt sie die Dinger dann im Büro auf? Warum nicht zu Hause?"

„Wir wissen nicht, was sie zu Hause aufbewahrt hat. Die Wohnung wurde durchsucht."

„Ich erinnere mich vage", gestand Emmerich ein. „Soll das heißen, die Vandalen waren auf der Suche nach Bankauszügen?"

„Hinter Wertgegenständen waren sie jedenfalls nicht her." Gitti zeigte auf den Bericht der Spurensicherung. „Da drinnen steht, dass im Schlafzimmer Schmuck und Uhren von – ich zitiere – nicht unbeträchtlichem Wert offen in der Nachttischschublade herumgelegen hätten."

„Hm." Emmerich ertappte sich dabei, einigermaßen ratlos auf die geblümten Schachteln zu starren, in denen sich neuerdings seine Musikmagazine befanden. Dass jemand es vorzog, papierene Bankauszüge anstatt von Schmuck oder Uhren zu stehlen, war ihm bislang in seiner Karriere noch nicht vorgekommen. Ein vernünftiger Einbrecher, so dachte er, hätte zumindest beides mitgenommen.

„Ich habe Frau Wichtel angerufen", unterbrach Gitti seine Gedankengänge. „Erst wollte sie nicht so recht damit heraus, aber schließlich hat sie eingeräumt, dass Daniel Schlucht ein Mandant von Giesbert Knödler ist. Somit steht meine Theorie."

„Theorie?", wiederholte Emmerich geistesabwesend. Ausgerechnet ihm, der sich noch nie im Leben mit Grünzeug, gleich ob essbar oder nur zur Zierde, befasst hatte, war vor seinem inneren Auge das Bild eines üppigen Gartens mit blühenden Sonnenblumen und Tulpen erschienen. Er selbst saß mit Gabi bei Sonnenschein mittendrin in diesem Garten und genoss das Leben. Das Bild schien sich zu Emmerichs Überraschung nur ungern wieder verflüchtigen zu wollen, doch Gittis nunmehr eifriger Gesichtsausdruck auf der gegenüberliegenden Seite seines Schreibtischs holte ihn unerbittlich in die keineswegs üppige Realität seines Büros zurück. „Was denn für eine Theorie?"

„Ich stelle mir Folgendes vor: Isolde Nothdurft nimmt gezwungenermaßen einen Job als Datenerfasserin bei Knödler an und bekommt dort zufällig die geschäftlichen Unterlagen ihres Patenkindes in die Finger. Daniel Schlucht betreibt miese Geschäfte und will nicht, dass die Tante davon Wind bekommt. Also …"

„… bringt er sie kurzerhand um die Ecke und räumt alles aus der Wohnung, was auf ihn hinweisen könnte?" Emmerich schüttelte den Kopf. „Das ist mir zu simpel."

„Den Schmuck lässt er liegen, weil er ihn ohnehin erben wird", insistierte Gitti hartnäckig.

„Was ist mit dem Fotoalbum? Hätte er das nicht ebenfalls mitgenommen?"

„Nicht, wenn er schlau ist. Sicher wissen einige Leute, dass die Tote ein solches Album besaß."

Emmerich ließ in Gedanken das bis dahin Ermittelte Revue passieren.

„Die Augenzeugin vom Hoppenlau-Friedhof sagte aus, dass ein älterer Mann bei Frau Nothdurft gewesen sei", wandte er skeptisch ein.

„Den sie aber nur von weitem und von hinten gesehen hat", ließ Gitti sich nicht abbringen. „Wir wissen alle, wie unzuverlässig Zeugen manchmal sind. Blechle hat von einem jungen Mann an der Wohnungstür gesprochen."

„Mitteljung. Hat er gesagt. Vielleicht vierzig, vielleicht dreißig. Vielleicht aber auch nichts davon. Oder willst du mir sagen, dass du dich auf die Aussage eines Mannes vom Schlage Blechles verlässt?"

Gitti schnaubte und machte eine Bewegung, als wolle sie ein lästiges Insekt verscheuchen.

„Daniel Schlucht ist bislang die einzige Person, die in einem direkten Bezug zu Isolde Nothdurft steht. Ich finde, wir sollten ihn uns dringend ansehen."

„Selbstverständlich", stimmte Emmerich nickend zu. „Aber unvoreingenommen."

„Ich bin immer unvoreingenommen."

„Ach?" Emmerich schob die drei Kontenblätter wieder zusammen, wollte aufstehen, stutzte und setzte sich wieder. „Sieh mal einer an", sagte er bedächtig und reichte Gitti das oberste Blatt über den Tisch.

„Was?", fragte die nach kurzem Studium.

„Schlucht überweist viereinhalbtausend Euro an eine Firma namens DBD Immo Invest."

„Und?"

„Wie der Chef gesagt hat. Falls eine Firma DBD bei unseren Ermittlungen auftauchen würde, sollen wir keinen Schritt mehr tun, ohne ihn zu informieren. Ist das nicht eigenartig?“

„Dass der Chef so etwas verlangt?“ Gitti zuckte gleichgültig die Schultern. „Kann ich nicht finden. Er hat ja ausreichend begründet, dass irgendeiner von den Großkopferten hinter seinem Ansinnen steckt.“

„Das meine ich nicht. Ist es nicht eigenartig, dass der bewusste Großkopferte offenbar schon im Vorfeld mit so etwas rechnete? Noch bevor wir … also wir, die wir diese Ermittlungen führen, überhaupt auf die Idee kommen, dass eine Firma DBD in diesem Fall eine Rolle spielen könnte?“

„Doch“, gestand Gitti ein und zog die Brauen hoch. „Du hast recht, das ist in der Tat höchst eigenartig. Was wohl dahintersteckt? Oder besser wer? Kennen wir seinen Namen? Den des Großkopferten?“

„Wollte der Chef nicht sagen. Nur, dass es sich um einen ehemaligen politischen Entscheidungsträger handelt.“

„Verstehe“, nickte Gitti weise. „Haben die noch was zu melden?“

„Vielleicht nicht jetzt. Aber womöglich in ein paar Jahren wieder.“

„Verstehe“, sagte Gitti ein zweites Mal. „Was machen wir?“

„Unsere Arbeit“, entgegnete Emmerich, schob die Bankauszüge ein und erhob sich. „Wir gehen jetzt zu Daniel Schlucht.“

12

Nach der Begegnung mit dem Mann, der sich „Schubert" nannte, empfand Helmut Schropsnagel das dringende Bedürfnis, nachdenken zu müssen. In Anbetracht des freundlichen Frühlingswetters begab er sich zu diesem Zweck ein weiteres Mal auf den Hoppenlau-Friedhof, der nicht weit weg von der seniorengerechten Neubauwohnung lag, die er mit Melanie vor zwei Jahren erworben hatte. Es war insgesamt eine schöne Wohnung, drei großzügige Zimmer mit einem Balkon, der immerhin das Aufstellen eines Tischchens mit zwei Stühlen gestattete, günstigerweise in unmittelbarer Nachbarschaft eines Krankenhauses und mehrerer Fachkliniken im Stuttgarter Westen gelegen, umweltgerecht isoliert und mit Schallschutzfenstern versehen. Trotz all dieser unbestreitbaren Vorteile aber haderte Helmut gelegentlich mit dem für ihn immer noch neuen Domizil.

Etwas über dreißig Jahre ihres gemeinsamen Lebens hatten die Eheleute Schropsnagel vor den Toren der Stadt im Grünen gewohnt, im klassischen Einfamilienhaus mit Garten und zwei Kindern. Das Ende dieses Idylls verdankte Helmut seiner praktisch denkenden Gemahlin, die rigoros erklärt hatte, auf ihre alten Tage mit der Arbeit in Haus und Garten nicht mehr fertig zu werden, ja, gar nicht mehr fertig werden zu wollen. So hatte Helmut sich schweren Herzens einsichtig gezeigt, das Haus der ältesten Tochter samt Familie überlassen und war seiner Frau in die Stadt gefolgt. Melanie hatte, davon war er überzeugt, diese Entscheidung noch nie bereut, sie traf sich mit Freundinnen, besuchte eifrig kulturelle Veranstaltungen und genoss den Hausmeisterservice, den die Wohnanlage bot. Ihm dagegen fiel es nach wie vor ein wenig schwer, sich einzugewöhnen, er fühlte sich beengt, ihm fehlte die Natur. Und so hatte Helmut schließlich den nahe gelegenen Friedhof als seinen persönlichen, kleinen Park entdeckt, sich der bisweilen makabren Gedanken, die beim Betrachten der alten Grabsteine unwillkürlich aufkamen, erwehrt und kam her, wann immer es das Wetter zuließ. Gerne nahm er eine Zeitschrift mit oder ein Buch, oft saß er aber auch einfach nur auf einer Bank, beobachtete Vögel und Passanten oder sinnierte zweckfrei vor sich hin. Heute jedoch würde sich sein Aufenthalt weniger entspannt gestalten, in seinem Kopf ging es, wie man so schön sagt, drunter und drüber. Helmut zögerte ein wenig, bevor er sich in voller Absicht für die Bank entschied, auf der Isolde Nothdurft ihres Lebens verlustig gegangen war. Die Bank selbst zeigte sich von diesem Ereignis unbeeindruckt, weder vermittelte sie ihm ein Gefühl des Unheils noch ließ sich in ihrer unmittelbaren Umgebung etwas entdecken, was noch darauf hingewiesen hätte. Helmut lehnte sich zurück, legte die Arme ausgebreitet auf die Rückenlehne, schlug die Beine übereinander und begann zu tun, wozu er hergekommen war. Ein einziges Wort überschattete dabei alles, was ihm durch den Kopf ging, ein Wort, das Helmut bislang nur mit Fernseh- oder Kinofilmen und keineswegs mit seiner Heimatstadt in Verbindung gebracht hatte. Ein Wort, das plötzlich nicht mehr spannend, sondern einfach nur bedrohlich klang. *Mafia.* Natürlich las auch er die Zeitungen, natürlich hatte er die Gerüchte, die in der Stadt herumschwirrten, am Rande wahrgenommen, ihnen aber keine Bedeutung zugemessen.

Der Umbau des Hauptbahnhofes war zu einem Reizthema geworden, das längst überregionale Aufmerksamkeit erregte, es war kein Wunder, wenn viele auf diesen Zug aufzuspringen versuchten, um von dieser Aufmerksamkeit zu profitieren. Dazu gehörten unter anderen auch Leute, die mehr oder weniger unverhohlen behaupteten, *Stuttgart 21* sei ein Projekt, bei dem das organisierte Verbrechen italienischen Ursprungs seine illegal erworbenen Gelder zu legalisieren gedachte. Eine Vorstellung, die Helmut absurd erschien. Sicher konnte man nicht umhin zuzugeben, dass sich in den Schaltzentralen der Macht innerhalb des Bundeslandes während der zurückliegenden fast sechzig Jahre unter der Regierung der immergleichen Partei ein gewisser Filz gebildet hatte. *Vetterleswirtschaft* nannte der Volksmund das verächtlich, weshalb die Protagonisten der heutigen Zeit, ihren geliebten Anglizismen huldigend, sich mittlerweile für den Begriff *Networking* entschieden hatten, um das auszudrücken, was nach Helmuts Ansicht seit Anbeginn der ökonomischen Tätigkeit des Menschen eine jede Gesellschaft prägte. Den Ursprung der Zusammenarbeit bestimmter Gruppen zum eigenen Vorteil hatte er längst in einem prähistorischen Clan- oder Stammesdenken geortet, das sich heutzutage, sozusagen genetisch vorgegeben, beispielsweise in Vereinen, Bürgerinitiativen, Wirtschaftsverbänden oder Gewerkschaften ausdrückte. Wobei natürlich die Möglichkeiten, die Motive, die Hinter- und Beweggründe all dieser Gruppen durchaus verschieden waren. Auch die Mafia stellte eine solche Gruppe dar, die zudem über finanzielle Ressourcen verfügte, die anderen nicht zur Verfügung standen. Ressourcen, die zweifellos Begehrlichkeiten zu erwecken oder Bedürfnisse zu stillen vermochten, die gewöhnliche Verdienstmöglichkeiten bei weitem überschritten. Ebenso hatte Helmut längst zur Kenntnis nehmen müssen, dass die, jedes Gemeinwesen zerstörenden Praktiken der Korruption und Vorteilnahme sich nicht mehr auf afrikanische Bananenrepubliken beschränkten, sondern auch vor der eigenen Haustür nicht haltmachten. Ein, sich nun über bald zwanzig Jahre hinziehendes Projekt wie *Stuttgart 21* jedoch war ihm in seiner Gesamtheit stets als zu umfangreich für derartige Praktiken erschienen. Zu groß war in seinen Augen die Zahl der beteiligten Personen, zu lang die Abläufe der einzelnen Verfahren, zu hoch die Gefahr für den Einzelnen, schließlich von irgendeinem Nachfolger im Büro, der sich als unkäuflich erweisen konnte, erwischt zu werden. Doch vielleicht, so dachte Helmut jetzt, lag er mit diesem, ihm bislang plausibel erscheinenden Denken ja auch falsch. Wenn in der Finanzwelt zahllose Akteure ihr Zockertum als eine volkswirtschaftlich wertvolle Tätigkeit betrachteten, waren auch politische Entscheidungsträger vorstellbar, die in Anbetracht gefüllter Börsen sogenannter Investoren gar nicht mehr bemerkten, worum es diesen Leuten wirklich ging. Solche Menschen waren womöglich davon überzeugt, etwas Sinnvolles zu tun – damit zufrieden, sich selbst ein kleines Denkmal zu setzen, eine Spur zu hinterlassen in der Welt der Nachkommen, ihre Stadt oder ihr Land geprägt zu haben.

Etwa so, wie ein noch heute überaus beliebter bayerischer König, dessen Verdienst darin bestanden hatte, prachtvolle Schlösser zu errichten, die seinem Land bis heute als Touristenattraktion dienten, deren Bau allerdings nebenbei den Freistaat um ein Haar in den Bankrott geführt hatte und deren Unterhalt bis in die Gegenwart Unsummen an Steuergeldern verschlang. *Dinge gestalten können* nannten diese Menschen ihren Ehrgeiz, man musste sie nicht bestechen, sondern lediglich davon überzeugen, dass eine jede Investition etwas sei, das Arbeitsplätze, Wirtschaftwachstum und Steuereinnahmen beschere, und schon vergaßen sie, über Kosten oder Nutzen einer solchen Investition nachzudenken. Der Umfang der dabei bewegten Summen allerdings ließ es immerhin nicht vollkommen undenkbar erscheinen, dass Ottmars oder Melanies Andeutungen einen wahren Kern enthielten, zudem war es nichts Neues, dass gerade die Baubranche für Unregelmäßigkeiten jeder Art und Größenordnung als besonders anfällig galt. Für Helmut aber hatte es bislang immer einen gewaltigen Unterschied gegeben zwischen dem landläufig üblichen Beschiss und Betrug einiger windiger Unternehmer und dem, was organisiertes Verbrechen genannt wurde und von Schubert erwähnt worden war. Während die windigen Unternehmer, nebenbei bemerkt keineswegs unorganisiert, in erster Linie Schäden finanzieller Natur anrichteten, ging es hier um Menschenleben. Letztendlich natürlich zwar auch um Geld, aber es war doch etwas anderes, mit Drogen oder Frauen zu handeln, als Umsätze falsch anzugeben oder Belege zu manipulieren. Helmut bemerkte, dass eine unbestimmte Angst von ihm Besitz zu ergreifen begann. Das Gefühl einer grundsätzlich stets vorhandenen Sicherheit, das das Leben der Bewohner seiner Heimat so sehr prägte, dass sie es kaum je bewusst wahrnahmen, zeigte sich auf einmal anfällig für Zweifel. Was, wenn das gute, sichere und meist von einem gewissen Wohlstand bestimmte Leben in der Landeshauptstadt sich nur an der Oberfläche abspielte? An der Oberfläche eines Untergrunds, den der gewöhnliche Bürger für gewöhnlich nicht zu sehen bekam? Ihn vielleicht auch gar nicht sehen wollte und deshalb, bei einer zufälligen Berührung, gleich wieder zur Seite schaute? Wie anders war es zu erklären, dass es, Ottmar zufolge, ein offenes Geheimnis gewesen war, unter welchen Bedingungen italienische Gastronomen gewirtschaftet hatten oder vielleicht immer noch wirtschafteten? Ohne dass die zahlreichen Gäste dieser Gastronomen beim Genuss von Pizza oder Pasta auch nur einen Anflug von Unrechtsbewusstsein oder schlechtem Gewissen zeigten? In einem Land, dessen Bewohner zu großen Teilen wenigstens versuchten, sich moralisch korrekt zu verhalten, indem sie beispielsweise Froschschenkel und Schildkrötensuppe längst von der Speisekarte gestrichen hatten, nur Eier von glücklichen Hühnern zu konsumieren bereit waren oder auf das Tanken von Biosprit verzichteten, um weniger privilegierten Mitmenschen nicht die Nahrung vom Teller zu nehmen? Traf Ähnliches womöglich auch auf Bewirtungsbetriebe anderer Nationalitäten zu? Und hatte er nicht selbst, jahrelang, an der Seite seines Freundes Giovanni gewissermaßen nur ein paar Häuser entfernt von dieser Unterwelt gelebt? War es denkbar, dass ein junger Mann mit einer Kiste frischer Bohnen in Wahrheit ein abgefeimter Verbrecher war? Und wie passte Isolde Nothdurft in ein solches Bild, eine Frau, die ihm stets als ein Inbegriff schwäbischen Fleißes und Pflichtgefühls erschienen war? Helmut fand keine befriedigenden Antworten auf diese Fragen und war geneigt, das Nachdenken fürs Erste zu beenden, als er an der Mauer zum jüdischen Teil des Friedhofs zwei Männer bemerkte, die er beide kannte. Die Männer wechselten hastig ein paar Worte, darauf reichte der immer noch sportiv gekleidete Giancarlo Solferino dem anderen einen Aktenkoffer und verließ eilig den Schauplatz des Geschehens. Der andere betrachtete den Koffer einige Sekunden nachdenklich, fuhr sich durch das pomadisierte Haar und sah sich um, bevor er sich in die entgegengesetzte Richtung entfernte. Helmut hatte, um nicht selbst erkannt zu werden, zunächst unwillkürlich den Kopf abgewandt, doch nun stand er auf, um dem Mann zu folgen.

* * *

Dem Melderegister der Landeshauptstadt zufolge wohnte Daniel Schlucht noch bei seiner Mutter Wilma. Emmerich und Gitti standen vor einem Mietshaus in der Filderstraße und klingelten im zweiten Stock. Erfolglos. Emmerich sah auf seine Armbanduhr.

„Wird keiner da sein, um diese Zeit“, nahm er an. „Wahrscheinlich sind beide berufstätig.“

„Ich schreibe eine Nachricht, dass er sich bei uns melden soll.“ Gitti suchte schon in ihrer Umhängetasche nach Papier und einem Stift, als die Tür des Mietshauses von innen geöffnet wurde und eine Frau herauskam.

„Entschuldigung“, sagte Emmerich und ging ihr aus dem Weg.

„Wollen Sie jemanden besuchen?“, fragte die Frau und musterte ihn von Kopf bis Fuß. Als habe er vor einem Zollbeamten die Voraussetzungen für die Einreise in ein gut geschütztes Land zu erfüllen.

„Es ist niemand da“, entgegnete Emmerich zurückhaltend. „Wir würden nur gerne eine Nachricht hinterlassen.“

„Wahrscheinlich haben Sie geklingelt“, nahm die Frau spöttisch an.

„Natürlich.“

„Das können Sie sich sparen, die Klingeln sind kaputt. Seit Wochen schon. Wissen Sie, wie hoch hier die Mieten sind?“

„Äh … nein.“

„Sie sollten mal die Bäder sehen. Vorsintflutlich. Sag ich Ihnen.“

„Tut mir leid.“

„Ganz zu schweigen von der Isolierung. Was glauben Sie, wie viel ich jeden Monat nur für Heizkosten bezahle?“

„Keine Ahnung.“

„Wissen Sie denn überhaupt etwas? Über dieses Haus?“

„Wir wollen lediglich zur Familie Schlucht.“

„Wilma wohnt im zweiten Stock.“

„Danke." Emmerich machte einen halbherzigen Versuch, an der Frau vorbei ins Haus zu gelangen. Die jedoch wich keinen Zentimeter.

„Sie wird auch dort wohnen bleiben", erklärte sie drohend. „Ebenso wie ich."

„Dagegen ist aus meiner Sicht nichts einzuwenden", entgegnete Emmerich höflich.

„Nichts einzuwenden?" Die Frau sah überrascht zu ihm auf und gab zögerlich den Weg frei. „Ja, wenn das so ist …"

„Danke", sagte Emmerich ein zweites Mal, ergriff die Gelegenheit und ging ins Treppenhaus. „Sie wissen nicht zufällig, ob bei Schluchts jemand zu Hause ist?"

„Nein." Die Frau wirkte nun erleichtert und gleichzeitig vollkommen desinteressiert. „Gehen Sie einfach rauf und klopfen Sie. Ich muss weiter." Sie hastete davon, Emmerich hielt Gitti die Haustür auf und sah gleichzeitig hinunter auf seine neue Jeans.

„Hab ich irgendeine Ähnlichkeit mit einem Makler, oder so?", wollte er zweifelnd wissen.

„Kaum", grinste Gitti. „Nicht einmal mit einer neuen Hose."

„Dir ist aufgefallen, dass die Hose neu ist?"

„Selbstverständlich."

„Aber du hast nichts gesagt."

„Hättest du etwas gesagt, wenn ich eine neue Hose hätte?"

„Vermutlich nicht."

„Eben." Gitti stand schon auf der Treppe, während Emmerich noch versuchte, den logischen Zusammenhang der soeben ausgetauschten Bemerkungen zu ergründen. „Was ist? Kommst du?"

Im zweiten Stock klopfte er erst leise, dann ein wenig lauter gegen eine Milchglasscheibe und stellte sich, passend zum Namen „Wilma", eine rundliche, kleine Dame mit Lockenwicklern auf dem Kopf in einer hellen Bluse vor. Die Tür wurde von einer hochgewachsenen, hageren Person mit feuerrotem Bubikopf, schwarzer Kleidung und einem voluminösen, bunten Schal geöffnet.

„Frau Schlucht?", vergewisserte sich Emmerich.

„Wer sind Sie?"

„Kripo Stuttgart." Beide Kommissare zeigten ihren Ausweis. „Ist Ihr Sohn zu Hause?"

„Auf Malle."

„Bitte?"

„Mein Sohn ist auf Mallorca. Donnerstag kommt er zurück. Was wollen Sie von ihm?"

„Seine Patentante. Heißt sie zufällig Isolde Nothdurft?"

Der abweisende Ausdruck im Gesicht unter dem roten Bubikopf verwandelte sich in gelindes Interesse. Wilma Schlucht nickte.

„Ja doch. Stimmt was nicht mit ihr?"

„Wie kommen Sie darauf?"

Wilma Schlucht schien ein paar Augenblicke nachzudenken, bevor sie zurücktrat und eine einladende Geste machte.

„Bitte kommen Sie herein. Ich nehme an, das ist nichts fürs Treppenhaus. Das Wohnzimmer ist vorne links."

Emmerich und Gitti durchschritten einen Flur mit Parkettboden und Garderobe, dessen Wände gerahmte Sinnsprüche, Yin- und Yang-Symbole sowie kunstvoll arrangierte Seidentücher zierten. Das Wohnzimmer erwies sich als spärlich, aber teuer möbliert.

„Nehmen Sie Platz", sagte Wilma Schlucht, zeigte auf ein beiges Biedermeiersofa mit Rankenmuster und setzte sich selbst in einen dazu passenden Sessel. „Ich mache mir schon Sorgen um Isolde. Seit drei Tagen geht sie nicht ans Telefon."

„Sie sind befreundet?"

Die Frau mit dem roten Bubikopf nickte bedrückt, als erwarte sie eine schlechte Nachricht.

„Es tut mir leid", sah sich Emmerich gezwungen, ihre Erwartung zu bestätigen. „Isolde Nothdurft ist nicht mehr am Leben."

„So schlimm", hauchte Wilma Schlucht, während ihre ohnehin schon helle Haut noch eine Spur blasser zu werden schien. „Ach, du lieber Gott. Darf ich fragen … wann …?"

„Am Samstag hat man sie gefunden. Auf dem Hoppenlau-Friedhof."

Frau Schlucht schien dieser Mitteilung keine Bedeutung zuzumessen. Etwas fahrig förderte sie ein Taschentuch aus ihrem Rock zutage, trocknete sich die inzwischen feuchten Augen und schniefte.

„Das überrascht Sie nicht?", fragte Emmerich erstaunt.

Wilma Schlucht gluckste verneinend.

„Warum nicht?"

„Sie … sie … hatte sich … dort verabredet. Hat sie mir erzählt, als wir das letzte Mal miteinander telefoniert haben."

„Verabredet?", wiederholte Gitti fragend. „Auf einem Friedhof? Haben Sie dafür eine Erklärung?"

„Isolde hat sich … sie war immer sehr … jetzt, wo sie gerade … Entschuldigung.“ Wilma Schlucht brachte das Zittern in ihrer Stimme unter Kontrolle, indem sie sich zuerst schnäuzte und im Anschluss daran mehrfach räusperte. „Ich muss wohl etwas ausholen.“

„Lassen Sie sich Zeit“, sagte Emmerich geduldig und lehnte sich ein wenig steif zurück. Das Sofa mochte kostspielig und vielleicht auch originell sein, sonderlich bequem war es nicht. Wilma Schlucht dagegen richtete sich in ihrem Sessel kerzengerade auf:

„Wir kennen uns seit etwas über dreißig Jahren“, begann sie zu erzählen. „Wie Sie ganz richtig bemerkt haben, war Isolde die Patin meines Sohnes. Man muss aber dazu sagen, dass das auch nicht anders war als bei anderen Leuten. Nach Daniels Konfirmation haben wir uns ziemlich aus den Augen verloren. Erst seit ein paar Wochen standen wir wieder in regelmäßigem Kontakt.“

„Aus einem bestimmten Anlass?“

„Anlass ist vielleicht das falsche Wort. Ich glaube auch kaum, dass Sie das etwas angeht. Es sei denn, Isolde wäre …“

„Was?“

„Wie soll ich sagen? Keines natürlichen Todes gestorben?“

„Ich fürchte, genau das ist der Fall“, erklärte Emmerich entschlossen. „Jemand hat Ihre Freundin erstickt.“

Wilma Schlucht starrte ihn einige Sekunden mit weit geöffnetem Mund an, bevor sie nachhakte: „In aller Öffentlichkeit?“

„In aller Öffentlichkeit“, bestätigte Emmerich.

„Das ist ziemlich dreist, nicht wahr?“

„Könnte man so sagen, ja.“

„Hat sie sich denn nicht gewehrt?“

„Es muss schnell gegangen sein. Und es kam überraschend.“

Wilma Schlucht gab kopfschüttelnd ein Geräusch tiefster Missbilligung von sich. „War es ein Sexualverbrechen?“

„Dafür haben wir keine Anhaltspunkte. Warum fragen Sie?“

„Weil Isolde mit einem Mann verabredet war. Einem fremden Mann. Über eine Kontaktanzeige.“

„Im Internet?“, wollte Gitti wissen.

Wilma Schlucht sah von Emmerich zu ihr. „Kann schon sein. Ich meine … heutzutage läuft das ja wohl üblicherweise so. Ich kenne mich da nicht aus. Mein Bedarf an Männern ist gedeckt.“

„Hat Sie Ihnen etwas über diesen Mann erzählt?“

„Nein. Nur, dass sie sich mit ihm treffen wollte. Zu einem stadtgeschichtlichen Spaziergang. Deshalb auch der Friedhof. Isolde hat sich sehr für die Geschichte unserer Stadt interessiert. Es hörte sich so an, als habe ihr … ihr Rendezvouspartner ähnliche Interessen. Ich hatte sie gewarnt."

„Vor fremden Männern?"

„Nur vor diesem. Was sie mir von ihm erzählt hat … er passte fast zu gut. Es schien mir unwahrscheinlich … in unserem Alter …, dass man ein paarmal miteinander telefoniert und feststellt, dass man dieselben Dinge gerne isst, dieselben Bücher gelesen hat, dieselben Urlaubsorte kennt, fast die gleichen Hobbys hat … verstehen Sie, was ich damit sagen will?"

„Ich glaube schon", meinte Emmerich. „Wie Sie es schildern, hört es sich schon beinahe unheimlich an."

„Exakt", äußerte Wilma Schlucht zufrieden.

„Die beiden haben also telefoniert?"

„So hat sie es mir erzählt."

„Und der Anlass? Aus welchem Grund hatten Sie wieder regelmäßigen Kontakt mit Frau Nothdurft?"

„Es ging um Daniel." Wilma Schlucht stand auf, trat vor eine wuchtige, antik aussehende Kommode, öffnete eine Schublade, nahm einen Aktenhefter heraus und reichte ihn Emmerich. „Hier. Das hat sie uns gebracht. Sie sagte, sie habe einen neuen Job und sei dort darauf gestoßen."

Emmerich schlug den Aktendeckel auf, sah, was er beinahe schon erwartet hatte und gab ihn weiter an Gitti.

„Bankauszüge. Kopierte Bankauszüge."

„Stimmt", sagte Wilma Schlucht. Gitti blätterte.

„Allerdings vom letzten Jahr", stellte sie sachlich fest. „Die Nummern zehn bis zwölf. Weshalb sie Ihnen die wohl vorbeigebracht hat? Hat Ihr Sohn denn nicht die Originale?"

„Sie haben eine rasche Auffassungsgabe", stellte Wilma Schlucht emotionslos fest und sah Gitti anerkennend an. „Genau das ist der Knackpunkt. Daniel wusste gar nicht, dass ein solches Konto existiert. Wie Sie sehen können, ist es zudem stark überzogen."

„Im Gegensatz zu heute." Emmerich klaubte den etwas aktuelleren Auszug aus Isolde Nothdurfts Schreibtisch hervor. „Auf Nummer vier von diesem Jahr hat sich ein recht hübsches Guthaben gebildet."

„Mehr als neuntausend Euro?" Wilma Schlucht hatte sich eine giftgrüne Brille auf die Nase gesetzt und betrachtete mit kritischem Blick das

Papier, das Emmerich ihr hinhielt. „Ich muss sagen, das ist mir unbegreiflich."

„Was genau macht Ihr Sohn beruflich?"

„Ich hoffe sehr, dass er in Kürze … also, noch in diesem Jahr … sein Studium beenden wird. Informatik."

„Er studiert? Das heißt, er verdient noch gar kein Geld?"

„Ich sage doch, es ist mir unbegreiflich." Grüne Augen, die zum Gestell der Brille passten, sahen streng über dasselbe hinweg. „Er jobbt natürlich regelmäßig. Alle seine Kommilitonen machen das. Dem Studium tut das nicht so gut, es zieht sich in die Länge. Aber was bleibt ihnen übrig, den jungen Leuten? Praktika müssen sie unentgeltlich absolvieren, Ferienjobs in Festanstellung sind kaum mehr zu finden. Daniel hat ein kleines Gewerbe angemeldet. Er übernimmt Kurierfahrten, gelegentlich überführt er auch den einen oder anderen Wagen. Das wird nicht schlecht bezahlt, aber …"

„Hier." Emmerich zeigte auf die Buchung, die ihn besonders interessierte. „Hier überweist er einen vierstelligen Betrag. An eine Firma DBD. Können Sie uns dazu etwas sagen?"

„Nein, das kann ich nicht." Wilma Schlucht sah verärgert drein. „Dasselbe hat Isolde schon gefragt. Ich weiß nicht, was mein Sohn mit seiner Fahrerei verdient, aber so viel sicher nicht. Ich weiß nur eines: Dies kann nicht sein Konto sein. Daniel kennt nicht einmal die Bank. Das hat er Isolde auch gesagt."

„Aber … wie erklären Sie sich dann …?"

„Überhaupt nicht. Wir nehmen an, dass es irgendwo einen Namensvetter von Daniel geben muss. Wie Sie sehen, steht auf den Auszügen keine Adresse. Leider war Isolde mit dieser Erklärung nicht zufrieden."

„Nicht?"

„Nein. Sie erklärte uns, dass diese Auszüge ein Teil von Daniels Buchhaltung seien und sie sich deshalb Sorgen mache. Dass er in irgendwas hineingeraten sei. Und es stimmt schon, er lässt diese Dinge von einem Steuerberater namens Knödler erledigen. Der war wohl Isoldes neuer Chef."

„Das heißt", wollte Gitti wissen, „Sie selbst haben bislang nicht auf das Vorhandensein der Kontoauszüge reagiert?"

„Daniel wollte Knödler bei Gelegenheit darauf ansprechen. Ob er es getan hat, weiß ich nicht."

„Und Frau Nothdurft?"

„Was?"

„Hat sie etwas unternommen?“

„Keine Ahnung.“ Wilma Schlucht schob ihre Brille nach oben, sodass das giftgrüne Gestell einen frappanten Kontrast mit ihrem roten Haar einging, und sah Gitti an. „Sie meinte zwar, es gäbe ähnliche Fälle in dieser … äh … Kanzlei. Männer, die ein zweites Konto bei diesem Bankhaus Dingsda hätten. Aber ehrlich gesagt … es hat mich gar nicht interessiert. Ich halte nichts von Leuten, die Verschwörungstheorien anhängen. Und mein Daniel macht nichts Krummes.“

„Verschwörungstheorien?“

„Schwarzgeld werde da gewaschen. Über diese Konten. Als ob mein Sohn etwas mit solchen Machenschaften am Hut hätte. Diese Firma DBD zum Beispiel … wir haben uns erkundigt … die baut Einkaufszentren, unter anderem auch in Stuttgart. Das mag dem einen oder anderen Einzelhändler gegen den Strich gehen, aber deshalb sind das schließlich keine Verbrecher. Unser Gemeinderat würde ja sonst sicher nicht erlauben, dass so ein Unternehmen mitten in der Stadt … kurzum, Isolde wurde richtig lästig. Letzte Woche wollte sie wieder kommen. Mit neuen Auszügen. Aber da war Daniel schon im Urlaub.“

„Wann hat sie Ihnen die gebracht?“ Gitti zeigte auf den Aktendeckel.

„Ich weiß nicht mehr. Vor zwei Monaten vielleicht. Daniel meinte, sie solle sich nicht weiter aufregen. Es sei sicher alles nur ein Missverständnis. Er müsste es ja schließlich am besten wissen, wenn …“

„Offenbar aber hat Frau Nothdurft diese Empfehlung nicht befolgt“, fiel Emmerich Wilma Schlucht ins Wort und stand auf. „Haben Sie für's Erste vielen Dank. Falls wir von Ihrem Sohn noch etwas brauchen, melden wir uns wieder.“

„Sie glauben doch nicht etwa, dass dieses Zeug etwas mit Isoldes Tod zu tun hat?“ Wilma Schlucht erhob sich ebenfalls.

„Wir ermitteln in alle Richtungen“, entgegnete Emmerich lapidar und ging zur Tür. „Angenehmen Tag noch.“

13

Der Mann mit dem Aktenkoffer entfernte sich in Richtung Universität, passierte den Stadtgarten und nahm Kurs auf das Haus der Wirtschaft. Helmut folgte ihm bis ins Foyer, wo der Mann von einer jungen Frau in Empfang genommen und nach oben eskortiert wurde. Einem Plakat neben der Treppe war zu entnehmen, dass Dr. Stockinger demnächst einen Vortrag zum Thema „Kluge Investments in Krisenzeiten" im Raum „Karlsruhe" halten würde. Helmut zog lediglich für einen Augenblick in Betracht, den Vortrag zu besuchen, sah dann aber auf seine Armbanduhr und, angesichts der voraussichtlichen Dauer des Ganzen, von einem solchen Vorhaben ab. Stattdessen machte er sich auf nach Hause, wo er im Wohnzimmer neben Melanie auch seine Schwägerin antraf. Beide Damen tranken Kaffee und plauderten angeregt.

„Helmchen", flötete Nicole, kaum dass sie seiner ansichtig wurde. „Von dir hört man ja schlimme Sachen. Es stört dich doch nicht, dass ich euch besuche? Ich hole nur schnell etwas ab und bin gleich wieder weg."

„Weiß schon", brummte Helmut, der sich sehr wohl gestört fühlte und, hätte Melanie ihn gefragt, die Ansicht vertreten hätte, dass die Besuche seiner Schwägerin in letzter Zeit geradezu inflationäre Ausmaße erreichten. Es war jedoch vermutlich besser, dergleichen nicht laut zu äußern, und so fragte er nur: „Was hört man denn?"

Nicole kicherte.

„Du sollst die Bücher deiner Frau verschickt haben, nur um sie gleich wieder zurückzuholen. Und Gemüse hättest du bestellt …"

„Ja, und?", fragte Helmut schroff. „Das ist immer noch besser, als obskure Bankgeschäfte zu betreiben."

„Obskure Bankgeschäfte? Was willst du damit sagen?"

„Nichts."

„Natürlich willst du damit etwas sagen. Sonst hättest du es nicht gesagt."

„Kinder, bitte", warf Melanie ein, während sie nervös auf dem Schropsnagel'schen Sofa herumrutschte. „Ihr wollt euch doch jetzt nicht streiten."

„Nein, mein Herz", sagte Helmut, wandte sich ab und schickte sich an, das Wohnzimmer zu verlassen. Er hatte jedoch die Rechnung ohne Nicole gemacht.

„Immer langsam", keifte sie, ihre Stimme nun bar jeglicher Flötentöne, hinter ihm. „Ich lasse mir das nicht gefallen. Deine Anspielungen auf Elmar. Du hast ihn noch nie leiden können. Sofort sagst du mir, was du gemeint hast."

„Nicht so wichtig. Und ich habe deinem Elmar gar nichts unterstellt."

„Das soll ich dir glauben?"

„Was hätte ich ihm denn wohl unterstellen können?" Helmut drehte sich wieder um und sah seine Schwägerin, deren Gesichtsfarbe jetzt ins Rötliche tendierte, an. „So, wie du dich aufführst, könnte man glatt auf den Gedanken kommen, dass es da tatsächlich etwas gibt. Etwas, das womöglich mit diesen Kontoauszüge zu tun hat, die du so dringend wiederhaben willst."

„Helmut", sagte Melanie streng. „Jetzt reiß dich zusammen."

„Mich würde nur interessieren, warum sie extra hier vorbeikommt, um die Kopien persönlich abzuholen. Sonst will sie doch auch nichts von uns wissen."

„Das ist nicht wahr." Nicole hatte sich aufgerichtet. „Melanie und ich telefonieren jede Woche …"

„Schon gut, ich korrigiere mich", räumte Helmut ein. „Du willst von mir nichts wissen. Du warst nicht hier, seit wir die Wohnung haben. Warum jetzt auf einmal …?"

„Das ist nur wegen Berti. Er …"

„Bist du sicher? Dass dein Elmar nicht weiß, worum es bei der Sache geht?"

„Elmar weiß gar nicht, dass ich hier bin. Auch nicht, dass ich euch diese Sachen gefaxt habe. Wenn er es wüsste … hätte ich bloß nicht … es war nur die Aufregung …"

„Was wäre denn, wenn er es wüsste?"

„Weiß ich nicht. Das stelle ich mir lieber gar nicht vor. Er war schon so sehr verärgert, als er herausbekommen hat, dass Isolde diese Sachen an mich geschickt hat."

„Weshalb war er verärgert?"

„Woher soll ich das wissen? Ich nehme an, es hat etwas mit dem Bankgeheimnis zu tun. Sein Institut ist doch bekannt für seine Diskretion. Es ist ganz normal, dass er so etwas nicht durchgehen lassen kann.

Ich hab mir nichts dabei gedacht, als ich Isolde erlaubt habe … das war mein Fehler. Ich versuche nur, ihn wiedergutzumachen."

„Und das kannst *du* ja nicht verhindern wollen", sagte Melanie, die Partei ihrer Schwester ergreifend, energisch. „Jetzt lass sie in Ruhe, wir trinken unseren Kaffee noch aus, dann geht sie heim und Schwamm drüber."

„Ich würde mich trotzdem gerne mit Elmar einmal darüber unterhalten", schlug Helmut einen versöhnlichen Ton an. „Diskret natürlich."

„Nein." Nicoles Gesichtsfarbe wechselte von rot nach bleich. „Bitte nicht. Wenn er herausfindet, dass auch du Bescheid weißt, wenn er befürchten müsste, dass das hier Kreise zieht, dann … dann …"

„Was dann?"

„Er wird sehr böse sein."

„Es muss ihn doch aber interessieren, wenn sich unter seinen Kunden undurchsichtige Elemente finden."

„Das ist mir egal. Ich mische mich nicht in Elmars Geschäfte ein. Ich will keinen Stress mit ihm. Ich will nicht, dass du mit ihm sprichst. Versprich mir, dass du es nicht tust."

„Helmut …", forderte Melanie unnachgiebig und mit hochgezogenen Brauen.

„Von mir aus", seufzte der und schüttelte den Kopf. „Ich spreche nicht mit ihm. Für die Folgen kann ich allerdings nicht garantieren."

„Was denn für Folgen?" Nicole war aufgesprungen, ihre Stimme überschlug sich. „Was meinst du mit Folgen?"

„Nichts", wiegelte Helmut, dem der letzte Satz recht unbedacht herausgerutscht war, ab. „Mach du dir keine Sorgen. Euch wird schon nichts passieren. Wenn überhaupt etwas passiert."

„Du machst mich wahnsinnig", erklärte seine Schwägerin mit Inbrunst. Melanie deutete auf die Küchentür.

„Besser wär's, du machst dich nützlich", schlug sie unverbindlich vor. „Du könntest mir die Bohnen putzen. Es gibt dann später Eintopf."

* * *

„Schön", sagte Gitti, Emmerich an ihrer Seite, wieder am Steuer ihres Kleinwagens sitzend. „Wir wissen jetzt immerhin zweierlei. Erstens …"

„… hab ich Hunger", fiel ihr Emmerich ins Wort. „Zweitens haben wir zu wenige Leute. Chef hin und ehemalige Entscheidungsträger her, so kann man nicht arbeiten."

„Das habe ich zwar nicht gemeint, aber ich gebe dir selbstverständlich recht." Gitti setzte den Motor in Gang und fuhr los. „Was willst du machen?"

„Currywurst", meinte Emmerich, ohne nachzudenken. „Wir holen uns eine Currywurst beim Brunnenwirt."

„Eigentlich esse ich so was nicht."

„Warum nicht? Es ist die beste in der Stadt."

„Aber ungesund. Das viele Fett. Der Zucker im Ketchup …"

„Man könnte", sagte Emmerich, während Gitti das Leonhardsviertel ansteuerte, „folgende Theorie aufstellen: Die Lebenserwartung in Deutschland steigt seit Kriegsende kontinuierlich an. Ungefähr genauso lang gibt es die Currywurst vom Brunnenwirt …"

„Schon verstanden." Gitti hielt vor dem Jazzclub Bix. „Bring mir eine mit."

Wenig später mampften sie im Auto sitzend ihre Wurst, bis Gitti nach einer Weile meinte: „Es riecht aber schon ziemlich genauso streng wie Mirko Frenzels Leberkäsewecken."

Emmerich bestritt dies umgehend, obwohl er insgeheim zugeben musste, dass sie nicht ganz unrecht hatte. Sah man allerdings von den Wecken ab, vermisste er Mirko schmerzlich, mit vollem Mund erkundigte er sich, wie lang der Urlaub des Kollegen wohl noch dauere.

„Die ganze Woche", meinte Gitti resigniert. „Am Samstag ist zudem mal wieder eine große Demo vor dem Hauptbahnhof. Ich verstehe schon, dass wir keine Leute haben …"

„Man wird sehen." Emmerich wischte mit dem letzten Stückchen Wurst das letzte bisschen Currysoße aus seinem Pappschälchen, schob das Ganze in den Mund und fühlte sich in einer Art gestärkt, die sich positiv auf seinen Tatendrang auswirkte. „Also", sagte er energisch. „Was wissen wir denn nun?"

„Erstens", zählte Gitti auf: „Daniel Schlucht kann es nicht gewesen sein. Er war zur Tatzeit auf Mallorca. Zweitens: Bei der Auswertung von Isolde Nothdurfts letzten Telefonaten müsste die Nummer des geheimnisvollen Unbekannten auftauchen. Das dürfte uns schon ziemlich weiterhelfen. Drittens hätte ich Wilma Schlucht gerne noch das eine oder andere gefragt. Aber du hattest es ja plötzlich eilig."

„Mein Magen hat geknurrt", rechtfertigte sich Emmerich. „Es hätte ja auch nicht mehr viel gebracht. Was hättest du denn fragen wollen? Vielleicht, ob sie verwandt mit Ingeroni ist?"

„Das glaube ich kaum", verneinte Gitti. „Aber es hätte mich beispielsweise interessiert, für wen ihr Daniel fährt. Und die Sache mit dem Konto ist doch ziemlich rätselhaft."

„Daniel Schlucht ist in zwei Tagen zurück in Stuttgart. Wenn es nötig ist, befragen wir ihn selbst. Ich habe nicht den Eindruck, dass seine Mutter zu einhundert Prozent Bescheid weiß, was ihr Sohn so treibt. Wo gibt es das? Dass jemand ein Konto hat, von dem er gar nichts weiß?"

„Vielleicht ist da ja wirklich ein Namensvetter?"

„Blödsinn." Emmerich knüllte die Pappschachtel auf ein Minimum zusammen und warf sie aus dem Fenster, was ihm ein rügendes Räuspern von Gitti eintrug. „Wenn Isolde Nothdurft behauptet hat, dieses Konto sei ein Teil der Buchhaltung, dann wird sie dafür Gründe gehabt haben. Am liebsten würde ich Knödler in die Mangel nehmen. Aber das können wir vergessen, ohne richterliche Anordnung."

„Mir ist, als hätte ich da etwas gelesen", meinte Gitti nachdenklich. „Vor einer Weile, in der Zeitung. Es ging um eine Stadträtin. Jemand hat mit ihrem Ausweis irgendwo ein Konto auf ihren Namen eröffnet, von dem sie nichts wusste. Eine ganz merkwürdige Geschichte."

„Du meinst, das hat Methode? Isolde Nothdurft lag nicht falsch mit ihrer Vermutung, dass über ein solches Konto Geld gewaschen werde? Das würde eine Menge Fragen aufwerfen."

„Oh, ja. Zum Beispiel die nach dem wahren Kontoinhaber. Demjenigen, der für die Zahlungsausgänge verantwortlich zeichnet."

„Und wie er das wohl macht? Fälscht er jedes Mal die Unterschrift?"

„Ist nicht mehr nötig. Beim Onlinebanking reicht es, wenn er die PIN für den Zugang hat. Warte mal kurz."

Gitti stieg aus, klaubte Emmerichs zerknülltes Schälchen auf und entsorgte es samt ihrem eigenen in einem nahen Papierkorb. „*So* gehört sich das", sagte sie, als sie wieder einstieg.

„Lieber Gott, das bisschen Pappe", murrte Emmerich ohne schlechtes Gewissen. „Wozu gibt es hierzulande eine Kehrwoche? Es liegt genug anderes Zeug herum."

„Das ist kein Grund", meinte Gitti streng. „Wir sind Polizisten. Wir haben eine Vorbildfunktion."

Geschissen drauf, dachte Emmerich, sehnte sich einmal mehr nach Mirkos gewohnter Gesellschaft und wagte es, laut zu sagen: „Das sieht uns doch jetzt im Moment sicher keiner an. Dass wir Polizisten sind."

„Und?" Gitti bedachte ihn mit einem vorwurfsvollen Seitenblick. „Richtiges Verhalten hängt nicht davon ab, ob uns einer ansieht, wer wir sind. Es sollte einem in Fleisch und Blut übergegangen sein."

„Tatsächlich?" Emmerich sah ein, dass argumentieren keinen Sinn hatte. Natürlich gehörte es sich nicht, Abfall, selbst wenn er klein und kompostierbar war, einfach aus dem Fenster zu werfen. Andererseits legte er keinen Wert darauf, ein Vorbild zu sein. Es stand allerdings zu fürchten, dass eine solche Ansicht, offen geäußert, end- und fruchtlose Diskussionen herausfordern würde, weshalb er sie für sich behielt. „Wenn du meinst", räumte er daher nachgiebig ein. „Er muss also gar keine Unterschrift mehr fälschen? Der, der das Konto abräumt?"

„Außer vielleicht bei der Eröffnung. Im Übrigen wäre es auch interessant zu wissen, woher das Geld kommt, das auf das Konto einbezahlt wird. Man sollte es komplett einsehen können. Bei diesem Bankhaus ..."

„Treufuß", ergänzte Emmerich, der sich die Finger an einer Papierserviette abgewischt hatte, diese wohlweislich in der Jackentasche verschwinden ließ und dabei den Kontoauszug hervorholte. „Dafür gilt dasselbe wie für Knödler. Wir kommen nicht so einfach ran."

„Ich muss nachdenken", sagte Gitti und ließ den Motor wieder an. „Und ein paar Dinge recherchieren. Lass uns jetzt zurück ins Präsidium fahren."

* * *

Helmut stand vor der Spüle und betrachtete die Bohnen. Er hatte sie gewaschen, sie machten prinzipiell einen recht sauberen Eindruck auf ihn. Nur, dass Helmut von Bohnen nichts verstand und auch dem gleichnamigen Eintopf nur wenig abgewinnen konnte. Er bereute bereits heftig, zwei Kilo davon bestellt zu haben, und zog in Erwägung, sie einfach wegzuwerfen, als Melanie die Küche betrat.

„Fertig", erklärte Helmut leichthin und wollte seinerseits hinausgehen. „Ist sie weg?"

„Was ist daran fertig?" Melanie warf einen Blick in die Spüle. „Da müssen noch die Spitzen ab. Ja, sie ist gegangen."

„Bohnen zu putzen ist neu für mich. Muss es denn unbedingt Ein-topf sein? Mit Speck und ein paar Zwiebeln und einem ordentlichen Steak ..."

„Es sind zu viele." Melanie nahm ein Küchenmesser aus einer Schublade und begann, die Bohnen zu bearbeiten. „Ich weiß nicht, was dich geritten hat, sie zu bestellen. Es wäre aber schade, sie nicht alle zu verwenden. Wirklich schöne Bohnen. Vielleicht ein bisschen teuer, aber gut. War das ein Tipp von Joe?"

„Von Joe? Warum denn von Joe?"

„Hier." Melanie deutete auf die Quittung von Solferinos Frischeservice, die sie ordentlich an eine Pinnwand geheftet hatte. „Ich weiß, dass er manchmal dort bestellt. Solferino beliefert diesen Feinkosthändler in der Markthalle. Ich dachte immer, er tue Joe nur einen persönlichen Gefallen, indem er ihm gelegentlich etwas aus Italien mitbringt. Wenn ich gewusst hätte, dass jeder dort …"

„Moment", unterbrach Helmut seine Frau. „Willst du sagen, Joe und Solferino kennen sich persönlich?"

„Erinnerst du dich nicht an die Dorade? Die uns Joe im letzten Sommer zubereitet hat?"

„Die was?"

„Den Fisch. Im Garten. Letztes Jahr."

Helmut gestand ein, sich vage an ein Fischessen bei Joe und Petra in sommerlicher Atmosphäre zu erinnern, gab aber gleichzeitig zu bedenken, dass Meeresgetier nicht geeignet war, bleibende Eindrücke bei ihm zu hinterlassen.

„Weil du ein Banause bist", erklärte seine Gattin hochnäsig. „Spätzle, Braten und Salat – darüber geht dein kulinarisches Verständnis nicht hinaus."

„Falsch", widersprach Helmut schon aus Gewohnheit und in der Hoffnung, durch ein paar dezente Hinweise dem Bohneneintopf zu entgehen. „Ich mag auch Rindsrouladen, Hackfleischbällchen oder …"

„Das ist doch jetzt egal. Die Dorade jedenfalls kam von Solferino."

„So was merkst du dir?"

„Joe hat lange genug damit geprahlt. Mit seinen besonderen *Connections* in Sachen frischer Lebensmittel. Seither fällt mir auch der Lieferwagen im Stadtgebiet gelegentlich auf."

Helmut sah Melanie an und sagte nichts mehr. Das Gedächtnis seiner Frau schien um ein Vielfaches besser zu funktionieren als sein eigenes. Was die Frage aufwarf, ob dies in irgendeiner Art bedenklich war, schlimmstenfalls ein Anzeichen für eine beginnende Demenz, oder ob er vor einem Jahr schlichtweg nicht aufgepasst hatte. Helmut entschied sich für die zweite Möglichkeit, doch es blieb die Tatsache, dass Joe am Telefon behauptet hatte, Solferino nicht zu kennen. Daran nämlich erinnerte Helmut sich genau, ebenso wie daran, dieser Behauptung noch im selben Moment, da sie geäußert wurde, misstraut zu haben.

„Stimmt was nicht?", wollte Melanie, wohl aufgrund seines abrupten Verstummens, wissen.

„Was ... doch, doch, alles in Ordnung. Ich hab mich nur gefragt, ob mein Gedächtnis nachlässt."

„Dein Gedächtnis ist wie das von allen Leuten. Es merkt sich nur, was es für wichtig hält. Sonst hättest du nicht vergessen, dass Nicole nicht will, dass du mit Elmar sprichst."

Helmut überlegte, dass sein Gedächtnis hinsichtlich der Einordnung der merkenswerten Dinge offensichtlich und recht häufig andere Prioritäten setzte als er selbst, doch was Nicole anlangte, traf dies nicht zu.

„Ich hab das keineswegs vergessen", verteidigte er sich vehement. „Sag mir nur ... siehst du irgendeine andere Möglichkeit, wie ich etwas über diese Kontoauszüge herausfinden kann?"

„Es ist nicht deine Aufgabe, etwas darüber herauszufinden."

„Aber denk doch nach. Wie oft habe ich mich in den letzten Jahren über Giesbert Knödler geärgert? Wie oft habe ich dir erzählt, dass bei seinen Mandanten Dinge im Argen liegen? Jetzt hätte ich vielleicht endlich eine Chance ..."

„Aber jetzt", unterbrach ihn Melanie, während sie Wasser in einen großen Kochtopf laufen ließ, „jetzt bist du nicht mehr beim Finanzamt. Wann wirst du das wohl endlich einmal einsehen? Wir sind Rentner. Wir können unser Leben jetzt genießen."

„Es wäre mir ein ausgesprochener Genuss, wenn ich Giesbert Knödler ..." Helmut hielt inne, weil an der Tür geklingelt wurde. „Wer kann das nun schon wieder sein?"

„Ich weiß nicht. Geh nachsehen, ich hab die Hände nass."

Helmut ging folgsam zur Wohnungstür, lugte durch den Spion und verkündete:

„Es ist Frau Reimers von gegenüber."

„Dann mach ihr auf."

„Sie will doch sicherlich zu *dir*."

„Deshalb kannst *du* ihr trotzdem öffnen."

„Ich kenne Frau Reimers eigentlich gar nicht."

Das Klingeln wiederholte sich.

„Mein Güte", raunzte Melanie, kam mit einem karierten Tuch in den Händen aus der Küche, riss die Wohnungstüre auf und trat in den Flur hinaus. Helmut gab ein beruhigtes Schnauben von sich, vertauschte die

Straßenschuhe, die er noch immer trug, gegen ein Paar Filzpantoffeln und wollte sich gerade mit seiner Zeitung im Wohnzimmer auf das Sofa setzen, als er zwei entsetzte Schreie hörte. Umgehend eilte er wieder zurück in den Flur, wo ihm Melanie bereits anklagend einen dunkelgrauen Styroporbehälter, der aussah, als käme er von einem Pizzaservice, entgegenhielt. Hinter ihr rang Frau Reimers sichtlich nach Atem und um ihre Fassung. Helmut warf einen Blick in den geöffneten Behälter und gab unwillkürlich einen Laut des Abscheus von sich.

„Ich will wissen, was das ist", verlangte Melanie zu wissen.

„Eine tote Katze mit einem Stück Draht um den Hals", beschrieb Helmut, selbst einigermaßen fassungslos, den Inhalt des Behälters und setzte nach einem zweiten Blick hinzu: „Mit Schleifen an den Pfoten."

„Das ist ekelhaft."

„Ohne Zweifel. Wo kommt es her?"

Melanie deutete wortlos auf Frau Reimers. Helmut sah die Nachbarin, die bislang stets, wenn überhaupt, einen völlig harmlosen Eindruck auf ihn gemacht hatte, verwundert an.

„Von Ihnen?"

Frau Reimers bekam einen hochroten Kopf unter ihrem schneeweißen Haar.

„Das ist die Höhe", schnaufte sie empört. „Da will man einmal freundlich sein und nimmt ein Paket entgegen … nur, weil *Sie* nicht zu Hause waren … und schon wird man verdächtigt …"

„Um Himmels willen, so hat mein Mann das nicht gemeint." Melanie riss der Nachbarin den Deckel des Behälters aus der Hand. „Sie haben mir ja gesagt, er wurde bei Ihnen abgegeben. Von einem jungen Mann, nicht wahr?"

„Ich weiß nicht, was Sie für Leute kennen", äußerte Frau Reimers mit nunmehr schmalen Augen. „Es geht mich auch nichts an, was Sie in Ihrer Freizeit tun …"

„Sicher handelt es sich um ein Missverständnis." Melanie hatte den Deckel zurück auf die Styroporschachtel gesetzt und das Ganze ihrem widerstrebenden Gemahl in die Hände gedrückt.

„Oh nein. Der junge Mann erwähnte klar und deutlich Ihren Namen. Er steht ja außerdem auch drauf. Mitsamt der Adresse."

„Aber wir waren hier", wagte Helmut einzuwerfen. „Zumindest meine Frau. Den ganzen Tag. Ich verstehe nicht, warum dieses … äh … Paket bei Ihnen abgegeben wurde."

„Es ist Tierquälerei“, erklärte die Nachbarin mit Entschiedenheit. „Vielleicht sollte ich eine Anzeige machen.“

„Das kann ich selbst, Frau Reimers“, sagte Melanie energisch. „Ich nehme an, da hat sich jemand einen schlechten Scherz erlaubt. Mein Mann war früher schließlich beim Finanzamt. Da macht man sich nicht unbedingt beliebt bei seinen Mitbürgern. Wann wurde das Paket gebracht?“

„So? Glauben Sie? Ein schlechter Scherz?“ Die empörte alte Dame schien sich ein wenig zu beruhigen. „Es kam vor einer halben Stunde. Aber dass jemand so etwas tut. Das arme Tierchen. Wissen Sie, ich hatte selbst einmal ein Kätzchen, weiß mit schwarzen Flecken, Minka hieß es, es war …“

„Wir kümmern uns darum.“

„Sie gehen bestimmt zur Polizei?“, fragte Frau Reimers misstrauisch. „So etwas kann man doch nicht auf sich beruhen lassen. Ich selbst bin natürlich nicht mehr gut zu Fuß, es wäre mir daher schon recht, wenn Sie …“

„Am besten, Sie schreiben mir jetzt gleich alles auf“, meinte Melanie und tätschelte fürsorglich die Schulter ihrer Nachbarin. „Die Uhrzeit und wie er ausgesehen hat, der junge Mann. Alles, was Ihnen einfällt. Ich komme dann zu Ihnen.“

„Oh ja. Das ist eine gute Idee.“ Frau Reimers Empörung wandelte sich in Eifer. „Das mache ich sofort. Man soll nicht zu lange warten. Mit solchen Sachen. Wenn die Erinnerung noch frisch ist …“

„Ganz richtig. Bis gleich.“ Melanie schloss die Wohnungstür und sah Helmut mit einem schwer zu interpretierenden Ausdruck an. „Dafür“, zischte sie leise, „schuldest du mir eine Erklärung.“

„Bist du verrückt? Ich hab doch selber keine.“ Helmut fühlte sich hilflos mit der Schachtel in den Händen.

„Dann fahren wir zu Joe und Petra. Mitsamt diesem Ding. Sobald ich dafür gesorgt habe, dass die alte Reimers sich beruhigt.“

„Ich weiß nicht. Joe und Petra …?“

„Keine Widerrede. Oder ich gehe *wirklich* zur Polizei.“

14

Im Präsidium war Frau Sonderbar anzusehen, dass sie Emmerich bereits vermisst hatte. Sie folgte ihm in sein Büro, wartete gerade noch, bis er hinter seinem Schreibtisch saß, und begann, ihm Zettel vorzulegen.

„Es gab Anrufe", bemerkte sie dazu. „Zuerst Herr Dr. Zweigle."

Emmerich hörte wohl heraus, dass sie den „Herrn" in eigenartiger Weise betonte, hütete sich jedoch, seinerseits hierzu etwas anzumerken. Vor einiger Zeit hatte seine Sekretärin ein, in seinen Augen vollkommen ungebührliches und keineswegs Erfolg versprechendes Interesse an dem Gerichtsmediziner entwickelt. Ihrem Tonfall glaubte er, entnehmen zu können, dass dieses Interesse zwischenzeitlich, wie nicht anders zu erwarten, in herber Form enttäuscht worden war, ein Umstand, zu dem man Frau Sonderbar nach seiner Meinung nur gratulieren konnte. Sie dagegen mochte ganz anderer Ansicht sein, und so fragte Emmerich nur trocken: „Was wollte er?"

„Wissen, was mit der Leiche von Frau Nothdurft passieren soll."

„Bislang konnten wir keine Angehörigen ermitteln. Er wird sie noch ein Weilchen in seinen Kühlschränken behalten müssen."

„Genau das scheint er nicht zu wollen. Jeder Tag, den sie bei ihm verbringt, so sagte er, belaste seine Kostenstelle."

„Da kann ich ihm nicht helfen. Er wird sich gedulden müssen."

„Das habe ich ihm auch gesagt."

Frau Sonderbar hüstelte und sah drein, als liege ihr noch etwas auf der Zunge. Emmerich lächelte sie daher aufmunternd an.

„Sehr gut. Was noch?"

„Es steht mir vielleicht nicht zu, einen Arzt zu kritisieren", begann seine Sekretärin zögerlich, „aber …"

„Bei mir brauchen Sie kein Blatt vor den Mund zu nehmen. Schon gar nicht, wenn es sich um Zweigle handelt. Was aber?"

„Ich weiß, Sie fanden ihn von Anfang an weniger sympathisch. Ich dagegen …" – Frau Sonderbar holte tief Luft – „… wie auch immer, ich habe mir erlaubt, ihm zu sagen, dass die Würde eines Menschen sich nicht mit der Belastung einer Kostenstelle vergleichen ließe. Auch nicht, wenn es sich um eine alleinstehende, ältere Dame handelt. Es wäre möglich, dass ich ihn damit verärgert habe."

„Damit hab ich kein Problem."

„Er sprach sehr respektlos von der armen Frau."

Emmerich, der natürlich wusste, dass auch seine Sekretärin zur Gattung der alleinstehenden, älteren Damen gehörte und die Respektlosigkeit des Gerichtsmediziners in diesem Fall wohl persönlich nahm, bekundete ein weiteres Mal Verständnis und entschied abschließend, dass ein Rückruf warten könne.

„Dann hätte ich hier die Pressestelle", erklärte Frau Sonderbar daraufhin und legte ihm den nächsten Zettel hin.

„Die Pressestelle? Was wollen die?"

„Einer unserer besonders geschätzten Polizeireporter aus dem Boulevard hat Wind von der Leiche bekommen. Wenn Sie mich fragen ... auch das kann nur *Herr* Dr. Zweigle gewesen sein. Ich kann nicht verhehlen, dass er einen gewissen Drang nach Öffentlichkeit zu verspüren scheint."

„Natürlich tut er das. Würde er sonst Bücher schreiben?"

Frau Sonderbar schien noch für einen Augenblick nachzudenken, dann seufzte sie und schüttelte den Kopf.

„Was also soll ich der Pressestelle sagen? Die wollen sicher etwas Schriftliches."

Emmerich wedelte ungeduldig mit der rechten Hand. Das Ansinnen der Kollegen war gerechtfertigt, kam ihm aber nicht sonderlich gelegen.

„Schreiben Sie", sagte er unkonzentriert, „dass wir noch nicht sicher sind, ob die Tote vom Hoppenlau-Friedhof Opfer eines Gewaltverbrechens wurde. Und dass wir Zeugen suchen. Etwas in dieser Art."

„Damit wird *Herr* Dr. Zweigle kaum einverstanden sein. Ich gewann den Eindruck, dass er sich seiner Sache ziemlich sicher ist. Jedenfalls hat er mir lang und breit erläutert, wie er darauf gekommen ist, dass Isolde Nothdurft umgebracht wurde."

„Jetzt machen Sie aber mal einen Punkt." Emmerich bedachte seine Sekretärin mit einem strengen Blick. „Mag ja sein, dass Sie persönlich von ihm enttäuscht wurden und seine Person Sie nun über Gebühr beschäftigt. Das hat aber nichts mit unserer Arbeit hier zu tun. Meine Pressemeldungen werden aus ermittlungstaktischen Gründen formuliert, ein Zweigle hat sich da herauszuhalten."

„Wie Sie meinen", sagte Frau Sonderbar ergeben und stenografierte Emmerichs Worte auf einem Block. „Wo sollen sich die Zeugen melden?"

„Am besten dann bei Ihnen."

„Bitte? Wieso denn bei mir?“

„Ich habe keine Leute.“

„Und ich bin keine Polizistin.“

„Das macht nichts. Sie sollen ja auch nur einen Termin vereinbaren. Mit den potenziellen Zeugen.“

„Zeiten sind das“, murmelte Frau Sonderbar, verzichtete aber auf weitere Einwendungen und fuhr stattdessen fort: „Außerdem hat ein Herr Blechle angerufen. Er erwartet Ihren Rückruf. Hier ist die Nummer.“

„Das erledige ich gleich.“ Emmerich nahm den dritten Zettel. „Sonst noch etwas?“

„Im Moment wäre das alles.“ Frau Sonderbar klemmte sich ihren Stenoblock unter den Arm. „Außer …“

„Ja?“

„Was mache ich denn nun, falls Dr. Zweigle wieder anruft?“

Emmerich registrierte erleichtert, dass sie den süffisant betonten *Herrn* diesmal weggelassen hatte, was auf eine gewisse Versachlichung des heiklen Themas schließen ließ.

„Am besten“, schlug er vor, „Sie gehen einfach nicht ans Telefon. Seine Nummer wird doch sicher angezeigt. Und morgen wissen wir vielleicht schon mehr. Dann kann ich es übernehmen, mit ihm zu sprechen.“

„Das wäre ausgesprochen nett von Ihnen.“

„Keine Ursache“, entgegnete Emmerich, langte nach dem Telefon und wählte Blechles Nummer. Er musste es ein Weilchen klingeln lassen, bis abgenommen wurde. Zu hören bekam er schließlich einen veritablen Hustenanfall.

„Herr Blechle?“, fragte er, als das Husten etwas nachließ. „Sind Sie das? Emmerich am Apparat. Von der Kripo. Sie hatten angerufen.“

„Ja“, krächzte Blechle knapp und gab ein Geräusch von sich, als spucke er kräftig aus. Emmerich verzog angewidert das Gesicht.

„Sind Sie krank?“, fragte er höflichkeitshalber.

„Krank? Nein, wieso?“, lautete die Gegenfrage, halbwegs verständlich vorgebracht.

„Ich mein ja nur. Was wollten Sie von mir?“

„Als Sie da waren … in meiner Küche … da stand ich ein bisschen unter Schock. Wenn Sie verstehen, was ich meine.“

„Sicher verstehe ich das. Man bekommt nicht jeden Tag eine solche Nachricht.“

„Jedenfalls", – Blechle hustete erneut, jedoch nur kurz – „ist mir noch was eingefallen. Ich weiß nämlich, wo sie ihren Tresor hatte. Die Isolde. Falls Ihre Kollegen ihn noch nicht gefunden haben."

„Einen Tresor?" Emmerich blätterte im Bericht der Spurensicherung. „Nein, ich glaube nicht, dass ein solcher aufgetaucht ist …"

„Einen Schlüssel dazu hat sie mir vor ein paar Wochen auch gegeben. Falls ihr was passieren sollte, hat sie gesagt. Das ist doch verdächtig, oder? Als hätte sie geahnt, dass …"

„Wir werden sehen", sagte Emmerich, Blechles offenkundige Sensationslust etwas dämpfend, zurückhaltend. „Sind Sie einverstanden, wenn ich morgen zu Ihnen komme und mir die Sache ansehe?"

„Heute wär's mir lieber."

„Dann müsste ich jetzt gleich …"

„Das wäre mir am allerliebsten."

Emmerich sah auf seine Armbanduhr, dachte kurz nach und traf eine Entscheidung.

„Von mir aus", stimmte er zu. „Ich mache mich auf den Weg. Bis später."

Er hatte kaum den Hörer wieder aufgelegt, als Gitti, ohne vorher anzuklopfen, hereingestürmt kam.

„Schnell", sagte sie und schwenkte einen Computerausdruck vor Emmerichs Nase. „Wir müssen ins Haus der Wirtschaft."

„Müssen wir nicht", korrigierte Emmerich. „Immer schön langsam. Warum sollten wir da hin?"

„Weil ein Dr. Stockinger, Geschäftsführer der Firma DBD, dort gerade einen Vortrag hält. Wir warten, bis er fertig ist, passen ihn ab und knöpfen ihn uns vor."

„Abpassen? Vorknöpfen? Das eilt doch nicht. Oder läuft der Mann uns weg?"

„Er ist Schweizer. Vielleicht fährt er gleich anschließend an seinen Vortrag zurück in die Eidgenossenschaft."

„Hm", machte Emmerich und kratzte sich am Kopf. „Gerade hab ich Blechle versprochen, dass ich bei ihm vorbeikomme. Ihm ist noch was eingefallen."

„Blechle ist derjenige, der uns nicht wegläuft", meinte Gitti entschieden.

„Laufen sicher nicht", stimmte Emmerich zu. „Aber er kippt uns vielleicht einfach um. Blechle ist ein alter Säufer, der klingt, als pfeife er auf dem letzten Loch. Im Moment ist er gerade halbwegs nüchtern. Warum gehst du nicht allein ins Haus der Wirtschaft?"

„Und wenn ich einen Zeugen brauche? Seit wann sind wir in so einem Fall alleine unterwegs?"

„Warte mal." Emmerich stützte für einen Augenblick den Kopf in die Hände, während er nach einer Lösung des Dilemmas suchte. Angespannte Personalsituationen erforderten unkonventionelle Lösungen, spontan fiel ihm nur eine ein. „Ich hab eine Idee", sagte er daher wenig später. „Frau Sonderbar geht mit."

„Frau Sonderbar?" Gitti starrte ihn an, als habe er ihr den Froschkönig als Begleitung angeboten.

„Warum nicht? Sie ist im Polizeidienst, ihre Beobachtungsgabe steht außer Zweifel …"

„Erwartest du, dass *ich* ihr das beibringe?"

„Nein", sagte Emmerich und erhob sich. „Das übernehme ich schon selbst."

* * *

Und wieder erklomm Helmut Schropsnagel, diesmal in Begleitung seiner Gattin und einer toten Katze, die Treppen der Halbhöhenlage, bis sie beide vor dem Haus der Ingeronis standen. Was man von der Katze selbstverständlich nicht behaupten konnte, denn diese ruhte nach wie vor in dem Styroporbehälter, den Melanie in den ausgestreckten Händen hielt, als Joe ihnen öffnete.

„Da", sagte sie, als mache sie Joe persönlich für den Inhalt des Behälters verantwortlich.

„Erstmal hallo", versuchte Helmut, die ihm etwas zu überfallartige Begrüßung abzumildern. „Ich glaube, du weißt, worum es geht. Melanie hat angerufen …"

„Auch hallo." Joe, wie immer einwandfrei gekleidet, heute in schwarzer Hose sowie einem blütenweißen Hemd und insofern an die elegante Erscheinung des jugendlichen Kellners erinnernd, in den Petra sich einst verliebt hatte, nickte bekümmert. „Kommt doch erst mal rein."

„Ich will das hier nicht haben", erklärte Melanie bockig, den Behälter weiterhin weit von sich haltend. Joe nickte ein zweites Mal, nahm ihn ihr ab und wiederholte seine Aufforderung.

„Willst du nicht hineinsehen?", wollte Melanie wissen.

„Vielleicht später", entgegnete Joe vage. „Petra ist im Wohnzimmer."

Schropsnagels kannten den Weg, Melanie ging ohne ein weiteres Wort voraus, während Helmut sich ordentlich die Füße abtrat und einen stummen Blick mit Joe tauschte. Einen Blick, der auf Joes Seite ein vorwurfsvolles *„Ich hab's dir gleich gesagt"* beinhaltete und von Helmut mit einem Verzeihung heischenden *„Was kann ich dafür, wie hätte ich das ahnen sollen?"* beantwortet wurde. Im Wohnzimmer hatten die beiden Frauen sich bereits umarmt und auf der zimtbraunen Sitzgruppe Platz genommen. Gegenüber flackerte hinter einer Scheibe, die einem Kaminofen nachempfunden war, ein elektrisches Feuer.

„Was ist das denn?", fragte Helmut staunend.

„Neu", sagte Joe, die Schachtel in der Hand, mit einem Anflug von Verlegenheit. „Stell dir vor, man kann damit sogar heizen."

„Jetzt wird nicht abgelenkt", protestierte Melanie. „Wir sind nicht hier, um Small Talk zu machen."

„Und das tote Vieh bleibt draußen", setzte Petra streng hinzu. „Ihr könnt selbst zusehen, wie ihr das loswerdet."

Joe ging hinaus, kam wenig später ohne den Behälter zurück, setzte sich neben seine Frau und zündete sich eine Zigarette an.

„Was jetzt?", fragte er, die Stirn in sorgenvolle Falten legend.

„Zuerst einmal möchte ich wissen, was dieses ... dieses Paket zu bedeuten hat", kam Melanie Helmut, der sich unverhofft mit Joe in eine Form von Sippenhaft genommen fühlte, zuvor. „Und woher es kommt."

Joe machte eine hilflose Geste, bevor er „Keine Ahnung" sagte. Petra dagegen sah ausgesprochen böse drein.

„So etwas verschickt die Mafia", erklärte sie deutlich. „Als Warnung. Ich hab mich lange genug damit beschäftigt, um das zu wissen. Und du weißt es auch."

„Aber ... ich ...", wand sich Joe, während Melanie hinzusetzte: „Warum bekommen wir eine solche Warnung? Kannst du mir das erklären? Sind wir etwa in Gefahr?"

„Ihr solltet das nicht ... wie sagt man ... überbewerten?"

„Na, hör mal", empörte sich Helmuts Gemahlin. „Das sagst *du* so einfach. *Ich* habe Angst. Wir haben nichts getan. Was könnten die von uns wollen?"

„Helmut", sagte Joe und sah seinen Freund an. „Hast du ihr erzählt von unserem Gespräch?"

Helmut nickte.

„Und hast du seither etwas unternommen?"

„Wie man's nimmt."

„Das heißt …?"

„Ein bisschen nachgeforscht und telefoniert. Der Solferino, den du angeblich nicht kennst, zum Beispiel …"

„Was ist mit ihm?"

„Über den gibt es Gerüchte. Er soll ein Handlanger der Mafia sein."

„Wie?", erklang es zweistimmig, Melanie und Petra fuhren gemeinsam auf. Und während Melanie entsetzt „Das erfahre ich erst jetzt?" rief, sagte Petra ungläubig „Giancarlo? Der dir immer mal wieder Fisch und Gemüse bringt? Du hast mir hoch und heilig geschworen, dass er sauber ist."

Joe wich ihrem Blick aus und starrte in das elektrische Kaminfeuer.

„Das denke ich noch immer", murmelte er leise. „Ganz sicher kann man aber nie sein."

„Das heißt, du kennst ihn doch?", mischte sich Helmut ein. „Du hast mich angelogen. Womöglich kennst du auch Kladic. Oder Knödler."

„Nein. Von denen ich habe wirklich noch nie etwas gehört. Ich konnte auch nicht wissen, dass du hast Giancarlo gemeint. Meine Schwester hat einen Solferino geheiratet, sie lebt längst wieder in Italien. Nur mein Neffe ist noch hier. Der hat seinen kleinen Lebensmittelhandel, aber meist arbeitet er für meinen Vetter Zampo. Du weißt schon, dem das Hotel gehört, wo …"

„Warum hast du mir das nicht gleich gesagt?"

„Bitte verstehe mich. Ich will nicht, dass meine Familie in etwas hineingezogen wird."

„Deine Familie …" Helmut, der wusste, dass er im Falle seines eigenen Fleisch und Bluts kein bisschen anders gehandelt hätte, schnaubte verächtlich. „Eine feine Familie hast du da."

„Nun, ja", kam ihm unerwartet Melanie zu Hilfe. „Ich glaube, ich kann das schon verstehen. Trotzdem muss ich wissen, warum wir das tote Tier bekommen haben. Es ist grausam, so mit einer hilflosen Katze umzugehen. Zu was sind diese Leute sonst noch fähig?"

„Niemand wird euch etwas tun", erklärte Joe entschieden. „Nur Helmut sollte …"

„Was?"

„Er sollte aufhören, seine Nase in Dinge zu stecken, die ihn nichts angehen. All das ist nicht eure Sache."

„So", sagte Helmut widerborstig. „Glaubst du?"

Joe drückte seine Zigarette aus.

„Die Polizei war heute schon bei uns", sagte er bedächtig, ohne auf die Frage einzugehen. „Eure Freundin wurde wirklich umgebracht. Das tut mir schrecklich leid, aber …"

„Und stellt euch vor", fiel Petra ihrem Mann aufgeregt ins Wort, „sie haben Spuren von einem Angehörigen gefunden. Einem Angehörigen von Giovanni. Sie haben meine Söhne im Verdacht. Dabei sind die gar nicht hier, sie …"

„Es sind auch meine Söhne, Liebling." Joe hatte das Starren aufgegeben und sah aus, als gebe er sich einen Ruck. „Wir wissen beide, dass sie haben nichts damit zu tun. Wir wissen nicht, wer sonst es sein könnte. Ich habe auch nicht gekannt diese Frau. Und wenn Helmut eine Ruhe gibt, ist alles wieder ganz normal."

„Normal?", wiederholte Melanie sarkastisch. „Du findest es normal, wenn Frauen oder Tiere umgebracht werden? Es interessiert mich nicht, was bei euch in Italien üblich ist, aber hier ist das etwas anderes. Wenn du ein anständiger Mensch bist, dann kommst du jetzt mit uns zur Polizei und erzählst denen, was du weißt."

Joe begann, im Zimmer auf und ab zu gehen.

„Ich gehe nicht zur Polizei", verkündete er nach einigen Sekunden kategorisch.

„Aber du musst …"

„Nein. Erkläre du das, Petra."

„Es geht wirklich nicht." Melanies Freundin schüttelte den Kopf. „Wenn die 'Ndrangheta dahintersteckt und sie erwischen Joe … falls er zur Polizei geht, meine ich, … dann … dann bringen sie ihn auch noch um. Das könnt ihr nicht wollen."

„Natürlich nicht." Helmut versuchte, seiner Stimme einen beruhigenden Klang zu geben. Ihm persönlich ging die Aufregung längst zu weit. Das Schicksal der ihm unbekannten Katze war zweifellos ein trauriges, doch hinterließ es den Eindruck eines Dummejungenstreichs. Die naheliegende Lösung war, den Kadaver in den Müll zu werfen und ihm keine weitere Beachtung zu schenken, allenfalls konnte man darüber diskutieren, ob Restmüll- oder Biomülltonne sich für die Entsorgung anboten. Er nahm an, dass auch Joe etwas Ähnliches anstrebte, jedoch sahen die Frauen das anders, und offenbar ging es ihnen längst um mehr als nur die Katze.

„Wenn ihr nicht hinwollt, gehen wir", entwickelte Melanie soeben einen Plan. „Helmut kann doch sagen, er hätte auf dem Klo gesessen. Und dieses Gespräch belauscht. Von euch muss gar keine Rede sein."

„Eine gute Idee", stimmte Petra zu. „Wenn die Polizei den wahren Mörder findet, lassen sie uns bestimmt in Ruhe. Und wenn bekannt wird, dass Helmut unter polizeilicher Beobachtung steht, wird sich auch an ihn niemand mehr heranwagen. Was meinst du, Giovanni?"

Joe wiegte bedächtig das Haupt, zündete sich die nächste Zigarette an und sagte nach einigem Nachdenken:

„Vielleicht."

„Zum Kuckuck, irgendetwas müssen wir doch tun", erklärte Melanie energisch. „Fällt dir etwas Besseres ein?"

„Nein."

„Dann wird Helmut jetzt deine Geschichte auswendig lernen."

„Was mache ich?" Helmut schreckte aus einem leichten Dösen auf.

„Joes Geschichte lernen. Die vom Klo. Damit du sie der Polizei erzählen kannst. So, als ob du sie erlebt hättest."

„Auf keinen Fall."

„Hier", sagte Petra und legte ein Visitenkärtchen auf den Couchtisch. „Die hat der Kommissar hiergelassen. Ein Herr Emmerich. Am besten, ihr meldet euch gleich bei ihm."

„Kommt nicht infrage. Ich sitze doch nicht auf dem Revier und erzähle Lügenmärchen."

„Sei vernünftig, Helmut." Melanie haschte nach seiner Hand und tätschelte sie liebevoll. „Ich würde es ja selbst tun, aber ich kann beim besten Willen nicht auf dem Herrenklo gewesen sein. Du willst doch auch, dass Isoldes Mörder gefunden wird."

„Sicher. Nur …"

„Es ist bestimmt nicht schwer."

„Aber dir ist klar, dass die Polizei dann alle, die an diesem Abend dort waren, unter die Lupe nehmen wird? Sämtliche Gäste deiner lieben Schwester?"

Melanie stutzte nur kurz, bevor sie diesen Einwand mit einer wegwerfenden Geste überging:

„Einerlei. Hauptsache, bei uns kehrt wieder Ruhe ein."

„Und was wird aus Knödler?"

„Was du immer hast mit diese Knödler?", fragte Joe einigermaßen ungehalten. Helmut setzte an, eine umständliche Erklärung in Sachen mysteriöser Kontoauszüge abzugeben, wurde aber von seiner Gattin rüde unterbrochen.

„Gar nichts. Das ist nur ein persönliches Steckenpferd von ihm. Muss euch überhaupt nicht kümmern. Am besten ihr beide setzt euch jetzt zusammen und übt Helmuts Aussage ein."

„Ich schreibe auf." Joe ging in den Flur und kam mit Papier und Stift zurück. „Die Katze nehmt ihr mit? Zur Polizei?"

„Wir wissen immer noch nicht, woher sie kommt."

„Ich will versuchen, es herauszufinden."

15

Emmerich nahm, wie es seiner Gewohnheit entsprach, zuerst die Straßenbahn und dann den Bus, um zu Blechle zu gelangen. Frau Sonderbar hatte sich nur widerstrebend, unter der Bedingung, dass dergleichen keinesfalls „einreiße", und mit dem Versprechen, die mit Gitti im Einsatz verbrachte Zeit in Überstunden umwandeln zu dürfen, überreden lassen, die Hauptkommissarin zu begleiten. Emmerich versuchte, sie sich vorzustellen, wie sie, einen guten Kopf größer als die kleine, agile Gitti, in würdiger Haltung, mit dünnen Lippen eisern schweigend, der Befragung des Dr. Stockinger beiwohnte, und musste unwillkürlich schmunzeln. Der Computerausdruck hatte das Gesicht eines jungenhaft wirkenden Mannes gezeigt, vermutlich keine vierzig Jahre alt, dennoch schon promoviert und Geschäftsführer. Was im Zeitalter zusammenkopierter oder gar erkaufter Doktorarbeiten allerdings nichts mehr über die tatsächlichen Qualifikationen eines solchen Mannes aussagte, schon gar nicht, wenn dieser sich mit sogenannten „Investments" zu befassen schien. Frau Sonderbar jedenfalls hatte beim Anblick des jungenhaften Stockingers unmissverständlich eine voreingenommene Abneigung geäußert, war von Gitti um eine neutrale Haltung gebeten worden und hatte erklärt, in diesem Fall während der Befragung kein Wort sagen zu wollen. Was vermutlich auch das Beste war, aber sicherlich eine überaus einschüchternde Wirkung auf den armen Stockinger haben musste. Ganz im Gegensatz zu Blechle, den vermutlich nicht mehr vieles einzuschüchtern vermochte. Statt Unterhemd und Jogginghose trug er heute ein Beinkleid aus einem altmodischen, grauen Stoff, darüber einen allenfalls an den Ärmeln leicht abgenutzten Nickipullover. Das spärliche Haar war mit einem nassen Kamm in Form gebracht worden, zudem duftete Blechle nach billigem Rasierwasser und trug ein großes Pflaster unterhalb der Wange.

„Herein, herein", meckerte er freundlich hustend und winkte Emmerich in seine Küche. Auch dort waren, zumindest oberflächlich, Ordnung und Sauberkeit eingekehrt, das Geschirr gespült und der fettige Belag von den billigen Stühlen entfernt worden.

„Darf ich Ihnen etwas anbieten?", fragte Blechle, ganz höflicher Gastgeber, mit gestriger Grandezza, doch Emmerich lehnte dankend ab und bat, zur Sache zu kommen. Blechle wirkte für einen Augenblick enttäuscht, langte dann aber nach einem bereitliegenden Block und warf sich zu Emmerichs Überraschung in Positur.

„Passen Sie auf", sagte er in theatralischer Manier. „Wie finden Sie das? Auf einer Bank im Hoppenlau fand man am Morgen eine Frau. Isolde Nothdurft war ihr Name, sie war eine liebe Dame."

„Großartig", entfuhr es dem verblüfften Emmerich nicht ohne Sarkasmus.

„Es ist noch nicht ganz das, was ich mir vorstelle", erklärte Blechle mit gespielter Bescheidenheit und fuhr fort: „Auf der kühlen Friedhofsbank, Isolden still zusammensank … weiter bin ich noch nicht gekommen …"

„Das macht nichts."

„Bis zur Beerdigung möchte ich drei Strophen haben."

„Eine löbliche Absicht."

„Isolde und ich haben oft Gedichte ausgetauscht. Auch selbst gemachte. Mögen Sie keine Poesie?"

„Im Augenblick würde der Tresor mich mehr interessieren."

„Sie wissen nicht, was Ihnen entgeht", bemerkte Blechle mit Bedauern, legte den Block zurück auf den Küchentisch, klaubte einen Schlüsselbund aus seiner Hose und hielt ihn Emmerich hin. „Briefkasten, Wohnung und Tresor", erklärte er dazu. „Ich komme mit und zeige Ihnen, wo Sie suchen müssen."

Emmerich wollte auch dieses Ansinnen ablehnen, empfand jedoch angesichts Blechles eifriger Miene Mitleid. Der Mann erlebte nicht mehr viel, hatte vermutlich kaum noch Kontakt zur Außenwelt und sich offensichtlich extra fein gemacht. Er brachte es nicht über sich, ihn zu enttäuschen.

„Meinetwegen", brummte er deshalb, unterstrichen von einer entsprechenden Kopfbewegung. „Gehen wir hinüber."

Blechle ließ es sich nicht zweimal sagen, vor Isolde Nothdurfts Tür allerdings zeigte er auf das polizeiliche Siegel und forderte:

„Das da machen aber Sie weg, gell?"

Emmerich entfernte den Kleber, wartete, bis Blechle aufgeschlossen hatte, und folgte ihm in die Küche, wo der Mann vor dem Herd unsicher in die Knie ging. Schwerfällig zog er die Lade auf, in der normalerweise, wie selbst Emmerich wusste, Backbleche aufbewahrt wurden, und sagte triumphierend: „Et voilà! Der Tresor."

Zu sehen gab es ein graues Kistchen, das mit dem, was Emmerich sich im Allgemeinen unter einem Tresor vorstellte, wenig zu tun hatte. Blechle machte einen halbherzigen Versuch, es aus der Lade herauszuheben und grinste schief:

„Leider zu schwer für mich."

„Lassen Sie mich mal ran." Emmerich bückte sich und langte nach dem Kistchen. Das aber erwies sich tatsächlich als metallenes Behältnis von beträchtlichem Gewicht, sodass sie schließlich zu zweit anpacken mussten, um es auf die Arbeitsplatte zu hieven.

„Eher ein Safe als ein Tresor", meinte Emmerich. „Haben Sie Dank für Ihre Hilfe. Aufschließen kann ich jetzt selbst."

„Aber Sie kennen nicht die Kombination", trumpfte Blechle auf. „Man muss drei Zahlen einstellen, bevor der Schlüssel geht. Die habe ich hier drin." Mit Nachdruck tippte er sich mehrmals an die Stirn.

„Von mir aus", sagte Emmerich, der natürlich auch hätte verlangen können, die Zahlen genannt zu bekommen. „Machen Sie halt."

Blechle schob die Ärmel hoch, kratzte sich wichtigtuerisch am Kopf und bewegte unter bedeutungsschwangerem Gemurmel ein kleines Rädchen mehrfach hin und her, bevor er seinen Schlüssel in das dazu passende Loch schob und drehte. Die Vorderseite des Kästchens sprang auf, es ähnelte nun der Box aus einem Bankschließfach. Blechle wollte hineingreifen, doch Emmerich hielt ihn zurück.

„Hier ist Schluss für Sie", sagte er freundlich.

„Mich würde nur interessieren, ob ihr Testament da drin ist", meinte Blechle lapidar. „Vielleicht hat sie mir etwas vermacht."

„Sollte dem so sein, werden Sie es zu gegebener Zeit erfahren."

„Könnten Sie nicht wenigstens kurz nachschauen? Wenn es nämlich nicht da drin ist, muss es ja woanders sein. Dann könnte ich beim Suchen helfen."

Eine Logik, der Emmerich nichts entgegenzusetzen hatte. Die Spurensicherung hatte kein Testament gefunden, also fasste er vorsichtig ins Innere des Kästchens und zog als Erstes einen Briefumschlag heraus. Handschriftlich stand „Nur im Falle meines Todes zu öffnen" darauf.

„Na, bitte", äußerte Blechle angesichts der Worte auf dem Umschlag zufrieden. „Wollen Sie den nicht aufmachen?"

Emmerich kam der Bitte nach, überflog das darinliegende, ebenfalls handschriftlich beschriebene Blatt Papier und hielt es so, dass Blechle nichts lesen konnte.

„Hier steht", sagte er bestimmt, „dass Frau Nothdurfts Testament bei einem Notar Hugendorf hinterlegt ist. Das ist für uns sehr wichtig, aber Ihnen kann ich nun wirklich nicht mehr sagen."

„Das heißt, Sie brauchen mich jetzt nicht mehr?"

„Im Moment nicht, danke."

„Ich kann also gehen?"

„Bitte."

„Und wie lange wollen Sie noch bleiben?"

„Weshalb?"

„Nun … ich muss ja wieder abschließen. Nicht, dass noch jemand etwas klaut …"

„Das übernehme ich. Die Schlüssel muss ich auch behalten."

„Und was ist mit den Blumen? Jemand muss die Blumen gießen."

„Entweder sie halten noch ein paar Tage durch oder sie haben Pech gehabt."

„Das wäre aber gar nicht in Isoldes Sinn."

Emmerich holte kurz entschlossen Luft, nahm Blechles Arm und führte ihn mit sanftem Druck zur Tür.

„Auf Wiedersehen", sagte er liebenswürdig. „Der Herr Notar wird sich demnächst um alles kümmern."

* * *

Für Helmut Schropsnagel endete der Tag anders, als er sich das vorgestellt hatte. Anstatt wertvolle Erkenntnisse über die Geschäfte Giesbert Knödlers gewonnen zu haben, saß er mit Melanie nach dem Genuss von gerade einmal eineinhalb Tellern Bohneneintopf auf dem Sofa und wurde abgehört.

„Noch einmal von vorne", sagte sie geduldig. „Letzten Freitag war ich mit meiner Frau beim Geburtstag meiner Schwägerin. Dort war auch Isolde Nothdurft. Nach dem Essen musste ich aufs Klo …"

„Letzten Freitag", wiederholte Helmut angefressen, „war ich mit Isolde Nothdurft auf dem Geburtstag meiner Frau …"

„Falsch", unterbrach ihn Melanie. „Mein Gott, jetzt konzentrier' dich doch."

„Wozu soll ich mich auf diesen Teil der Geschichte konzentrieren? Bis dahin kann ich mich doch an die Wahrheit halten."

„Wenn du meinst. Dann sag mir, was du auf dem Klo gehört hast."

„Nichts. Ich war gar nicht dort."

„Helmut, bitte. Du weißt, worauf es ankommt." Melanie hielt ihm den Zettel, auf dem Joe in krakeligen Lettern seine Erlebnisse am fraglichen Abend und Örtchen festgehalten hatte, unter die Nase. „Du musst dies hier so sicher vortragen können, dass sich bei Rückfragen keine Widersprüche auftun."

„Ja, und? Ich bin doch nicht blöd. Du hast selbst gesagt, es ist nicht schwer. Nicht nötig, mich deshalb in dieser Art zu plagen. Wann sollen wir überhaupt dorthin?"

„So schnell wie möglich. Gleich morgen früh rufe ich an."

„Morgen wollte ich mit Ottmar auf den Waldfriedhof. Dort könnte ich auch die Katze loswerden."

„Die nehmen wir mit zur Polizei. Sicher ist sie ein Beweisstück."

„Da werden sie sich aber freuen. Bei der Polizei."

Melanie studierte die Visitenkarte, die ihr Petra überlassen hatte.

„Dezernat für Tötungsdelikte", las sie vor. „Genau richtig. Sie werden dort schon wissen, wie man mit einer toten Katze umgeht."

Helmut, der längst eingesehen hatte, dass der Weg des geringsten Widerstands ihn am nächsten Tag unweigerlich zum Polizeipräsidium führen würde, griff zur Fernbedienung und schaltete die Nachrichten ein. Während er den gewohnten Katastrophenmeldungen lauschte, ließ er sich seine Aussage nochmals durch den Kopf gehen. Sicherlich ein Kinderspiel, je schneller er es hinter sich brachte, umso besser. Was ihn um vieles mehr beschäftigte, war die Frage, ob er sich auch zu den Kontoauszügen äußern sollte. Jemanden, wie zum Beispiel Giesbert Knödler, ungerechtfertigt zu belasten, konnte wenig angenehme Folgen haben. Natürlich nur, wenn der Jemand davon überhaupt etwas mitbekam, was nicht unbedingt der Fall sein musste. Hingegen durfte er sicher davon ausgehen, dass seine Schwägerin in die Angelegenheit hineingezogen würde und in ihrem Schlepptau womöglich auch noch Elmar. Dabei hatte er doch versprochen, dass …

„Glaubst du, der Mörder war auf Nicoles Geburtstag?", fragte Melanie, kaum dass die Wetterkarte auf dem Bildschirm auftauchte. Helmut legte die Stirn in Falten und sah sie an.

„Darüber hab ich auch schon nachgedacht. Es wäre möglich, oder?"

„Natürlich waren noch andere Gäste dort. In dem Hotel. An diesem Abend."

„Sicher."

„Was aber hätten die wohl mit Isolde zu tun haben können?"

„Das weiß ich nicht, mein Herz."

„Isolde sagte mir, dass sie auch von Nicoles Gästen eigentlich kaum jemand kannte. Nur diesen Dr. Stockinger. Vom Hörensagen."

„Du meinst, der war es, der auf dem Klo …?"

„Psst." Melanie hielt sich erschreckt den Zeigefinger vor die Lippen, rutschte an Helmuts Seite und kuschelte sich in seinen, zu diesem Zweck bereitwillig ausgestreckten Arm. „Ich möchte niemanden verdächtigen. Nicht die Freunde meiner Schwester."

„Sind solche Leute denn wirklich ihre Freunde? Oder vielleicht nur die von Elmar?"

„Gleich kommt die Sendung mit der Nonne", sagte Melanie, ohne seine Frage zu beantworten, und schaltete auf einen anderen Kanal. „Die schaue ich mir immer gerne an. Ich bin froh, wenn das alles vorüber ist."

* * *

Nachdem er Blechle losgeworden war und den Inhalt des Safes gesichtet hatte, machte Emmerich sich auf den Heimweg. Isolde Nothdurft schien tatsächlich nicht unvermögend gewesen zu sein, doch er maß den beiden gut gefüllten Sparbüchern im Safe ebenso wenig Bedeutung für den Fall zu, wie dem kleinen Vorrat an Goldmünzen und -barren. Lediglich das von Hand beschriftete Blatt hatte er mitgenommen, die Wohnung sorgfältig verschlossen und erneut versiegelt. Beim Passieren von Blechles Wohnungstür meinte er gesehen zu haben, dass sich der Vorhang hinter der Glastür kurz bewegte, doch auch dem schenkte er keine Beachtung. Tatsächlich fühlte er sich müde und zwischenzeitlich auch schon wieder hungrig, ging aber trotzdem, um sich noch etwas Bewegung zu verschaffen, zu Fuß zum Hauptbahnhof und nahm dort die Bahn zum Neckartor. In der Wohnung war es still, Gabi besuchte seit einiger Zeit an den Dienstagabenden einen Kurs, der ihre Computerkenntnisse auf den neuesten Stand bringen sollte. Etwas, von dem Emmerich dachte, dass es auch für ihn gut wäre; doch er kannte sich genau genug, um zu wissen, dass ihm nach Tagen wie dem heutigen die nötige Motivation für derartige Fortbildungsmaßnahmen fehlte. In der Küche entdeckte er ein Backblech mit vorbereiteten Schinken-Käsetoasts, er schob es in den Ofen, vertauschte die neue Jeans gegen eine alte Freizeithose, setzte sich schließlich mit den warmen Broten auf sein Sofa und widmete sich beim Essen ohne sonderliche Erwartungen dem Studium des Fernsehprogramms. Tatsächlich fand er nichts, was geeignet war, sein Interesse zu erwecken, stattdessen fiel sein Blick auf ein Hochglanzmagazin namens „Grün & Gut", das auf dem Couchtisch lag. Das Titelbild zeigte eine mit Blumenkübeln und Zierrat überfüllte Terrasse, Gabi hatte weitere Seiten mit kleinen gelben Zetteln markiert. Emmerich legte die Fernsehzeitung weg und schlug das Magazin auf. *Romantisch relaxen mit den neuen Rollis,* las er staunend. *Wer schleppt schon gerne schwere Gartenmöbel? Zum Beispiel, wenn gemäht werden muss oder die Terrasse winterfest gemacht werden soll. Schirmständer „Rollo" lässt sich mühelos zur Seite schieben, ebenso wie die gemütliche Liege „Rollina" mit dreistufig verstellbarer Rückenlehne und abnehmbaren Armstützen. Dazu passt perfekt die Sitzgruppe „Rolling Home" mit Tisch und ergonomisch angepassten Korbstühlen. Alle Rollen lassen sich natürlich für perfekten Stand während der Saison feststellen, Auflagen gibt es in vielen fröhlichen Sommerfarben.* Argwöhnisch betrachtete Emmerich das Fragezeichen auf Gabis gelber Markierung über dem rollenden Material. Weitere Zettel klebten auf Bildern von blühenden Rabatten und Solarlampen. Alles sah danach aus, als beabsichtige seine Gattin einen Garten anzulegen, was Emmerich einerseits verblüffte, weil ihm selbst während des Tages eine ganz ähnliche Idee in den Sinn gekommen war. Andererseits stand er übersinnlichen Fähigkeiten, zu denen so etwas wie Gedankenübertragung zweifellos gehörte, skeptisch gegenüber, und es war eine unumstößliche Tatsache, dass weder er noch Gabi über eine wie auch immer geartete Grünfläche verfügten. Ganz abgesehen davon, dass ihn nichts dazu bringen würde, seine Freizeit in einer Liege namens „Rollina" zuzubringen. Insofern blieb das Fragezeichen rätselhaft, Emmerich beschloss, sich besser der Lösung des Hoppenlau-Rätsels zu widmen und streckte sich zu diesem Zweck der Länge nach auf dem Sofa aus. Was der Kater als unmissverständliches Zeichen deutete, leise maunzend nahm er seinen Platz auf Emmerichs Brustkorb ein, rollte sich zusammen und schnarchte wenig später im gleichen Rhythmus wie sein Herrchen.

16

Am nächsten Morgen war das Magazin verschwunden, Emmerichs Vorhaben, Gabi nach eventuell vorhandenen Gartenplänen zu fragen, wurde durch einen frühen Anruf von Frau Sonderbar vereitelt. Ein Ehepaar Schropsnagel habe es ziemlich eilig, ihn zu sprechen, ließ sie wissen, und wann er da sein könne? So schnell wie möglich, antwortete Emmerich, bat aber darum, das Ehepaar in frühestens zwei Stunden einzubestellen, da er vorher noch etwas zu erledigen habe. Gabis gesundes Frühstück ließ er weitgehend ausfallen, holte sich stattdessen beim Bäcker schnell eine Quarktasche und eine Schneckennudel, die er sich mit Genuss in der Straßenbahn einverleibte, bevor er das Notariat Doll, Hugendorf und Bühler in der Lautenschlagerstraße aufsuchte. Dort allerdings hatte er wenig Glück. Eine Angestellte nahm seinen Zettel entgegen, seine Erklärung, dass Isolde Nothdurft verstorben sei, zur Kenntnis und versicherte, dass der Notar, der selbst momentan durch eine mehrstündige Amtshandlung verhindert sei, alles Notwendige veranlassen würde. Vor der Unterbrechung einer solchen notariellen Amtshandlung schreckte selbst Emmerich zurück, er beschränkte sich darauf, seine und Zweigles Durchwahl bei der Angestellten zu hinterlassen, und machte sich auf ins Polizeipräsidium. Im Büro auf dem Pragsattel, erkundigte er sich höflich bei Frau Sonderbar nach dem Erfolg ihres gestrigen außergewöhnlichen Einsatzes.

„Null", entgegnete sie trocken und, wie ihm schien, mit leisem Spott. „Die ganze Aufregung war für die Katz. Der Vortrag war zu Ende, wir haben ihn verpasst. Dafür hat Dr. Zweigle wieder angerufen."

„Schade", meinte Emmerich. „Wann kommt dieses Ehepaar?"

„Sie müssten jeden Augenblick eintreffen."

„Und Frau Kerner? Ist sie schon im Haus?"

„Ich fürchte, nein. Sie deutete gestern Abend bereits an, dass sie heute etwas später im Büro sein werde."

„Dann", sagte Emmerich mit einer umfassenden Geste allgemeiner Natur, „muss ich Sie nochmals um Unterstützung bitten. Seien Sie so nett und führen Sie das Protokoll."

„Ist das eine Bitte oder eine Dienstanweisung?“ Frau Sonderbar sah wenig begeistert drein.

„Beides“, erklärte Emmerich unbeeindruckt und öffnete die Tür zu seinem eigenen Büro. „Holen Sie die beiden von der Pforte ab. Vorher unterrichten Sie noch Zweigle, dass ein Notar Hugendorf sich um Frau Nothdurfts Leiche kümmern wird. Die Nummer müsste im Telefonbuch stehen.“

„Sonst noch etwas?“

„Im Augenblick wäre das alles.“

„Dann darf ich Ihnen hier noch die Liste der Telefonate geben, die Isolde Nothdurft in letzter Zeit geführt hat?“

Emmerich ließ sich eine Klarsichthülle reichen, ging in sein Büro und nutzte die ihm verbleibende Zeit für das Studium der Telefonliste. Aufgeführt waren die Gespräche der zurückliegenden beiden Wochen, wobei auf den ersten Blick festzustellen war, dass die Verblichene nicht zu den ferngesprächigen Menschen gehört haben konnte. Vom Festnetzanschluss aus waren, abgesehen von einem Anruf beim örtlichen Energieversorger, lediglich vier kurze Telefonate mit Wilma Schlucht und zwei mit Nicole Häbich geführt worden. Letztere hatte sich zudem einmal über das Handy, das in Isolde Nothdurfts Handtasche gefunden worden war, gemeldet. Ansonsten hatte sie einmal mit ihrem Büro telefoniert und mehrfach mit der Nummer eines ungenannten Teilnehmers unter der Vorwahl „0041“. Welche eine Schweizer Nummer einleitete, wie aus einem handschriftlichen Vermerk auf der Liste hervorging, die zu einem vertragslosen Prepaid-Handy gehörte, dessen Besitzer sich allerdings im Bereich des deutschen Mobilfunknetzes aufgehalten habe. Die genauen Standorte seien bei Bedarf feststellbar, hieß es weiter, nicht jedoch der Name des unbekannten Teilnehmers. Emmerich, der hinter dieser Nummer Isolde Nothdurfts Verabredung vermutete, unterdrückte den Impuls, sie sofort selbst zu wählen, dachte an Stockinger und verwarf den Gedanken augenblicklich wieder. Es war kaum davon auszugehen, dass ein Jüngelchen wie der Investmentberater sich mit einer Frau in Isolde Nothdurfts Alter zu romantischen Zwecken traf. Vom Interesse an stadtgeschichtlichen Spaziergängen ganz abgesehen. Während er noch darüber nachdachte, wie an den unbekannten Teilnehmer heranzukommen wäre, lugte seine Sekretärin zur Tür herein.

„Die Leute sind jetzt da“, kündigte sie mit gedämpfter Stimme an.

„Sie brauchen nicht zu flüstern", entgegnete Emmerich, die Listen wieder in die Klarsichthülle schiebend. „Gehen Sie zur Pforte, ich hole uns noch einen Stuhl."

„Sie stehen hier. In meinem Vorzimmer."

„Worauf warten Sie dann noch? Herein mit ihnen."

Frau Sonderbar öffnete die Tür und sagte „Bitte sehr". Herein kam eine grauhaarige, kleine Frau in einem modischen Kostüm, die einen Karton in den Händen hielt und sich im Büro umsah, als beträte sie ein Museum. Emmerich stellte sich vor und zeigte auf die beiden Besucherstühle vor seinem Schreibtisch.

„Nehmen Sie doch Platz, Frau …"

„Schropsnagel. Melanie Schropsnagel."

„Sehr erfreut. Mir wurde gesagt, es kämen zwei Personen."

„Helmut ist noch draußen. Bei der anderen Dame." Melanie Schropsnagel drehte sich um und sah zurück ins Vorzimmer. „Kommst du", forderte sie gebieterisch. Angesichts des älteren Herrn, der dieser Aufforderung nun zögerlich Folge leistete, gewann Emmerich den Eindruck, dass nur ein Teil des Ehepaars freiwillig gekommen war. Die kleine Frau hielt ihm den Karton hin, der sich bei näherer Betrachtung als ein Styroporbehälter erwies.

„Für mich?", fragte Emmerich unsicher. „Was ist da drin?"

„Machen Sie es auf."

„Meine Sekretärin …"

„Lieber nicht", unterbrach ihn die männliche Hälfte der Eheleute Schropsnagel. „Das ist nichts für Frauen." Eine Bemerkung, die der seinigen einen scharfen Atemzug entlockte.

„Ich habe mir das auch ansehen müssen. Ebenso wie Frau Reimers. Oder Petra", protestierte sie.

„Wahrscheinlich stinkt sie schon", wandte er ein. „Man sollte so etwas am besten gar nicht öffnen. Nicht in so einem Büro."

„Der Herr Kommissar muss es doch aber sehen. Schließlich sind wir deshalb hier."

Emmerich nahm den Behälter, stellte ihn auf seinen Schreibtisch, betrachtete ihn mit Argwohn und zeigte ein zweites Mal auf die Besucherstühle.

„Bitte setzen Sie sich doch."

Schropsnagels bequemten sich in eine sitzende Position, ebenso Frau Sonderbar, die ihren eigenen Schreibtischstuhl hereingerollt und direkt neben der Tür platziert hatte.

„Noch einmal: Was ist da drin?"

„Eine tote Katze", erklärte Helmut Schropsnagel unbehaglich. „Kein schöner Anblick. Jemand hat sie gestern bei uns zu Hause abgegeben."

„Die Mafia", setzte seine Frau hinzu. „Sie kommt von der Mafia."

Emmerich wechselte einen verständnislosen Blick mit Frau Sonderbar.

„Entschuldigung", sagte er langsam, erst den Behälter und dann das Ehepaar ansehend. „In *welcher* Angelegenheit wollten Sie mich sprechen?"

„Es geht um Isolde Nothdurft", erklärte Melanie Schropsnagel, als halte sie ihn für ein wenig begriffsstutzig. „Die Frau, die am letzten Samstag auf dem Hoppenlau-Friedhof tot aufgefunden wurde. Da sind wir doch bei Ihnen richtig, oder?"

„Schon. Mir ist nur nicht ganz klar, was eine tote Katze mit …"

Die kleine Frau beugte sich vor und sah Emmerich eindringlich an.

„Wir sind hier, um Ihnen das zu erklären. Isolde Nothdurft wurde von der Mafia umgebracht. Das haben wir herausgefunden. Und nun werden wir bedroht."

„Aha", sagte Emmerich, um einen neutralen Gesichtsausdruck bemüht. Neben der Tür hielt Frau Sonderbar die Augen zur Decke gerichtet, als verkniffe sie sich mit letzter Kraft eine abfällige Bemerkung. Um die erstaunliche Erklärung seines Gegenübers zu verdauen, blätterte Emmerich in der noch dünnen Akte zum Fall Isolde Nothdurft und wandte sich an den Mann.

„Schropsnagel, Helmut", las er vor. „Sie waren einer der Zeugen, die die Leiche gefunden haben, richtig?"

Der Mann nickte wortlos.

„Und nun haben Sie innerhalb von wenigen Tagen sozusagen im Alleingang den größten Teil des Falls gelöst?"

„Blödsinn", knurrte Schropsnagel, seiner Frau einen wütenden Blick zuwerfend.

„Blödsinn?", wiederholte Emmerich. „Sie meinen, das, was Ihre Frau da sagt, ist …"

„Behüte. So etwas würde ich nie behaupten."

„Es wäre vielleicht sinnvoll", äußerte Frau Sonderbar gleichmütig aus dem Hintergrund, „wenn Frau Schropsnagel von Anfang an beginnen würde."

Die drehte sich um und nickte beifällig.

„Gerne. Wenn man mich zu Wort kommen lässt."

„Dann schießen Sie mal los." Emmerich schob mit einer beiläufigen Bewegung den Styroporbehälter so weit es ging aus seiner Reichweite und lehnte sich in seinem Schreibtischstuhl zurück. Eine tote Katze in Augenschein zu nehmen, widerstrebte ihm zutiefst, er hoffte, dass es sich vermeiden ließe und der Behälter in geschlossenem Zustand an die Kollegen bei der Spurensicherung weitergeleitet werden konnte. Natürlich nur, wenn er zu dem Schluss kommen sollte, dass eine Untersuchung des Inhalts überhaupt von Relevanz sein würde. Ansonsten konnte die Dame im Kostüm zusehen, wie sie ihn selbst wieder loswürde.

„Zuerst muss ich sagen", hatte sie schon zu reden begonnen, „dass Isolde eine Freundin meiner Schwester war. Meine Schwester kennen Sie bereits. Nicole Häbich."

Emmerich nickte.

„Weiter."

„Letzten Freitag hat sie ihren sechzigsten Geburtstag gefeiert. Wir waren ebenso dort wie Isolde und ungefähr achtzig andere Personen."

„Von der Feier wissen wir."

„Aber Sie wissen nicht, was mein Mann dort gehört hat. Auf der Herrentoilette. Helmut, du bist dran."

Emmerich wandte seinen Blick von Melanie Schropsnagel ab und ihrem Gatten zu, der jedoch hatte seine Ellbogen auf die geöffneten Knie gestützt, den Kopf hineingelegt und sah zu Boden.

„Bitte", sagte Emmerich freundlich. „Was haben Sie gehört?"

Der Mann schwieg, seine Frau versetzte ihm einen sanften Knuff.

„Ein Gespräch hat er belauscht. Jetzt sag schon, du warst in der Kabine und …"

Schropsnagel beließ seinen Kopf in der aufgestützten, rechten Hand und musterte die Fingernägel seiner linken mit einer Intensität, als wolle er sie demnächst feilen.

„Da waren zwei Männer", nuschelte er undeutlich. „Ich hab sie aber nicht gesehen."

„Natürlich nicht, mein Schatz." Melanie Schropsnagel tätschelte aufmunternd Helmuts Schulter, während sie Emmerich einen Blick der Marke *Nur Geduld, das wird schon* zuwarf. „Erzähl dem Kommissar, was sie gesagt haben."

„Etwas lauter, wenn es möglich ist", bat Frau Sonderbar von hinten. „Ich verstehe sonst kein Wort."

Schropsnagel richtete sich auf und sah Emmerich mit einem merkwürdig trotzigen Ausdruck an:

„Einer sagte: ‚Diese Frau wird gefährlich.' Darauf der Zweite: ‚Dann muss sie weg. Ich erkläre dir, wie man das macht.' Und der erste Mann meinte: ‚Morgen früh bin ich mit ihr verabredet. Auf dem Hoppenlau-Friedhof.' "

„Das haben Sie wörtlich so gehört?", vergewisserte Emmerich sich zweifelnd. So, wie der Mann das Ganze vortrug, wirkte es nicht nur hölzern, sondern auch irgendwie falsch.

„Vielleicht nicht wörtlich", räumte Schropsnagel ein. „Aber sinngemäß."

„Also sind Sie gleich am nächsten Tag mit Ihren Freunden auf den Friedhof gegangen, um nachzusehen, was Sache ist?"

„Nein", widersprach Schropsnagel empört. „Das hatte ich ohnehin vor. Ich bin Hobbyfotograf, ich beabsichtige einen Bildband über Gräber ..."

„*Ich* bin sicher, der Kommissar interessiert sich nicht für deine Hobbys, Schatz." Melanie Schropsnagel öffnete ihre Handtasche, holte ein Kuvert hervor und legte es auf den Schreibtisch. „Bitte sehr. Das sollten Sie sich vielleicht auch ansehen."

„Sie haben nicht zufällig stadtgeschichtliche Interessen?", fragte Emmerich, ohne auf das Kuvert zu achten und sah dabei den Mann ihm gegenüber weiter an. „Oder ein Handy mit einer Schweizer Nummer?"

„Ich bin Finanzbeamter. Im Ruhestand."

„Das ist keine Antwort auf meine Fragen."

„Ich verstehe Ihre Fragen nicht. Was für eine Schweizer Nummer?"

„Vergessen Sie's", winkte Emmerich, dem klar war, dass hier kaum Isolde Nothdurfts Mörder vor ihm saßen, gelangweilt ab und öffnete das Kuvert. „Was ist das?"

„Etwas, das Isolde meiner Schwester kurz vor ihrem Tod gefaxt hat. Meiner Ansicht nach musste sie deshalb sterben", erklärte Melanie Schropsnagel bestimmt. „Sie hat mir noch am Freitagabend selbst gesagt, dass sie einem Verbrechen auf der Spur ist. Jemand wolle ihr Patenkind betrügen. Und noch einige andere Personen ebenfalls. Meiner Schwester hat sie auch davon erzählt."

„Wirklich?" Emmerich war sich nicht ganz sicher, ob er den Ärger, den er mit einem Mal empfand, zeigen sollte. „Darf ich fragen, warum Sie mit all Ihrem Wissen jetzt erst hier sind? Ihr Mann zum Beispiel ... warum hat er meinen Kollegen nicht am Samstag schon erzählt, was er gehört hat? Und Sie selbst hatten es ja offensichtlich auch nicht eilig, uns zu helfen."

„Ich ... wir ...“ Melanie Schropsnagel geriet ins Stottern, während ihr Mann die Lippen zusammenkniff und die Arme vor der Brust verschränkte. „Wir haben das nicht ernst genommen“, fand sie endlich eine Antwort. „Ich dachte, Isolde übertreibt vielleicht ein wenig. Helmut dagegen ... der hat einfach vergessen, was er gehört hat. Erst als wir erfuhren, dass ...“

„Ja?“

„ ... dass Isolde ermordet wurde, ist uns alles wieder eingefallen.“

Emmerich sah die Eheleute scharf an. Nicht, dass ihn Frau Schropsnagels Erklärung mit Befriedigung erfüllte, andererseits konnte er wenig dagegen einwenden, und etwas anderes zu beweisen ging schon gar nicht.

„Wie haben Sie davon gehört?“, fragte er daher lediglich der Vollständigkeit wegen.

„Meine Schwester hat es mir erzählt“, entgegnete Melanie Schropsnagel erwartungsgemäß, während Emmerich sich zusammenreimte, dass Nicole Häbich die Neuigkeit vom Tod ihrer Freundin eigentlich nur von diesen beiden erfahren haben konnte, die nun vor ihm saßen und versuchten, ihm eben diesen Umstand zu verschweigen. In der Zwischenzeit hatte er den Inhalt des Kuverts entnommen und etwas entdeckt, das er schon kannte: kopierte Kontoauszüge. Allerdings nicht nur die von Daniel Schlucht, sondern außerdem auch welche von einem Boris Kladic und einem Giancarlo Solferino. Nicole Häbich jedoch hatte, als sie bei ihr im Hallimaschweg gewesen waren, gar nichts in der Art erwähnt. Weder Faxe noch irgendwelche von Isolde Nothdurft ausgesprochene Vermutungen.

„Wie war das noch mal?“, hakte Emmerich daher nach. „Frau Nothdurft hat diese Auszüge an Ihre Schwester gefaxt?“

„Vom Büro aus, ja.“

„Warum hat sie das wohl getan?“

„Weil Isolde selbst kein Faxgerät besaß. Ich muss Sie aber bitten, meine Schwester aus dem Spiel zu lassen.“

„Haben Sie dafür einen bestimmten Grund?“

„Selbstverständlich“, sagte Melanie Schropsnagel mit einem leisen Vorwurf in der Stimme. Als habe er ihr unterstellt, die Polizei an der Nase herumführen zu wollen. „Sonst würde ich Sie kaum darum bitten. Wie Sie sehen können, stammen die Auszüge aus dem Bankhaus Treufuß.“

„Kann ich“, bestätigte Emmerich, dem der Name dieser Bank zwar schon aufgefallen war, ihm bislang aber nichts gesagt hatte, und der nun beschloss, dieser Unkenntnis unmittelbar nach dem Gespräch mit Schropsnagels ein Ende zu setzen.

„Elmar Häbich, das ist Nicoles Mann, ist im Vorstand dieser Bank“, erläuterte sein Gegenüber. „Ein privates Institut, wenn Sie verstehen, was ich meine. Sie legen großen Wert dort auf das Bankgeheimnis. Stellen Sie sich also vor, wie Elmar reagieren würde, wenn er wüsste, dass diese Auszüge nun sogar bei Ihnen gelandet sind. Deshalb bekommen Sie die jetzt von mir und nicht von meiner Schwester.“

„Das kann ich, glaube ich, nachvollziehen“, nickte Emmerich und unterließ den Zusatz, dass dieser Umstand alleine keineswegs das Versprechen darstellte, Häbichs nicht mehr in Anspruch zu nehmen. „Haben Sie eine Idee, was Frau Nothdurft mit diesen Auszügen bezweckte?“

Während er die Frage stellte, fiel ihm auf, dass Helmut Schropsnagel ihm gegenüber eine Haltung gespannter Aufmerksamkeit einnahm.

„Nur so ungefähr“, erklärte dessen Gattin mit Bedauern. „Sie seien der Beweis für irgendetwas. Hat sie zumindest meiner Schwester erzählt. Den Betrug, den ich vorhin erwähnte. Nehme ich an. Und es muss ja etwas dran sein. Hätten wir sonst die Katze geschickt bekommen?“

„Von der Mafia, sagten Sie?“ Emmerich war bemüht, nicht in einen ironischen Ton zu verfallen.

„Woher denn sonst?“ Melanie Schropsnagel räusperte sich, bedachte den Mann an ihrer Seite mit einem eigentümlichen Blick, was den veranlasste, wieder ein klein wenig lockerer zu sitzen, und fuhr fort: „Ich habe mich informiert. Im Internet. Erwürgte Katzen sind typisch für die Mafia. Wenn sie jemanden warnen wollen. Und wer Zeitung liest, der weiß doch längst, dass unsere Stadt mittlerweile eine Hochburg der Mafia ist. Fünfzig Jahre lang hat niemand etwas dagegen unternommen, dass sie sich hier ausbreitet, und jetzt ist es zu spät.“

„Im Internet, so, so“, meinte Emmerich, registrierte aus dem Augenwinkel Frau Sonderbars fassungslose Miene und fühlte sich einmal mehr in sämtlichen von ihm gehegten Vorurteilen gegenüber dem weltweiten Netz bestätigt. „Glauben Sie nicht, dass dies ein bisschen starker Tobak ist? Immerhin sind Sie beide harmlose Pensionäre, falls mein Eindruck mich nicht täuscht.“

„Mein Mann verhält sich keineswegs wie ein harmloser Pensionär“, schnaubte Melanie Schropsnagel nach einem weiteren Seitenblick erbost. „Er stellt Nachforschungen an, und das muss ein Ende haben. Ich hoffe sehr, dass Sie ihm das erklären.“

„Ich soll was?" Emmerich sah den nunmehr überrumpelt wirkenden Mann ihm gegenüber an. Von Zeugenbefragungen war er einiges gewohnt, nicht aber, dass von ihm erwartet wurde, als Paartherapeut zu wirken.

„Er soll damit aufhören, sich wie ein Schnüffler zu benehmen", verlangte Melanie Schropsnagel energisch. „Verbieten Sie's ihm einfach."

„Ich fürchte, Sie sehen mich da in einer falschen Position", versuchte Emmerich auszuweichen. „Es ist nicht meine Aufgabe, irgendwem irgendetwas zu verbieten. Ist denn bei diesen sogenannten Nachforschungen etwas herausgekommen?"

„Nein", knurrte Schropsnagel, der schon die ganze Zeit keinen besonders zugänglichen Eindruck auf ihn gemacht hatte, biestig und nun mit Sicherheit noch eine Spur verschlossener. An der Bürotür wurde geklopft und Gitti kam herein.

„Kann ich dich kurz sprechen?", fragte sie unter Verzicht auf jede Grußformel. „Wegen Stockinger. Entschuldigung, ich wusste nicht, dass du Besuch hast."

„Augenblick noch." Emmerich stand auf und sah das Ehepaar Schropsnagel in erwartungsvoller Haltung an, sodass sich beide gezwungenermaßen auch erhoben. Höflich reichte er ihnen die Hand. „Danke für Ihr Kommen. Wir werden sehen, was wir daraus machen können."

„Moment ...", wollte die kleine Frau im Kostüm sich gegen ihre abrupte Verabschiedung wehren, doch Emmerich ließ es nicht zu.

„Mein Zeit ist leider um", sagte er liebenswürdig. „Aber meine Sekretärin nimmt Ihre Personalien auf. Wenn Sie noch etwas zu sagen haben, wird sie es mir ausrichten."

Auch Helmut Schropsnagel wirkte für einige Sekunden unentschlossen, sah aber überraschenderweise Gitti an.

„Sagten Sie Stockinger?", vergewisserte er sich schließlich.

„Ja", bestätigte Gitti zurückhaltend.

„Da kann ich Ihnen gleich noch einen Tipp geben", wandte Schropsnagel sich noch einmal an Emmerich. „Der Solferino und ein gewisser Stockinger ... die kennen sich."

17

„Wer war das?“, fragte Gitti neugierig, kaum dass Frau Sonderbar mitsamt den Besuchern das Büro verlassen hatte. Emmerich verzog sich wieder hinter seinen Schreibtisch.

„Schropsnagels“, sagte er und grinste. „Die mit dem absonderlichen Namen.“

„Was wollten sie?“

„Mir eine absonderliche Theorie vortragen.“ Emmerich berichtete vom Inhalt des soeben beendeten Gesprächs. „Als Beweis haben sie … oh, nein!“

„Oh, nein?“

„Sie haben ihre Schachtel hiergelassen.“ Emmerich deutete auf den grauen Styroporbehälter. „Angeblich ist da eine tote Katze drin.“

„Angeblich?“ Gitti griff entschlossen nach dem Behälter, öffnete den Deckel, verzog das Gesicht und sagte: „Tatsächlich. Pfui Teufel aber auch.“

„Ich will keine tote Katze im Büro. Mach den Deckel wieder zu und weg damit.“

„Wohin weg?“

„Ist mir egal.“

„Soll ich veranlassen, dass die Spurensicherung das Ding bekommt?“

„Wäre sicherlich das Beste“, stimmte Emmerich zu, froh darüber, dass Gitti so schnell die Initiative ergriff und niemand von ihm zu verlangen schien, sich um einen Kadaver zu kümmern. „Warum kommst du so spät?“

Gitti hatte eine Plastiktüte aus ihrer Umhängetasche geholt und war damit beschäftigt, den Katzensarkophag hineinzuzwängen.

„Ich musste meine Nichte zur Schule bringen“, erklärte sie beiläufig mit abgewandtem Blick. „Meine Schwester hat heute einen Arzttermin.“

„Einen Arzttermin?“, wiederholte Emmerich säuerlich. Doch während er noch überlegte, wie er mit den zwar nachvollziehbaren, aber keineswegs korrekten Fehlzeiten der Kollegin umgehen sollte, sprach diese schon hastig weiter.

„Ich weiß, ich weiß, es tut mir leid, und es ist auch bald wieder vorbei. Nächste Woche kommt unsere Mutter aus der Kur zurück und übernimmt."

„Nächste Woche ist auch Mirko wieder da."

„Was soll das heißen?" Gitti platzierte Umhängetasche und Plastiktüte auf einem der Besucherstühle, setzte sich daneben und sah Emmerich argwöhnisch an. „Willst du mich von dem Fall abziehen?"

„Unsinn", grummelte der und winkte ab, obwohl ihm eine solche Maßnahme für einen Augenblick tatsächlich durch den Kopf gegangen war. Aus rein disziplinarischen Gründen natürlich und keineswegs, weil er sich über Gittis Angehörige ärgerte, die es offenbar nicht für nötig hielten, ihre Termine mit den polizeilichen Erfordernissen abzustimmen. Was, andererseits, wie er sich umgehend eingestand, vermutlich auch gar nicht möglich gewesen wäre, handelte es sich doch bei einer Kur um ein geplantes Unterfangen, während mit einem Mord niemand rechnen konnte. Dies wiederum gehörte zu den Tücken des gemeinsamen Berufes, dass man eben stets flexibel zu sein hatte. Für ihn war das nur selten ein Problem gewesen, hatte doch Gabi ihm, insbesondere während Jules Kindheit, stets den Rücken freigehalten. Wie heutige Generationen mit alleinerziehenden Müttern oder beidseits berufstätigen Eltern ihr Familienleben im Ernstfall organisieren sollten, war Emmerich ein Rätsel, er beneidete die jungen Leute nicht.

„Das darf nicht zur Gewohnheit werden", sagte er deshalb mit nur milder Strenge. „Vor allem muss der Chef nichts davon mitbekommen."

„Versprochen." Gitti lächelte erleichtert. „Dafür hab ich Neuigkeiten. Ich war gestern Abend mit einem früheren Kollegen weg. Aus dem Wirtschaftsdezernat."

„War's nett?" Emmerich zwinkerte anzüglich.

„Es war lehrreich", entgegnete Gitti nüchtern. „Der Kollege steht auf Männer."

„Kenne ich ihn?"

„Kein Kommentar." Gitti schüttelte den Kopf.

„Und was hast du gelernt?"

„Diese Firma DBD. Das Kürzel steht für Deutsche Business Development. Das Headquarter ist in der Schweiz, es gibt Dependancen nicht nur in Hamburg, München, Dresden oder Stuttgart, sondern auch in Luxemburg, in Mailand, in Paris und sogar in Oslo. Kurzum, überall dort, wo Geld sitzt. Also keinesfalls nur in Deutschland. Ihre Immobilien baut die Firma allerdings bevorzugt hierzulande. Finanziert werden sie mithilfe von diskreten Privatbanken über sogenannte Investmentfonds. Wo die DBD mit ihrer geballten Marktmacht auftaucht, bekommt der alteingesessene Einzelhandel bald ebenso unweigerlich Probleme wie auch Hoteliers oder örtliche Bauträger."

Emmerich nickte mehr oder weniger gleichgültig. Es waren die sogenannten Märkte, die für derlei Trubel und Verwerfungen sorgten. Märkte, die im Gegensatz zu Menschen zwar weder über Emotionen oder Empathie verfügten, dafür aber nervös reagieren konnten und angeblich nach einer Logik namens „Angebot und Nachfrage" funktionierten, um alle Bedürfnisse der ebenfalls sogenannten Marktteilnehmer zu befriedigen. Diese wiederum wurden heutzutage wahlweise als Anleger, Eigentümer, Verbraucher, Konsumenten, Patienten, Wähler, Steuerzahler, Arbeitnehmer oder was auch immer tituliert, wobei gerne so getan wurde, als handele es sich dabei um jeweils völlig verschiedene Personen. Wichtig im Zusammenhang mit diesen Personen schien eigentlich nur noch das Geld zu sein, der Anleger erwartete Rendite, der Eigentümer Stabilität oder zumindest keinen Wertverlust, Verbraucher und Konsumenten wünschten billige Preise, Patienten ein bezahlbares Gesundheitswesen. Steuerzahler durften finanziell nicht über Gebühr belastet werden, was in der Praxis keinen scherte, Arbeitnehmer waren Kostenfaktoren, die wettbewerbsfähig zu bleiben hatten. Lediglich die Wähler bekamen gelegentlich die Chance, völlig unentgeltlich etwas anzukreuzen. Wobei man nicht vergessen durfte, dass jede Stimme der jeweiligen Partei einen Anteil an der Wahlkampfkostenerstattung brachte. In Emmerichs Augen hatte sich die Welt von heute in eine betriebswirtschaftliche Versuchsanstalt verwandelt, eine Entwicklung, die ihr in seinen Augen keineswegs guttat, aber das hatte man von den durch Religionen oder Kriege bestimmten Gesellschaften der Vorfahren auch nicht behaupten können. Er jedenfalls sah sich außerstande, daran etwas zu ändern und hatte es längst aufgegeben, sich über die Begleiterscheinungen und Exzesse dieser Versuchsanstalt ungebührlich zu erregen. Nicht so Gitti, deren Wangen leicht gerötet waren.

„Wenn die DBD zum Beispiel irgendwo ein Einkaufszentrum mit tausend Parkplätzen hinstellt", fuhr sie engagiert fort, „zieht sie so viel Kaufkraft ab, dass ganze Ortskerne veröden. Es gibt Beispiele dafür im Internet. Wenn sie ein Luxushotel baut, steht so viel Geld dahinter, dass jahrelang eine fünfzigprozentige Auslastung reicht und alle Preise unterboten werden können, bis die Konkurrenz kaputt ist. Dabei ist das noch gar nicht alles."

„Warum auch?“

„Mein Kollege meinte, im Grunde genommen geht es gar nicht um Einkaufszentren oder Hotels. Es geht um den Grund und Boden. Geld, sagt er, gäbe es so viel wie Dreck auf dieser Welt, auch wenn es noch so ungerecht verteilt ist. Es sei in Wahrheit nichts mehr wert, deshalb bekäme man es überall so billig. Der Grund und Boden aber werde knapp. Der Wettlauf um die letzten Dinge, sagt er, habe längst begonnen.“

„Willst du mir Angst machen?“

„Ich hab schon welche. Er ist davon überzeugt, dass dieser Verteilungskampf mit allen Mitteln geführt wird. Weil es darum geht, wer von uns auf dem Planeten übrig bleibt.“

„Na, ja“, meinte Emmerich, die nun doch schwer ins allgemein Philosophische abschweifenden Theorien des Kollegen vom Wirtschaftsdezernat kurz überdenkend. „Das kann ich nicht beurteilen, und es hilft uns im Moment nicht weiter.“

Gitti zeigte sich unbeeindruckt.

„Selbst über das Ackerland fallen sie schon her. Die Reichen mit ihrem Geld und ihren Immobilienfonds. Ich frage dich, wie soll das in Zukunft weitergehen?“

„Frag mich nicht.“

„Weißt du, was in dieser Stadt ein Haus kostet? Keiner von uns wird so was je bezahlen können.“

„Aber“, sagte Emmerich nunmehr mit Nachdruck, „wir können zurück zu unserem Thema kommen!“

„Tut mir leid.“ Gitti schniefte, holte tief Luft und strich sich eine dunkle Strähne aus dem Gesicht. „Es ist nur … mich regt das alles tierisch auf.“

„Du wolltest mir etwas über die Firma DBD erzählen.“

„Richtig. Die DBD mit Guntram Stockinger an ihrer Spitze widmet sich neben dem Bau von Luxusimmobilien intensiv dem, was man so schön ‚politische Landschaftspflege‘ nennt. Sie sponsert Sportvereine, Museen und Kulturveranstaltungen, unterhält Stiftungen und sorgt dafür, dass bestimmte Politiker dort mit prestigeträchtigen Pöstchen versorgt werden. Damit die Popularität nicht leidet, und die Wiederwahl dieser Politiker gesichert ist. Du kannst dir sicher denken, um welche Sorte es sich handelt.“

„Ich nehme an, um solche, die in Grundstücksfragen etwas zu entscheiden haben.“

„Korrekt." Gitti lachte zynisch. „Wie sie ihr Geld zusammenkratzen, meinte der Kollege außerdem, sei ausgesprochen schwierig nachzuvollziehen. Da zeichnet zum Beispiel eine Stiftung in Liechtenstein Anteile an einem Fonds, der Apartments in Frankfurt baut und vermietet. Wer hinter dieser Stiftung steckt, weiß niemand. Oder ein Investor aus Südafrika, der seinerseits wieder mit den Geldern anderer Anleger arbeitet, gibt ein großes Bürogebäude in Auftrag. Die DBD sorgt dann dafür, dass dieses Gebäude erst mit Zuschüssen aus öffentlichen Kassen gebaut und danach langfristig und teuer vermietet wird. Zum Beispiel an eine Behörde oder an ein Ministerium. Zudem seien die Leute ausgesprochen gut darin, wenn es darum geht, den Gemeinderäten in den großen Städten kommunale Flächen abzuschwatzen. Selbst wenn sie dafür einige popelige Sozialwohnungen bauen müssen."

„Das ist alles sicher nicht besonders schön", meinte Emmerich, in den Kontoauszügen, die Melanie Schropsnagel ihm gebracht hatte, blätternd, ungeduldig. „Hat aber nichts mit unserem Fall zu tun. Oder glaubst du, dass ein Daniel Schlucht in dieser Liga spielt? Ein Boris Kladic oder ein Giancarlo Solferino? Die ganz gewöhnliche Mieten zahlen und ihre Einkäufe beim Discounter erledigen, wie du hier sehen kannst." Er reichte Gitti die Auszüge über den Schreibtisch. „Eher noch wäre Isolde Nothdurft selbst zu solchen Geldanlagen fähig gewesen."

Gitti legte eine Pause ein, während der sie gewissenhaft die kopierten Blätter studierte.

„Im Tresor waren aber nur Sparbücher und etwas Gold", meinte Emmerich und setzte spöttisch hinzu: „Und was das Ganze mit der Mafia zu tun haben soll, ist mir völlig schleierhaft. Es sei denn, die betriebe mittlerweile Stiftungen in Liechtenstein anstatt von Pizzerien."

„Kann man sicherlich nicht ausschließen", entgegnete Gitti zu seiner Überraschung ernst. „Wobei der Kollege meinte, dass es gar keine Mafia mehr bräuchte, solange Leute wie Stockinger ganz legal unterwegs sein können. Abgesehen davon, dass es auch längst nicht mehr nur eine Mafia gibt. Allein die Italiener haben mehrere, dazu kommen Russen, Chinesen, Leute aus dem Balkan und was weiß ich noch wer."

„Kurzum", grinste Emmerich, „Armageddon steht bevor."

„Wer?"

„Armageddon. Der Endkampf zwischen Gut und Böse."

„Das ist doch Aberglaube."

„Wenn man dich so reden hört …"

„Pfff", machte Gitti und stand auf. „Lass uns was tun."

„Was?"

„Kladic oder Solferino. Wir können knobeln."

* * *

Falls der Kommissar geglaubt hatte, Melanie einfach so abspeisen zu können, hatte er sich geschnitten. Helmut Schropsnagel kannte seine Frau und wunderte sich gar nicht, als sie, kaum dass die Dame mit dem strengen Blick samt ihrem Stuhl hinter ihnen aus dem Büro des Beamten getreten war und die Tür hinter sich geschlossen hatte, als Erstes erklärte: „Ich bin noch lang nicht fertig." Dazu hatte Melanie ihrer Handtasche weitere Papiere entnommen und sie im Vorzimmer mehr auf den Tisch geknallt, als gelegt. Was der Sekretärin, die auf Helmut keineswegs wie ein solche wirkte, eine protestierende Bemerkung entlockt und ihn dazu veranlasst hatte, das Gebäude zu verlassen. Am liebsten wäre ihm dazu, wie weiland Elvis Presley, ein Hinterausgang gewesen, doch war ein solcher nicht zu finden. Also ging Helmut so hinaus, wie er hereingekommen war, positionierte sich jenseits der Schranke und zündete sich eine Zigarette an. Gelegentlich misstrauisch beäugt von vorbeieilenden Beamten in Uniform oder Zivil, insgesamt jedoch unbehelligt, wartete er eine gute halbe Stunde, bis Melanie ebenfalls herauskam und an ihm vorbeistürmte, als sei er Luft.

„Herrgottsdonnerwetter", brüllte Helmut wütend. „Was hab ich jetzt schon wieder falsch gemacht?"

Melanie drehte allenfalls leicht den Kopf über die Schulter.

„Abgefertigt hat er mich", zischte sie kalt. „Als sei ich eine wirre Alte, die nicht mehr ganz dicht im Kopf ist. Und du hast nichts dagegen unternommen."

„Was hätte ich denn machen sollen? Ein solcher Mann wird auch nicht mehr Zeit zur Verfügung haben, als ich früher beim Finanzamt hatte."

„Nicht einmal deine Aussage hast du hinbekommen. Dabei hatten wir sie doch so oft geübt."

„Ich hab es dir gleich gesagt. Dass das eine völlig schwachsinnige Idee …"

„Du hast das Wesentliche vergessen. Du hast nicht gesagt, dass der eine Mann ein Italiener war. Kein Wunder, dass der Kommissar mir keinen Glauben schenkt, wenn ich von der Mafia spreche."

„Soll ich dir mal was sagen …?" Helmut hatte die Arme erhoben und gestikulierte wild. Ein Streifenwagen mit Kurs auf den Parkplatz des Präsidiums näherte sich langsam und stoppte neben dem erregten Paar.

„Schwierigkeiten?", wollte der uniformierte Fahrer durch das heruntergelassene Fenster höflich wissen. „Brauchen Sie Hilfe?"

„Nein", entgegneten Schropsnagels unisono und warteten stumm, bis der Wagen sich wieder entfernt hatte.

„Ist ja auch egal", lenkte Melanie daraufhin ein. „Diese Frau Sonderbar … die war etwas zugänglicher. Auf jeden Fall hat sie mich ernst genommen. Frauen waren schon immer die besseren Zuhörer."

Eine Feststellung, die nach Helmuts Erfahrung keineswegs zutreffend war, der aber im Moment aus strategischen Gründen nicht widersprochen werden musste.

„Was hast du ihr erzählt?", fragte er neugierig.

„Ich gab ihr Frau Reimers Beschreibung des jungen Mannes. Der die tote Katze gebracht hat. Und natürlich das Phantombild."

„Welches Phantombild?"

„Frau Reimers kann gut zeichnen. Sie hat mir eine Skizze vom Gesicht des jungen Mannes angefertigt. Außerdem habe ich ihr den fehlenden Rest von deiner Aussage erklärt und die Quittung von deinem Einkauf bei Solferino dortgelassen. Damit sie wenigstens eine Adresse haben. Auf den Kontoauszügen steht ja keine drauf."

„Apropos", sagte Helmut und setzte sich langsam in Bewegung. „Du hast mir nicht gesagt, dass du sie dir kopiert hast."

„Natürlich nicht. Wer weiß, was du damit getan hättest. Petra und ich waren uns von Anfang an einig, dass wir diese Kopien brauchen und sie nötigenfalls der Polizei übergeben werden. Also haben wir uns gleich am Montag in den Copyshop begeben."

Helmut wusste, dass es ihm nicht zustand, sich über diesen Beweis mangelnden Vertrauens aufzuregen, zeugte er doch nicht zuletzt davon, wie gut Melanie ihn kannte. Dennoch konnte er die Sache nicht einfach auf sich beruhen lassen.

„Du hättest mich wenigstens einweihen können." Er versuchte einen beleidigten Eindruck zu machen. „Ich konnte ja nicht ahnen, dass du plötzlich diese Dinger aus der Tasche ziehst …"

„Wozu hättest du es ahnen wollen?" Melanie, die zwei Schritte vor ihm bergabwärts gegangen war, blieb stehen und sah ihm in die Augen. „Du weißt noch etwas. Gib es zu. Etwas, das du bei deiner Schnüffelei herausbekommen und für dich behalten hast. Findest du das in Ordnung?"

Helmut sagte nichts mehr. Schweigend trabte er hinter seiner Gattin her zur Haltestelle, schweigend saß er ihr gegenüber in der Straßenbahn, stieg mit ihr am Hauptbahnhof um in die Linie zum Berliner Platz und folgte ihr, immer noch schweigend, die Seidenstraße entlang in Richtung ihres gemeinsamen Heims.

* * *

„Wir knobeln nicht", sagte Emmerich, langte nach dem Hörer seines Telefons und bat Frau Sonderbar herein. Gleichzeitig schob er Gitti die Liste mit Isolde Nothdurfts Telefonaten über den Schreibtisch. „Entweder, wir bekommen einen Termin, zu dem wir die beiden besuchen können, oder sie werden vorgeladen. Unsere Zeit ist zu kostbar, um hinter ihnen herzulaufen."

Frau Sonderbar betrat das Büro mit einer weiteren Klarsichthülle in der Hand, die sie ihrem Vorgesetzten reichte.

„Die Frau von vorhin. Sie hat mir dies hier noch gegeben", sagte sie dazu. Als Erstes stach Emmerich das mit Bleistift gezeichnete Porträt eines jungen Mannes in die Augen.

„Kunst?" wollte er mit hochgezogenen Brauen wissen.

„Ein Phantombild." Frau Sonderbar sah skeptisch drein.

„Eh?"

„Sie sagte, dies sei ein Bild, das ihre Nachbarin gemalt hätte. Aus dem Gedächtnis. Von dem Kerl, der die tote Katze abgeliefert hat. Die Leute sehen zu viel fern. Als ob Laien so einfach ein Phantombild …"

„Das Bild ist gar nicht schlecht", befand Emmerich nach kurzem Anschauen. „Machen Sie Kopien und schicken Sie auch eine zum Erkennungsdienst."

„Wie Sie meinen."

„Weiters finden Sie bitte schön heraus, wie die Herren Kladic und Solferino zu erreichen sind."

„Der Italiener betreibt einen Feinkostlieferdienst. Sie hat mir eine Quittung mit seiner Anschrift dagelassen. Ich hab schon angerufen, aber noch niemanden erreicht."

„Na, das nennt man Service", grinste Emmerich. „Solche Zeugen lob ich mir."

„Dennoch haben Sie Frau Schropsnagel nicht eben zuvorkommend behandelt. Sie war sehr verstimmt."

„Mag sein. Das lag aber nur an ihrer Räuberstory. Die Mafia hinter deutschen Rentnern her. Ich bitte Sie ... wer soll denn so was glauben?"

„Dabei ist sie hartnäckig geblieben. Sie sagte mir sogar, ihr Mann hätte vergessen zu erwähnen, dass eine der beiden belauschten Personen auf der Toilette ein Italiener war."

Emmerich runzelte die Stirn.

„Wisst ihr, was ich langsam denke?", fragte er bedächtig und sah dabei erst Gitti und dann Frau Sonderbar an. „Diese Geschichte ist nur ein Vorwand. So, wie der Ehemann gesprochen hat ..."

„Ich war nicht dabei", warf Gitti mit Bedauern ein.

„Aber ich", sagte Frau Sonderbar. „Es wäre schon möglich, dass er gelogen hat. Dies hat sie verloren, als sie mir das Porträt und die Quittung auf den Tisch gepfeffert hat."

Emmerich nahm einen weiteren Zettel entgegen, las, was handschriftlich darauf geschrieben war und reichte ihn an Gitti weiter.

„Fast wörtlich das, was Schropsnagel vorhin hier gesagt hat. Ich hatte gleich den Eindruck, dass es klang wie auswendig gelernt."

„Manche Leute", gab Gitti zu Bedenken, „sind sehr aufgeregt, wenn sie bei der Polizei aussagen sollen. Vielleicht hat er sich einfach nur einen Merkzettel gemacht."

„Fanden Sie, dass Schropsnagel aufgeregt war?", wandte sich Emmerich an Frau Sonderbar.

„Nein", sagte die und schüttelte den Kopf. „Eher zornig. Ich glaube nicht, dass er gerne hergekommen ist."

„Ich auch nicht", nickte Emmerich beifällig. „Und ich kann mir nur schwer vorstellen, dass ein Mann wie Schropsnagel einen Merkzettel in einem derart schlechten Deutsch verfassen würde. Seine Generation kennt sich mit Rechtschreibung noch aus."

„Was willst du damit sagen?", fragte Gitti misstrauisch.

„Nur eine Feststellung. Sagen wollte ich, dass diesen Zettel nach meiner Ansicht jemand anderer geschrieben hat. Jemand, der vielleicht die Klogeschichte selbst erlebt, sich damit aber nicht zu uns getraut hat."

„Und wer soll das sein?"

„Da komme ich noch drauf."

„Vielleicht Kladic? Oder Solferino?"

„Wir werden sehen." Emmerich schob den Zettel und die Quittung in seine Akte.

„Erstaunlich", sagte Frau Sonderbar Nase rümpfend, „dass heute schon Finanzbeamte im Ruhestand versuchen, die Kriminalpolizei hinters Licht zu führen."

„Ich nehme an, dass er dafür einen Grund hat", entgegnete Emmerich verständnisvoll. „Einen triftigen sogar."

„Tatsächlich?"

„Der Grund ist seine Frau. Sie versucht, jemanden zu decken. Er spielt wohl oder übel mit."

„Die Frau eines Finanzbeamten versucht, einen Mörder zu decken?" Frau Sonderbar wirkte nicht mehr nur ein kleines bisschen irritiert, sondern so, als habe man ihr einen Schlag versetzt. „Das kann nicht Ihr Ernst sein."

„Nach all den Jahren", lächelte Emmerich mit stillem Amüsement, „glauben Sie immer noch an das Gute im Beamten? Die sind wie alle andern auch."

„Ich weiß", sagte Frau Sonderbar resigniert. „Diese Frau allerdings wirkte auf mich so gar nicht wie …"

„Im Übrigen", fiel ihr Emmerich ins Wort, „habe ich nicht gesagt, dass sie den Täter decken will. Ich habe nur von *jemandem* gesprochen."

Frau Sonderbar schien einen Geistesblitz zu haben.

„Die Schwester", rief sie erleichtert aus. „Das hat sie ja auch gesagt, nicht wahr? Dass sie ihre Schwester aus allem heraushalten will."

„So ungefähr", antwortete Emmerich, der einem anderen Gedanken nachhing, ihn jedoch noch reifen lassen wollte.

„Was kommt denn nun als Nächstes?", wollte Gitti, die sich während seines Wortwechsels mit der Sekretärin über die Telefonlisten gebeugt hatte, wissen. „Diese Nummer aus der Schweiz zum Beispiel …"

„Ganz richtig. Das könnte der unbekannte Mann aus dem Internet sein. Wir brauchen die Standorte und Zeiten, an denen er sich ins deutsche Netz eingewählt hat. Dann die Termine mit den Herren Kladic und Solferino. Das tote Vieh muss zur Spurensicherung und die Zeichnung zum Erkennungsdienst. Alles schöne Aufgaben für Frau Sonderbar."

„Und wir? Was machen wir?"

„Mich interessiert das Bankhaus Treufuß. Von dem hab ich noch nie etwas gehört. Sehen wir uns die Dependance in Stuttgart an?"

„Von mir aus", stimmte Gitti ohne große Überzeugung zu. „Eines möchte ich allerdings noch loswerden. Es geht aus dem Bericht der Spurensicherung hervor."

„Etwas Neues? Ich hab ihn doch gelesen …"

„Vielleicht nicht aufmerksam genug. Mir ist das auch erst heute Morgen aufgefallen. Es gab keinen Computer in Isolde Nothdurfts Wohnung. Keinen Laptop, nichts. Nicht zuletzt deshalb musste sie wohl auch das Faxgerät ihrer Schwester benutzen."

„Ja und?"

„Verstehst du nicht? Alle gehen wie selbstverständlich davon aus, dass sie ihr unbekanntes Date über das Internet vereinbart hat. Weil man das heutzutage eben so macht. Aber wie? Ohne Computer?"

„Vielleicht im Büro …"

„Das war nur ein Arbeitsbildschirm, den sie dort hatte. Ohne Zugang zum Netz."

„Glaubst du?" Emmerich schalt sich innerlich einen Trottel, weil er das Fehlen des Computers nicht selbst bemerkt hatte, tröstete sich aber mit dem Umstand, dass es Gitti ebenso ergangen war. „Das würde ja bedeuten, dass …"

„Ich weiß noch nicht, was es bedeutet", sagte Gitti und stand auf. „Gehen wir?"

18

Hinter der St. Fideliskirche bog Melanie nach links ab, während Helmut stehen blieb, sich an die Stirn fasste und zum ersten Mal seit einer guten halben Stunde den Mund aufmachte.

„Warte mal", rief er. „Ich hab was vergessen."

Melanie wandte sich um, stumm, die Brauen fragend hochgezogen.

„Ich hatte ausgemacht, dass ich mich mit Didi in der Mittagspause treffe."

„Wer ist Didi?"

„Dieter Bauer. Kennst du nicht. Ein alter Kollege vom Finanzamt."

„Und das heißt?"

„Dass ich mich sputen muss, wenn ich ihn noch erwischen will."

„Dann mach, dass du wegkommst." Melanie schien nach wie vor ärgerlich zu sein. Helmut holte die wenigen Schritte, die er sich hinter ihr befand, auf und schnitt ein treuherziges Gesicht.

„Bekomme ich noch einen Kuss?"

„Unter Vorbehalt", sagte Melanie, stellte sich auf die Zehenspitzen und verpasste ihm einen flüchtigen Hauch auf die Wange.

„Unter welchem Vorbehalt?"

„Das werden wir noch sehen", erklärte seine Frau in der rätselhaften Weise, die Frauen eben gelegentlich so auszeichnete. Ungefähr so, wie Helmuts Mutter ihm in seiner Kindheit ohne ersichtliche Begründung ab und an eine Ohrfeige verpasst hatte, auch wenn das Kind sich keines Fehlverhaltens schuldig fühlte. Irgendetwas werde er schon gemacht haben, hatte es dann geheißen. Helmut gab den Kuss etwas deftiger zurück, was Melanie sich widerstandslos gefallen ließ, und er wusste, dass der Streit beendet war.

„Viel Vergnügen", wünschte sie ihm noch und dass er den früheren Kollegen nicht von der Arbeit abhalten solle, dann drehte sie sich wieder um und ging weiter. Auch Helmut machte kehrt, ging die Seidenstraße zurück, querte den Berliner Platz und passierte einen Ort, der früher einmal „Bollwerk" genannt worden war und irgendetwas mit den mittelalterlichen Wehranlagen der Stadt zu tun gehabt hatte. Davon war natürlich längst nichts mehr zu sehen in seiner bauwütigen Heimat, lediglich ein Kino und ein Dienstleistungszentrum gleichen Namens hielten heute noch die Erinnerung aufrecht. An der nächsten, großen Kreuzung wandte er sich nach rechts, bis nach ein paar Metern das aus dem 19. Jahrhundert stammende Kasernengebäude in Sicht kam, welches seinen alten Arbeitsplatz beherbergte. Steuerpflichtige Bürger, deren Name mit dem Buchstaben „S" begann, fielen in die Zuständigkeit des Finanzamts Stuttgart III, dorthin wandte sich nun auch Helmut, der allerdings keine Verabredung mit dem früheren Kollegen Dieter Bauer vorweisen konnte. Das Glück war ihm dennoch hold, er traf Didi, den er von einer lange zurückliegenden, gemeinsamen Fortbildung kannte und der danach keine größeren Anstrengungen in Sachen Karriere mehr unternommen hatte, in seinem Büro an, wo er immer noch seiner Tätigkeit als Sachbearbeiter nachging.

„Tag", grüßte Helmut beiläufig nach einem kurzen Klopfen an der offen stehenden Tür. Didi wirkte nur für Sekunden überrascht.

„Schrops", sagte er nicht unerfreut. „Was machst du hier? Bist du nicht längst ...?"

„Im Ruhestand. Ganz richtig. Ich war zufällig in der Gegend und dachte, ich schaue einfach mal so rein."

„Das ist nett von dir."

„Wie geht's denn immer?"

„Danke. Noch ein halbes Jahr. Ich zähle schon die Tage."

„So schlimm?"

„Der Teufel soll diese neuen EDV-Systeme holen. Hast du eine Ahnung, was wir mitmachen? Nichts funktioniert mehr, alle sind völlig im Verzug. Das Ganze kostet Millionen und wir können nicht mal die Abgabe von Steuererklärungen anmahnen."

„Schrecklich", befand Helmut mitfühlend, während er sich insgeheim eingestehen musste, dass ihn diese Probleme im Grund genommen gar nicht mehr interessierten.

„Ich hab gleich Mittag", erklärte Didi und sah auf seine Uhr. „Kommst du mit auf einen Kaffee?"

„Eigentlich wollte ich dich um einen Gefallen bitten."

„Einen Gefallen? Das dauert aber hoffentlich nicht lange?"

„Kommt auf euer EDV-System an."

„Worum geht es?"

„Hier." Helmut zückte seinen Geldbeutel und entnahm ihm einen Zettel. „Das ist die Steuernummer eines gewissen Solferino. Ich hab sie mir von einer Quittung abgeschrieben. Könntest du für mich nachsehen, ob er seine Steuern pünktlich bezahlt und wenn ja, wie viel?"

„Du verlangst Sachen", reagierte Didi mit angemessener Empörung.

„Ich spendiere den Kaffee."

„Mal sehen." Didi nahm den Zettel, tippte die Nummer in die Tastatur und starrte auf seinen Bildschirm. „Glück gehabt, die Kiste reagiert", sagte er nach einer kleinen Weile. „Keine Auffälligkeiten bei deinem Solferino. Scheint alles in Ordnung zu sein."

„Und die Summen? Wie hoch sind …"

„Das geht zu weit", wehrte Didi sein Ansinnen entschieden ab.

„Nur die Umsatzsteuer", blieb Helmut hartnäckig. „Du bekommst noch ein Stück Kuchen zum Kaffee."

„Meinetwegen", brummte Didi und setzte ein paar Mausklicks später hinzu: „Sieht auch nicht ungewöhnlich aus. Monatliche Abgabe. Immer pünktlich. Hohe steuerfreie Umsätze, niedrige Vorsteuerabzüge. Lässt auf Geschäfte mit dem Ausland schließen."

„Würdest du mir die letzte Voranmeldung ausdrucken?"

„Nein. Weil, wenn das herauskäme, ich in Teufels Küche komme", erklärte Didi unter Missachtung etlicher Regeln der Grammatik, jedoch in einem Ton, der erkennen ließ, dass Helmut mit einer solchen Forderung zu weit gegangen war.

„Verstehe", zeigte der sich deshalb einsichtig und seufzte.

„Du kennst doch die Vorschriften", sagte Didi kopfschüttelnd. „Darf ich fragen, wozu du das wissen willst?"

„Lieber nicht."

„Aber es bleibt unter uns."

„Na, hör mal …"

„Dann ist ja alles gut."

„Noch nicht ganz." Helmut seufzte ein zweites Mal, etwas tiefer, wie er hoffte.

„Was denn noch?", wollte Didi misstrauisch wissen.

„Ich bräuchte die gleichen Auskünfte noch über einen Daniel Schlucht und einen Boris Kladic. Die Namen stehen auf dem Zettel. Nur eine Steuernummer hab ich nicht von denen."

„Raus." Didi klickte, sein Bildsschirm wurde dunkel und er zeigte auf die Tür. „Das kostet dich neben Kaffee und Kuchen noch eine Extraportion Sahne."

* * *

Das Bankhaus Treufuß fanden Emmerich und Gitti erst nach einigem Suchen. Zurückgesetzt und gut versteckt zwischen zwei Edelboutiquen nahe der Stiftskirche stießen sie schließlich auf ein unscheinbares Messingschild, ein ebenso unscheinbares, aus den 50er-Jahren des vergangenen Jahrhunderts stammendes Treppenhaus hinter einer unauffälligen Eingangstür und dort auf eine enge, altmodische Aufzugkabine, in der zwei Personen gerade so Platz fanden. Emmerich entschied sich ohne viel Federlesens und unter Hinweis auf möglicherweise auftretende klaustrophobische Zustände angesichts der Kabine für die Benutzung der Treppe. Gittis Einwand, das Bankhaus läge im obersten Stockwerk, ignorierte er, blieb aber stehen, als sie im dritten Stock um eine kurze Pause bat.

„Könntest du", sagte sie schnaufend, „ausnahmsweise mich reden lassen, wenn wir da hineingehen?"

Emmerich, der sich mit einem Mal darüber klar wurde, dass er die Reihenfolge des Redens lange schon nicht mehr im Vorfeld einer Ermittlung bedacht hatte, sondern aus reiner Gewohnheit und ganz selbstverständlich meist als Erster das Wort ergriff, nickte.

„Sicher kann ich das", sagte er zustimmend. „Ist ja eigentlich auch dein Fall. Hast du einen bestimmten Grund? Oder willst du nur üben?"

„Was üben?"

„Dein eigenes Team zu führen."

„Du hast doch nicht etwa Angst, mich zu verlieren?"

„Ich arbeite gerne mit dir." Ein Eingeständnis, das ihm, obwohl es zutraf, in dieser Lockerheit keineswegs leicht über die Lippen ging und Gitti zu einem süffisanten Lächeln veranlasste.

„Wie schön", meinte sie leichthin. „Mein Eindruck, dass du dich nach Mirko sehnst, täuscht also?"

„Ich arbeite auch gerne mit Mirko zusammen", erklärte Emmerich diplomatisch. Gespräche dieser Art lagen ihm nicht, seine Frage in Sachen Übung war mehr rhetorischer Natur gewesen, Mirko hätte sie zweifellos mit einer flapsigen Bemerkung beantwortet. Gitti aber war nicht Mirko und dazu noch eine Frau, ein Umstand, den er manchmal vergaß. Was allerdings für die beiderseitige Zusammenarbeit nur förderlich sein konnte und daher beizubehalten war. Um noch mehr Fragen auszuweichen, ging Emmerich einfach wortlos weiter und drückte ganz oben auf eine Klingel, die unter einem zweiten Messingschild angebracht war. Es dauerte eine gute Minute, bis die Tür neben dem Schild geöffnet wurde. Nicht weit, sondern nur so, dass eine Frau mit Hosenanzug, brünetter Steckfrisur und Brille herausschauen und „Ja bitte?" sagen konnte. Emmerich nahm an, dass selbst eine neue Jeans nicht geeignet war, ihn als potenziellen Kunden des Bankhauses einzuführen, und zog seinen Ausweis.

„Kriminalpolizei", sagte er höflich. „Wir hätten ein paar Fragen zu dieser Bank." Hinter ihm räusperte Gitti sich vernehmlich, er erinnerte sich seines Versprechens vom dritten Stock. „Meine Kollegin, Hauptkommissarin Kerner", stellte er daher vor und trat einen Schritt zurück.

„Fachliche Fragen", eröffnete Gitti, ebenfalls ihren Ausweis zeigend. „Wir ermitteln in einem Mordfall. Es ist wichtig und zudem dringend."

„Nun", meinte die Frau zögerlich, „ich weiß jetzt auch nicht recht ..."

„Aber wir", sagte Gitti liebenswürdig und machte einen Schritt nach vorn, sodass die Frau unwillkürlich die Tür vollständig öffnete. „Freundlichsten Dank. Ein schickes Büro haben Sie hier."

„Ääh ..."

An der unentschlossenen Angestellten vorbei passierte Gitti die Tür. Emmerich nickte der Frau zu und trat sich demonstrativ die Füße ab, bevor er der Kollegin folgte. Tatsächlich gelangten sie in einen Vorraum, der in dieser Qualität am Ende des unscheinbaren Treppenhauses kaum zu erwarten gewesen war. Ein Empfangstresen aus echtem Holz verdeckte zwei Schreibtische, von denen im Augenblick nur einer mit einer weiteren Frau besetzt war, schwere Ledersofas luden zum Warten ein, hochfloriger Teppichboden dämpfte jeden Schritt und selbst das Dudeln mehrerer Telefone. Statt von Tageslicht wurde der fensterlose Raum durch indirekte Strahler beleuchtet, allem Anschein nach noch vorhandene weitere Räume waren durch gepolsterte Türen verschlossen. Ein leichtes Aroma, das an Wald oder Sägespäne erinnerte, lag in der merkwürdigerweise frischen Luft, und Emmerich überlegte gerade, ob ein solcher Raum wohl beduftet wurde oder ob es sich um das Parfüm der Angestellten handelte, als Gitti fragte:

„Mit wem können wir sprechen, wenn wir Fragen zu einem Ihrer Kontoinhaber haben?"

„Die meisten Herren sind in der Mittagspause", entgegnete die Angestellte unsicher und wies auf ihre Kollegin hinter dem Tresen. „Vielleicht wenden Sie sich zunächst an Frau Bürkli."

Die Genannte, sicherlich zehn Jahre älter als die Frau, die die Tür geöffnet hatte, sah auf, machte ein missbilligendes Gesicht und trat an den Tresen.

„Worum geht es?“, fragte sie kühl und mit hörbar schweizerdeutschem Zungenschlag. Emmerich, der sich nicht sicher war, ob die Missbilligung ihnen galt, der Angestellten oder gar beidem, setzte zu einer weiteren Vorstellung an, doch diesmal kam Gitti ihm zuvor.

„Hauptkommissarin Kerner, mein Kollege Emmerich“, sagte sie so geläufig, als sei es die übliche Reihenfolge. Was Emmerich, trotz der vorherigen Abmachung ein wenig sauer aufstieß, fühlte er sich doch irgendwie degradiert.

Frau Bürkli, entweder von Natur aus konservativ oder aber mit feinen Antennen ausgestattet, sah Gitti nur kurz an, bevor sie sich an ihn wandte und wiederholte: „Worum geht es?“

„Wir ermitteln in einem Mordfall“, entgegnete Emmerich schon beinahe entschuldigend. Frau Bürkli wirkte durch Art und Auftreten durchaus Respekt einflößend, das Umfeld tat ein Übriges, ihn zu beeindrucken.

„Aber sicher nicht hier“, sagte Frau Bürkli bestimmt und gerade so abfällig, dass man es nicht als Unhöflichkeit auslegen konnte.

„Doch“, fuhr Gitti unbeeindruckt dazwischen. „Es gibt Anhaltspunkte, die …“

„Wer wurde ermordet?“, verlangte Frau Bürkli mit hochgezogenen Brauen kurz angebunden zu wissen.

„Das Opfer ist eine Frau Nothdurft. Isolde Nothdurft. Sie wurde letzten Samstag …“

„Ist mir unbekannt.“

„Darum geht es nicht. Ihre Kundschaft …“

„Unser Haus hat keine Kundschaft. Wir betreuen Anleger und Investoren.“

„Wirklich? Investoren wie beispielsweise Studenten der Informatik, die Kurierfahrten übernehmen? Oder Anleger, die mit frischem Gemüse handeln?“

„Wollen Sie mich auf den Arm nehmen?“

„Ich will eine Erklärung dafür, weshalb solche Leute Konten bei einer Bank wie dieser unterhalten.“

„Tun sie das?“, fragte Frau Bürkli gelassen. „Es wäre mir ganz neu, das zu hören.“

„Wir wollen den Chef dieser Filiale sprechen“, forderte dagegen Gitti, inzwischen alles andere als gelassen, mit drohendem Unterton.

„Das kommt überhaupt nicht infrage", erklärte Frau Bürkli seelenruhig. Emmerich, der völlig zu Recht annahm, dass Gitti innerlich längst schäumte, gab seine Zurückhaltung auf.

„Gute Frau", sagt er väterlich, sich über den Tresen beugend und voraussetzend, dass Frau Bürkli weder eine solche Ansprache noch ein solches Benehmen gewohnt war. „Jetzt machen Sie doch nicht sich und uns das Leben schwer. Womöglich braucht es Ihren Chef gar nicht. Sicher wissen Sie genauso gut Bescheid. Wir haben Beweise, dass solche Konten existieren. Wir wissen, dass große Beträge dort ein- und ausgehen. Und wenn uns niemand erklärt, warum das so ist, können wir eine Menge Staub aufwirbeln. Eine effektivere Öffentlichkeitsarbeit könnte sich auch Ihr Chef kaum wünschen."

Frau Bürkli sah Emmerich einige Sekunden sprachlos an, bevor sie sich wieder in der Gewalt hatte.

„Wollen Sie mir drohen?"

„Keineswegs."

„Haben Sie eine richterliche Anordnung? Einen Durchsuchungsbefehl oder etwas in dieser Art?"

„Auch nicht."

„Dann, mit Verlaub, ist mir unklar, was Sie mit Ihrem Besuch in unserem Haus bezwecken. Sie wissen ebenso gut wie ich, dass wir keine Auskünfte erteilen dürfen. Das Bankgeheimnis erlaubt es nicht …"

„Sehen Sie", lächelte Emmerich jovial, „daran ist uns auch gelegen. Wir wollen ebenso wenig wie Sie, dass ein so diskretes Haus wie dieses nur durch einen unglücklichen Zufall …"

„Was?"

„Ich weiß, dass Sie keine Auskünfte erteilen dürfen. Sie wissen, dass die Presse, wenn sie erst einmal an einer Sache dran ist, kaum mehr gebremst werden kann. Solange wir gewisse Dinge daher nicht definitiv ausschließen können, wenn der Spekulation Tür und Tor geöffnet ist … aber es ist natürlich Ihre Entscheidung. Wir wollen nur helfen."

„Ich verstehe." Frau Bürkli wirkte nicht mehr gelassen, sondern vielmehr schwer aus dem Konzept gebracht und sah aus, als denke sie angestrengt nach. „Würden Sie bitte einen Augenblick dort drüben Platz nehmen?", bat sie schließlich und deutete auf eines der schweren Ledersofas. „Ich will versuchen, ob ich einen der Herren erreichen kann."

* * *

Unter Verweis auf sein zweifellos vorhandenes Übergewicht hatte Didi auf Kuchen mit Sahne verzichtet und sich mit Kaffee begnügt. Im Gegenzug hatte Helmut keine weiteren Überredungsversuche mehr unternommen, sondern sich geduldig sowohl die fiskalischen als auch die privaten Nöte des früheren Kollegen angehört. Erst als sich dessen Mittagspause ihrem Ende zuneigte, schien ihm mit einem Mal etwas einzufallen, und er fasste sich erinnernd an den Kopf.

„Mein Zettel", sagte er bedauernd. „Ich habe ihn in deinem Büro vergessen."

„Das macht nichts", meinte Didi, sichtlich entspannter als zuvor, was Helmut auf die Tatsache zurückführte, dass der Sachbearbeiter Gelegenheit gehabt hatte, sich eine Menge von der Seele zu reden. „Wir könnten uns ja demnächst mal wieder treffen. Abends. Auf ein Glas Wein. Dann bringe ich dir deinen Zettel mit."

„Den brauche ich früher. Nicht erst demnächst."

„Muss ja mächtig wichtig sein. Womit du da beschäftigt bist."

„Ist es."

„Wenn du mir verraten würdest, worum es dabei geht …?"

Helmut beugte sich vor, bis das kleine Stehtischchen, an dem sie ihren Kaffee eingenommen hatten, kurz vor dem Kippen stand und winkte Didi geheimnisvoll noch näher heran.

„Knödler", sagte er in gedämpftem Ton. „Ich sag nur eines: Giesbert Knödler."

„Unser Supersteuermann?"

„Eben der."

„Was ist mit ihm?"

„Vielleicht bin ich auf etwas gestoßen, mit dem wir ihn drankriegen."

„Allerhand." Didi ließ ein leises Pfeifen hören und sah aus, als überlege er. „Sicher, dass nichts auf mich zurückfällt?", fragte er nach einer kleinen Weile. „Ich meine … gesetzt den Fall, ich würde …"

„Ich brauche doch nur ein paar kleine Auskünfte. Was soll da auf dich zurückfallen?"

„Giesbert Knödler", wiederholte Didi immer noch ein wenig unschlüssig, bevor er sich einen Ruck zu geben schien. „Weißt du was? Gib mir deine Telefonnummer. Womöglich kann ich doch etwas für dich tun."

„Das wäre wunderbar nett von dir", entgegnete Helmut zufrieden, notierte seine Nummer auf einer Serviette und gab sie seinem früheren Kollegen.

„Ich melde mich", sagte der, schob die Serviette ein und hatte es plötzlich eilig. „Wir hören."

Helmut wartete noch ein paar Minuten ab, bevor auch er sich, beinahe schon beschwingt, aufmachte. Dass Melanie sich ebenfalls Kopien der Bankauszüge angefertigt hatte, über die nun die Polizei verfügte, war nicht weiter schlimm, sondern, ganz im Gegenteil, aller Voraussicht nach, sogar hilfreich. Wobei Helmut nicht so weit ging, von den ermittelnden Beamten zu erwarten, dass sie die Machenschaften eines Giesbert Knödlers durchschauten. Schließlich war es auch ihm während der letzten zehn Jahre nicht gelungen, dem Mann etwas nachzuweisen. Jetzt aber fühlte er sich nahe am Ziel, ein gewisser Übermut ergriff von ihm Besitz, und als er, Zufall oder nicht, auf seinem Heimweg vorbei am Bosch-Areal einen Lieferwagen mit der Aufschrift „Solferinos Frischeservice" im Halteverbot stehen sah, verstieg er sich dazu, diesem Lieferwagen einen launigen Klaps zu versetzen. Was sich als keine besonders gute Idee erwies, denn zwischen den geöffneten Hecktüren des Wagens tauchte mit einem unfreundlichen „He, was soll denn das?" der Besitzer desselben auf, entdeckte den beschwingten Helmut und setzte hinzu: „*Sie* kenne ich doch."

„Schropsnagel, stets zu Diensten", sagte Helmut vergnügt mit einer leichten Verneigung. „Sie waren so nett, mich neulich mit Gemüse zu beliefern. Soviel ich weiß, sind Sie ein Neffe meines Freundes Giovanni Ingeroni."

In Solferinos Gesichtszügen begann etwas zu dämmern, sein Blick glitt über Helmuts Schulter hinweg, doch der achtete nicht auf die Miene seines Gegenübers.

„Ihren Steuerberater kenne ich, glaube ich auch", erklärte er triumphierend. „Wenn ich Ihnen einen Rat geben darf: Mit einem Giesbert Knödler sollte man keine Geschäfte machen."

„Leck mich am Arsch", entgegnete Solferino trocken. Bevor Helmut gleichermaßen unhöflich antworten konnte, erhielt er von hinten einen Schlag auf den Kopf und versank ins Dunkel der Bewusstlosigkeit.

* * *

Seite an Seite saßen Emmerich und Gitti auf dem hervorragend gepolsterten Sofa und warteten. Während sie umgehend ihr Handy gezückt hatte, Nummern tippte und offensichtlich, wenn auch erfolglos, versuchte, diverse Gesprächspartner zu erreichen, verspürte er einen unbestimmten Impuls, seinen Kopf in einen der weichen Mäntel zu drücken, die an einem Garderobenständer neben dem Sofa hingen, und ein Mittagsschläfchen zu halten. Ein Impuls, den Emmerich selbstverständlich unterdrückte, während er gleichzeitig feststellte, dass an Schlaf in diesem Vorraum auch kaum zu denken war. Auf den beiden Schreibtischen klingelten und dudelten mit wechselnden Melodien pausenlos die Telefone, wurden abgenommen und, nach meist kurzen Wortwechseln in verschiedenen Sprachen, wieder aufgelegt. Im Verlauf des Wartens und in Ermangelung einer Ablenkung gelang es ihm nach einer Weile, dabei eine gewisse Systematik zu erkennen. So beantwortete Frau Bürklis bebrillte Kollegin Tonfolgen, die an das Lallen eine Kleinkindes erinnerten auf Spanisch, Klingeltöne mit dem Klang eines Spinetts auf Englisch und ein schlichtes Tuten in Deutsch. Frau Bürkli selbst schien fürs Französische zuständig zu sein, sie nahm ab, wenn eine entfernt der Marseillaise ähnelnde Melodie erklang. Ansonsten aber tat Frau Bürkli erkennbar nichts, was darauf schließen ließ, dass sie Emmerichs und Gittis Anliegen in irgendeiner Weise ernst nahm. Als endlich auch noch in einem der aufgehängten Mäntel, unmittelbar neben seinem Ohr, ein Handy mit piepsigen Tönen und in einem keineswegs akzeptablen Tempo das *Albumblatt für Elise* anstimmte, hatte Emmerich genug.

„Wie lange soll denn das noch dauern?", fragte er energisch und bezog wieder Position vor dem Tresen. Gitti steckte ihr Handy ein und stellte sich neben ihn. „Bis Sie einen Ihrer Herren erreicht haben?"

Frau Bürkli zog die Schultern hoch und lächelte verkrampft: „Im Moment ist es schwierig."

„Wir können hier nicht ewig warten."

„Es tut mir leid."

„Hier." Emmerich zog die kopierten Kontenblätter aus seiner Tasche. „Solferino, Kladic, Schlucht. Um diese Leute geht es. Die Nummern können Sie notieren. Ich will sofort wissen, wie lange sie schon Konten bei Ihnen unterhalten. Um den Rest kümmern wir uns später."

„Welchen Rest?"

„Durchsuchungsbefehle und so weiter. Sie wissen's doch."

„Nur mal angenommen", sagte Frau Bürkli, stand auf und trat an die gegenüberliegende Seite des Tresens, „ich würde Ihnen sagen, was Sie sofort wissen wollen. Könnten Sie uns dann den Rest vielleicht ersparen?"

„Das kann ich nicht versprechen."

„Aber versuchen?"

„Mal sehen."

Frau Bürkli wandte sich an die Kollegin.

„Würden Sie mir bitte schnell zwei Butterbrezeln holen? Ich schaffe es heute wohl nicht, etwas essen zu gehen."

„Gerne", sagte die Frau mit der Brille ohne Umschweife, nahm eine Börse aus ihrem Schreibtisch und verließ den Vorraum Richtung Treppenhaus. Frau Bürkli bemächtigte sich der Bankauszüge, setzte sich an ihren Rechner, tippte – eine nach der anderen – die Kontonummern ein und verfiel dabei ins Kopfschütteln.

„Auch das tut mir leid", erklärte sie schließlich, wobei ihr Bedauern auf Emmerich einen echten Eindruck machte. „Alle diese Konten wurden gestern aufgelöst. Über mein System habe ich keinen Zugriff mehr."

„So ein Zufall", sagte Gitti zynisch. Emmerich machte eine winkende Bewegung.

„Meine Kopien hätt' ich gerne wieder."

Frau Bürklis Bedauern schien sich zu vertiefen, doch sie gab die Bankauszüge anstandslos zurück.

„Was nun?", fragte sie, einigermaßen ratlos.

„Kann ich noch nicht sagen", entgegnete Emmerich kurz angebunden. „Ich denke schon, dass wir uns wieder melden. Wenn Ihre Herren zur Verfügung stehen."

19

„Können Sie mich hören?", drang aus einer kaum bestimmbaren Richtung eine Stimme an Helmuts Ohr. „Hallo? Herr Schropsnagel? Können Sie ...?"

„Ja, doch", brummte Helmut unwillig und fragte sich für einen Moment, was jemand, der dermaßen dämliche Fragen stellte, an seinem Bett verloren hatte. Als Nächstes wurde ihm klar, dass er sich keineswegs im Bett befand, sondern vielmehr mitten auf der Straße liegen musste, seine Erinnerung kehrte zurück und er schlug die Augen auf. Direkt über ihm schwebte ein fremdes Gesicht mit Dreitagebart.

„Aah", sagte das Gesicht zufrieden. „Da hätten wir ihn wieder. Wie fühlen Sie sich?"

„Bescheuert", entgegnete Helmut und richtete sich vorsichtig auf. „Ich hab Schädelweh."

„Wissen Sie, was mit Ihnen geschehen ist?"

„Jemand hat mir eins über die Rübe gegeben."

„Sehr gut." Das Gesicht zog sich zurück, Arme wurden um seine Schultern gelegt, jemand half ihm, sich in eine sitzende Position zu bringen. Helmut betastete vorsichtig seinen schmerzenden Hinterkopf, während er einerseits zur Kenntnis nahm, dass ein wohlgesinnter Helfer diesen Kopf während der Dauer seiner geistigen Absenz auf einen grauen Styroporbehälter gebettet haben musste, und andererseits, dass der vor ihm hockende, zum Gesicht gehörende Mann die Kleidung eines Sanitäters trug.

„Was ist daran sehr gut?", fragte Helmut missgelaunt. Der Sanitäter grinste.

„Dass Sie sich erinnern können. Immerhin scheinen Sie Ihren Humor nicht verloren zu haben."

„Wer sagt Ihnen denn, dass ich jemals welchen hatte?"

Darauf ging der Mann nicht ein. Stattdessen forderte er Helmut auf, sich zu erheben, falls ihm dies möglich wäre, und für eine kurze Untersuchung im Krankenwagen Platz zu nehmen. Der tat, was man von ihm verlangte, bekam erklärt, dass es sich lediglich um eine kleine Gehirnerschütterung sowie um eine, sich noch in der Entwicklung befindliche, größere Beule handle und seufzte erleichtert.

„Das heißt, ich kann wieder gehen?"

„Es stehen noch zwei Herren da, die Fragen haben." Der Sanitäter grinste immer noch oder vielleicht auch schon wieder. Neben dem Krankenwagen bemerkte Helmut nun zwei Polizisten und zwei Mädchen von ungefähr siebzehn Jahren.

„Geht's wieder?", wandte sich ein Polizist auf ein Zeichen des Sanitäters an Helmut und wies auf die Mädchen. „Die beiden Zeuginnen sagen, man hätte Sie niedergeschlagen!"

„Das kann schon sein", meinte Helmut vage.

„Beobachtet wurden ein Mann, der einen Lieferwagen entlud, und ein weiterer, hünenhafter und sehr kräftiger Mann mit Tätowierungen. Sie sollen mit dem ersten Mann gesprochen haben, als der zweite Sie einfach von hinten …"

„Ich hab doch hinten keine Augen."

„Kannten Sie die Männer?"

Helmut, dessen Sinne sich nur langsam wieder sammelten, begann zu ahnen, dass eine Bejahung dieser Frage weiteren Ärger bedeuten konnte. Indem zum Beispiel eine schriftliche Aussage von ihm verlangt wurde, eine Personenbeschreibung oder eine Begründung für die Auseinandersetzung. Dem polizeilichen Interesse an Aufklärung aber stand sein dringendes Bedürfnis nach Ruhe, einem Eisbeutel und Melanies Mitleid entgegen. Also sagte Helmut:

„Nein."

„Erinnern Sie sich an den Lieferwagen?"

„Er war weiß."

„Hatten Sie Streit mit den Männern?"

Helmut tat, als strenge ihn das Denken an, während er fieberhaft nach einer ausreichend harmlosen Erklärung suchte.

„Ich glaube", meinte er schließlich vorsichtig, „dass ich diesen Lieferwagen im Vorbeigehen gestreift habe. Unabsichtlich."

„Glauben Sie?" Der Polizist sah verdrießlich drein.

„Wissen tu ich es nicht mehr genau. Es ging alles so schnell."

„Wollen Sie eine Anzeige erstatten? Wegen Körperverletzung? Oder unterlassener Hilfeleistung? Die Herrschaften haben sich nach Aussage der beiden jungen Damen hier ja recht eilig aus dem Staub gemacht, kaum dass Sie am Boden lagen."

„Muss ich das jetzt gleich entscheiden? Mir ist nicht besonders gut …"

„Nur die Ruhe“, sagte der zweite Polizist, notierte etwas und reichte Helmut seinen Personalausweis zurück. „Der Lieferwagen hat einen Teil seiner Ladung verloren. Vielleicht gelingt es uns, den Fahrer zu ermitteln. Wir haben Ihre Personalien. Schlafen Sie sich erst mal aus, dann melden Sie sich bei uns auf dem Revier.“

* * *

Frau Bürklis Ersuchen an die Kollegin hatte auch Emmerichs Appetit auf Butterbrezeln geweckt. Hinzu kamen die Frühlingssonne, eine gewisse Unlust, gleich nach dem Verlassen des fensterlosen Raumes wieder in einer Tiefgarage und dort in Gittis Kleinwagen zu verschwinden, sowie sein Bedürfnis, das weitere Vorgehen in Ruhe besprechen zu können. Folglich hatte er darauf gedrungen, beim nächstgelegenen Verkaufsstand am Schlossplatz zwei Exemplare des Stuttgarter Nationalgebäcks zu erwerben und zum Verzehr derselben auf einer Bank vor dem Neuen Schloss eine Pause einzulegen.

„Warum wolltest du unbedingt als Erste reden?“, fragte er nach der ersten Hälfte der ersten Brezel.

„Ich konnte ja nicht ahnen, dass keiner da ist, mit dem man sich vernünftig hätte unterhalten können“, entgegnete Gitti etwas zusammenhanglos und biss in ein Käsebrötchen.

„Und wenn einer da gewesen wäre?“

Gitti kaute, schluckte und bohrte mit der Schuhspitze Löcher in den Kies vor der Bank.

„Diese Konten“, sagte sie nach einer Weile. „Du erinnerst dich, dass Frau Schlucht behauptet hat, ihr Sohn kenne nicht einmal die Bank. Angenommen, den Herren Kladic und Solferino ginge es genauso … jemand hat in ihrem Namen ein Konto beim Bankhaus Treufuß eingerichtet und wickelt Zahlungen darüber ab …“

„Was wäre dann?“

„Die Wahrscheinlichkeit, dass der Jemand bei diesem Bankhaus arbeitet, wäre, nach meiner Meinung, relativ groß. Oder es handelt sich um eine Person, die sehr gute Beziehungen dorthin unterhält.“

„Hört sich logisch an.“

„Diese Person ist nicht Frau Bürkli.“

„Da gebe ich dir recht.“

„Auch nicht die Dame mit der Brille.“

Emmerich, den Mund voller Brezel, grunzte etwas Zustimmendes.

„Wer ein Konto eröffnen will", fuhr Gitti fort, „muss sich ausweisen. Die Kopie des Ausweises muss bei den Kontounterlagen hinterlegt sein."

„Möglich", brummte Emmerich. „Da kenne ich mich nicht so aus."

„Aber ich." Gitti scharrte die gebohrten Löcher im Kies wieder zu. „Ich habe mich erkundigt. Diese Frau, von der ich neulich in der Zeitung gelesen habe … bei ihr hat man den Ausweis gefälscht, um ohne ihr Wissen auf ihren Namen Konten zu eröffnen."

„Du meinst, der Jemand hat die Ausweise von Kladic, Schlucht und Solferino …"

„Das hätte ich gerne nachgeprüft. Ich wollte die Kopien bei den Kontounterlagen sehen."

„Es ist schwer, anhand einer Kopie festzustellen, ob ein Ausweis gefälscht ist", gab Emmerich, an den Ärmchen seiner zweiten Brezel knabbernd, zu bedenken.

„Aber nicht unmöglich", tat Gitti seinen Einwand ab. „Ich glaube ohnehin nicht, dass es sich um Fälschungen handelt. Meiner Ansicht nach würden wir Kopien von den echten finden."

„Ja, aber …", sagte Emmerich und überlegte, ob er nur ein wenig schwer von Begriff oder ob ihm etwas Entscheidendes entgangen war.

„Verstehst du nicht?" Gitti streckte die Beine aus und bohrte beide Hacken in den Kies. „Wenn sie die echten Ausweise hätten … wenn weder Schlucht noch Kladic oder Solferino davon wissen … dann kommt nach unserem jetzigen Kenntnisstand nur eine einzige Person infrage unser Jemand zu sein. Eine Person, die unsere Kontoinhaber alle kennt, sich deren Ausweise mit Leichtigkeit beschaffen konnte und Beziehungen zum Bankhaus Treufuß hat."

Emmerich guckte nur kurz verständnislos, bevor es klickte.

„Klar", sagte er wie selbstverständlich. „Natürlich. Dass ich da nicht selbst darauf gekommen bin."

* * *

Die Sanitäter hatten die Freundlichkeit besessen, ihn noch nach Hause zu fahren, dort allerdings darauf bestanden, sich zu vergewissern, dass Helmut in gute Hände kam. Was Melanie in eine höchst unangemessene Aufregung versetzt hatte und nun bedauerlicherweise nicht mehr zu ändern war.

Helmut wurde angewiesen, sich auf's Sofa zu begeben, die Füße hochzulegen und zu ruhen. Der ersehnte Eisbeutel kühlte alsbald seine Beule, ihr Mitleid jedoch hielt sich in überschaubaren Grenzen.

„Selber schuld", sagte Melanie, als sie ihm endlich jede Einzelheit seines Abenteuers entlockt hatte. „Was haust du ihm auch auf den Laster?"

„Weil ich ihn nicht gesehen habe. Und weil ich gute Laune hatte. Im Übrigen ist es ein Unterschied, ob man jemand auf den Laster oder auf den Kopf schlägt. Noch dazu einem Kunden."

„Wenn ich dich richtig verstanden habe, war es nicht Solferino persönlich, der …"

„Aber er hat auch nichts dagegen unternommen. Schließlich muss er den anderen ja gesehen haben."

Aus der Küche erklang das Pfeifen eines Wasserkochers. Melanie ging hinaus und kehrte wenig später mit einer dampfenden Tasse Kamillentee sowie einer wollenen Decke zurück, in die sie ihren protestierenden Gemahl sorgfältig einhüllte.

„Was soll denn das, ich bin nicht krank!"

„Gehirnerschütterung und vielleicht ein leichter Schock. Sagten die Sanitäter. Ich habe meine Anweisungen. Und du wirst dich daran halten. Wenigstens bis morgen früh."

„Was du nichts sagst."

„Suchst du Streit?"

„Nein", gab Helmut nach, ließ sich zurück in sein Kissen fallen und nippte sogar am Kamillentee. „Es ist nur … ich glaube zu wissen, wer der Mann war, der zugeschlagen hat."

„Dann hast du das ja sicher auch den Polizisten erzählt." Melanie korrigierte den Sitz des Eisbeutels, bevor sie sich ihm gegenüber in seinen Fernsehsessel setzte.

„Natürlich nicht", widersprach Helmut prompt. „Es ist nur eine Vermutung. Wo ist meine Schachtel?"

„Nicht?" Melanies Mimik ließ auf starke Zweifel an der Zurechnungsfähigkeit ihres Gatten schließen. „Welche Schachtel?"

„Die, auf der mein Kopf gelegen hat."

„Du hast keine Schachtel mitgebracht."

Helmut pustete, nippte erneut und versuchte sich zu erinnern.

„Wer war's denn nun?", unterbrach Melanie ungeduldig sein Nachdenken. „Der dich auf den Kopf geschlagen hat?"

„Kladic. Ein tätowierter Hüne, der mit Solferino unterwegs ist … das kann nur Boris Kladic sein. Viel wichtiger wäre aber diese Schachtel. Bist du sicher, dass ich sie nicht dabeihatte?“

„Natürlich bin ich sicher. Warum soll eine Schachtel wichtiger sein als der Schlägertyp?“

„Weil ich damit beweisen könnte … aaah.“ Helmut hatte, im Eifer des Gefechts, einen großen Schluck vom Tee genommen, vorher das Pusten aber unterlassen. Prompt entglitt ihm auch die Tasse und Melanie sprang auf.

„Ich will nichts mehr hören“, rief sie im Hinausgehen, kam aber keine Minute später mit einer Flasche Wasser und einem feuchten Tuch zurück. „Trink das. Danach ruhst du dich endlich aus.“

* * *

Emmerich saß schweigend auf der Bank am Schlossplatz, während Gitti neben ihm ein weiteres Mal ohne Erfolg versuchte, ein Telefongespräch zu führen. Wie zuvor im Bankhaus Treufuß tippte sie verschiedene Nummern in ihr Handy, wie zuvor hatte sie kein Glück, es war offensichtlich niemand zu erreichen. Ein Umstand, der Gitti sichtbar unruhig werden ließ und ihre Aufmerksamkeit vollständig in Anspruch nahm. Emmerich ließ sie, selbst die Pause noch genießend, eine Viertelstunde gewähren, danach unterbrach er das Getippe mit einem demonstrativen Räuspern.

„Fertig?“, schloss er eine Frage an, die mehr nach einer Aufforderung klang. „Gehen wir zurück zum Wagen?“

„Meine Schwester“, sagte Gitti, ohne das Handy wegzustecken. „Sie geht nicht ans Telefon.“

„Versuch es später wieder.“

„Die Kleine. Ihre Schule müsste aus sein. Jeden Moment. Ich muss wissen, ob sich jemand um sie kümmert.“

„Verdammt noch mal …“, wollte Emmerich, einigermaßen erbost, gerade damit beginnen, ein paar grundsätzliche Ansichten zu erläutern, als sein eigenes Handy sich meldete. „Glück gehabt“, fauchte er in Richtung Gitti, bevor er es aus der Tasche nahm. Am Telefon meldete sich Frau Sonderbar.

„Die Spurensicherung hat angerufen“, erklärte sie und hüstelte. „Wegen des Kadavers.“

„Ja, und?“

„Das arme Tierchen wurde keineswegs erwürgt, wie der Draht um seinen Hals uns wohl glauben machen sollte. Diese Katze wurde überfahren. Wahrscheinlich schon vor ein paar Tagen."

„Vielleicht teilen Sie das den Schropsnagels mit", meinte Emmerich, der selbst mit dieser Nachricht wenig anzufangen wusste, ungnädig. Tatsächlich sah er überhaupt keinen Grund, sich mit toten Tieren zu beschäftigen.

„Die Spurensicherung lässt fragen", fuhr Frau Sonderbar geschäftsmäßig fort, „ob die DNA-Spuren am Behälter ausgewertet werden sollen?"

„Von mir aus", brummte Emmerich, registrierte mit halbem Ohr, dass auch Gittis Handy klingelte, und beobachtete, wie die Kollegin sich telefonierend ein paar Schritte weit entfernte, während ihre Gesichtszüge sich zugleich entspannten. Seine eigene Verstimmung legte sich umgehend. „Veranlassen Sie, was Sie für richtig halten", sagte er etwas freundlicher. „Sie wissen ja, Sie haben mein volles Vertrauen."

„Danke sehr", entgegnete Frau Sonderbar mit überraschtem Unterton, verabschiedete sich und legte auf.

„Alles klar?", wandte Emmerich sich an Gitti, die erleichtert nickte. „Wollen wir dann jetzt zu …?"

„Augenblick. Ich will nur noch was versuchen." Wieder trat ihr Handy in Aktion, Sekunden später schüttelte sie ihren Kopf und schob es in ihre Umhängetasche.

„Was ist denn noch?"

„Die Schweizer Nummer. Ich habe sie mir eingespeichert, bevor wir aufgebrochen sind. Ein paarmal schon hab ich versucht, sie zu erreichen. Es nimmt keiner ab."

„Hältst du das für eine gute Idee? Der Teilnehmer bekommt doch deine Nummer angezeigt."

„Ja eben", entgegnete Gitti und setzte sich in Bewegung Richtung Schillerplatz, wo ihr Wagen in der dortigen Tiefgarage wartete. „Vielleicht ruft er mich ja zurück. Wenn hinter dieser Nummer wirklich Isolde Nothdurfts Date steckt, dann ist der Mann von enormer Wichtigkeit für uns."

„Schon. Was aber, wenn du schlafende Hunde weckst?"

„Einen Hund, meinst du? Hast du einen besseren Vorschlag, wie wir an ihn herankommen sollen?"

„Ich würde mich nicht wohlfühlen, wenn ich wüsste, dass so einer meine Telefonnummer hat."

„Was sollte er, abgesehen von einem Rückruf, damit anfangen können?"

Emmerich entgegnete nichts mehr, während er in Gedanken feststellte, dass er sich einmal mehr nach den guten alten Zeiten sehnte. Zeiten, die natürlich, wenn man es genau bedachte, nicht wirklich besser, sondern lediglich anders gewesen waren. Als Verabredungen mit unbekannten Männern noch nicht „Date" geheißen hatten und deren Teilnehmer sich anhand von chiffrierten Anzeigen in den Zeitungen irgendwie hatten aufspüren lassen. Auch das war eine zähe Arbeit gewesen, aber eine, die irgendwann einen Erfolg versprochen hatte. Und in jedem Fall eine, bei der kein ermittelnder Beamter sich veranlasst sah, seine eigene Telefonnummer einem Unbekannten preiszugeben. Während Emmerich noch überlegte, ob, unter welchen Bedingungen und unter Einhaltung welcher Vorschriften es eventuell möglich war, so etwas wie ein Bewegungsprofil des unbekannten Schweizer Mobiltelefonbesitzers zu erstellen, klingelte auch schon wieder sein eigener Apparat. Mitten auf dem Schillerplatz, vor dem Denkmal des gleichnamigen Dichters blieb er stehen und angelte das Handy aus der Tasche. Und wieder sprach Frau Sonderbar:

„Herr Schropsnagel wurde zusammengeschlagen", verkündete sie mit einer Begeisterung, als handle es sich dabei um eine besonders gute Nachricht. „Mitten auf der Straße. Vor dem Bosch-Areal."

Emmerich, der nicht umhin konnte, diese Begeisterung einer bei Frau Sonderbar selten anzutreffenden Form von Sensationslust zuzuschreiben, äußerte Erstaunen.

„Woher wissen Sie …?"

„Ich habe angerufen. Wegen der Katze, wie Sie es mir aufgetragen haben. Seine Frau hat mir alles erzählt. Scheinbar geriet er in Streit mit Giancarlo Solferino. Sie erinnern sich … das war einer von denen mit …"

„ … den Kontoauszügen", fiel ihr Emmerich bestätigend ins Wort. „Hat sie gesagt, worum es ging?"

„Das wusste sie wohl selbst noch nicht." Frau Sonderbar unterbrach sich, um ein unstatthaftes Kichern zu unterdrücken, und hüstelte, bevor sie fortfuhr: „Schropsnagel liegt nämlich mit einer Beule auf dem Sofa und will keine Anzeige erstatten. Seine Frau ist der Auffassung, er müsse das tun."

„Nun", meinte Emmerich, während er versuchte, das Gehörte irgendwo einzuordnen, „es ist seine Entscheidung. Ich wüsste nicht, inwiefern wir da …"

„Ich sagte zu Frau Schropsnagel", flötete seine Sekretärin nunmehr schmeichelnd, „dass Sie bestimmt gerne vorbeikommen, um sich die Geschichte anzuhören. Die Arme war ganz durcheinander. Nicht einmal das Schicksal der Katze hat sie wirklich interessiert."

„Ich? Mir? Die Geschichte anhören? Wozu denn?"

„Vielleicht, weil sie für den Fall Isolde Nothdurft wichtig ist?"

„Höchstens nebenbei. Wir sind gerade auf dem Weg zu …"

„Es dauert doch höchstens eine halbe Stunde." Frau Sonderbar gab einen Seufzer von sich, der nach Geduld und Überredungskunst klang. „Tatsächlich habe ich versprochen, dass …"

„Toll", sagte Emmerich und sah sich nach Gitti um. Er entdeckte sie telefonierend auf den Treppen des Schillerdenkmals. Was darauf schließen ließ, dass sie offensichtlich keine Eile hatte. Emmerich warf einen Blick auf die Turmuhr der Stiftskirche und gelangte zu der Auffassung, dass es auf eine halbe Stunde auch nicht ankam. Zugegebenermaßen war es sogar möglich, dass Frau Sonderbar nicht unrecht hatte und Schropsnagels Auseinandersetzung mit Solferino tatsächlich von Bedeutung sein mochte. Wobei sie mit ihrer Einschätzung des erforderlichen Zeitaufwands aller Voraussicht nach an der untersten Grenze lag, aber auch das spielte beim momentanen Kenntnisstand im Fall Isolde Nothdurft vermutlich keine Rolle. So ließ Emmerich sich die Adresse geben, schob das Handy wieder ein und baute sich in herausfordernder Manier vor Gitti auf.

„Sorry, ich muss Schluss machen", sagte die und beendete ebenfalls ihr Gespräch.

„Schon wieder deine Schwester?"

„Nein. Diesmal war's nur eine Freundin."

„Wir fahren jetzt zu Schropsnagels."

„Tatsächlich? Und was tun wir dort?"

„Wir hören uns eine Geschichte an." Emmerich berichtete vom Gespräch mit seiner Sekretärin.

„Soll ich dir was sagen?", fragte Gitti, als er geendet hatte, und fummelte den Autoschlüssel aus ihrer Umhängetasche. „Ich glaube, dieser Rentner, der hat es faustdick hinter den Ohren."

„Faustdick könnte hinhauen", sagte Emmerich und grinste. „Aber derzeit eher auf dem Kopf."

20

Zunächst hatte Helmut lautstarke Einwendungen erhoben, war dann in ein gelegentliches Murren verfallen und hatte es zuletzt damit versucht, sich schlafend zu stellen. Letztendlich aber erwies alles sich als nutzlos. In seinem Fernsehsessel hatte, versehen mit einer Tasse Kamillentee, deren Vorhandensein er geflissentlich ignorierte, Hauptkommissar Reiner Emmerich Platz genommen und sah ihn mit einer Mischung aus Verständnis und Erwartung geduldig an. Hinter ihm inspizierte eine deutlich jüngere Kollegin angelegentlich die Schropsnagel'schen Bücherregale, während Melanie, die in der letzten halben Stunde vermutlich Gott und die Welt, mit Sicherheit aber Petra und die Polizei über Helmuts Missgeschick telefonisch in Kenntnis gesetzt hatte, nun am Fußende des Sofas saß. Der Hauptkommissar hatte ihrer Schilderung der Ereignisse mit höflichem Interesse gelauscht, schien aber nun darauf zu warten, dass auch Helmut sich in irgendeiner Form zum Geschehen äußerte.

„Kladic hat Sie also niedergeschlagen, weil Sie Solferinos Laster einen Klaps versetzten", fasste Emmerich zusammen. „Eine etwas dürftige Begründung, nicht?"

„Ich weiß nicht, ob es Kladic war", sagte Helmut unwillig. „Ich nehme es nur an."

„Und Sie versetzten Solferinos Laster diesen Klaps, weil Sie gute Laune hatten?"

„Ja ... nein ... ich weiß nicht, warum ich das getan hab. Es war einfach so ein Einfall."

„Was hat Ihre Laune denn so angehoben?"

Um Zeit zu gewinnen, langte Helmut nach seiner Teetasse und musste feststellen, dass er sie leer getrunken hatte. Obwohl er Kamillentee eigentlich nicht mochte.

„Beim Finanzamt war er", nahm ihm Melanie die Antwort ab. „Einen Kollegen von früher besuchen."

Emmerich, der sich nur schwer vorstellen konnte, dass ein Besuch auf dem Finanzamt geeignet war, jemanden in gute Laune zu versetzen, aber immerhin zugestand, dass für die Beamten dieser Behörde andere

Regeln gelten mochten, sah den sich auf seinem Sofa windenden Helmut Schropsnagel scharf an.

„Jetzt hören Sie mir mal gut zu", sagte er, sich vorbeugend. „Ich merke schon, dass Sie versuchen, irgendetwas vor uns zu verbergen. Das hilft aber weder uns noch Ihnen. Im Gegenteil … Sie sehen ja, was Sie davon haben."

„Genau", freute sich Melanie, machte einen kleinen Hopser auf dem Sofa und klatschte in die Hände. „Meine Rede seit …"

„Deshalb muss ich Ihre Frau jetzt bitten, diesen Raum vorübergehend zu verlassen", versetzte Emmerich ihr einen Dämpfer. „Ich will alleine mit Ihnen sprechen."

„Ha", schnaubte Helmut Schropsnagel triumphierend und richtete sich auf, während Gitti seine protestierende Frau zur Tür begleitete und diese hinter ihr schloss.

„Und jetzt erzählen Sie", forderte Emmerich bestimmt. „Wenn es darum geht, Ihre Schwägerin zu schützen …"

„Meine Schwägerin?" Helmut schüttelte den Kopf. „Wie kommen Sie denn darauf?"

„Nachdem, was Ihre Frau uns im Präsidium sagte …"

„Unsinn", brummte Helmut unwillig. Emmerich nickte ihm aufmunternd zu: „Ich dachte mir's. Meiner Ansicht decken Sie nämlich jemand anderen. Den Mann, der statt Ihnen auf der Herrentoilette war. Habe ich recht?"

„Ich … ääh …", stotterte Helmut überrumpelt und Emmerich setzte nach:

„Wäre es möglich, dass es sich dabei um Herrn Ingeroni handelt?"

Hinter seinem Rücken gab Gitti einen überraschten Laut von sich und setzte sich in den zweiten, noch freien Sessel.

„Warum kommt Ingeroni wohl nicht selbst zu uns?", überlegte Emmerich laut und ins Blaue hinein weiter. „Vielleicht, weil ein Angehöriger seiner Familie tiefer in die Angelegenheit verstrickt ist, als er zugeben möchte?"

„Wenn Sie schon alles wissen", platzte Helmut, „warum fragen Sie dann noch?"

„Weil ich eben nicht alles weiß. Ingeroni scheint ja dennoch ein Interesse an der Aufklärung des Falls zu haben. Hätte er Sie sonst vorgeschickt?"

„Das haben die Frauen ausgeheckt", erklärte Helmut schlecht gelaunt. „Seine und meine. Ich war nicht begeistert."

„Was kaum zu übersehen war“, grinste Emmerich und fügte, um seinem Gegenüber in rein psychologischer Hinsicht eine Brücke zu bauen, hinzu: „Frauen setzen sich gelegentlich seltsame Dinge in den Kopf. Ich kenne das, ich bin auch verheiratet.“

Wieder kam ein Laut von Gitti, diesmal kaum zu definieren, während Helmut Schropsnagel beifällig nickte.

„Na“, sagte er zufrieden. „Dann wissen Sie ja Bescheid. Mir blieb praktisch gar nichts anderes übrig.“

„Meine Kollegin hier, zum Beispiel“, sprach Emmerich, ohne auf den Einwurf einzugehen, weiter, „hat sich in den Kopf gesetzt, dass Sie ihr eigenes Süppchen kochen. Da muss ich ihr wohl recht geben.“

Und wieder fühlte sich Helmut auf dem falschen Fuß erwischt. Der Kommissar samt Kollegin wurden ihm ein wenig unheimlich. Kaum anzunehmen, dass die beiden seit dem letzten Samstag untätig geblieben waren. Kaum anzunehmen, dass sie nicht längst die eine oder andere Person verdächtigten. Vielleicht noch nicht der Tat, sehr wohl aber der Lüge, wie der Kommissar dies soeben schlagkräftig bestätigt hatte. Helmut war sich, was die mögliche Strafbarkeit solcher Lügen anging, plötzlich ausgesprochen unsicher, biss sich auf die Lippe und machte ein Gesicht, dem diese Unsicherheit deutlich anzusehen war.

„Paragraf 153 Strafgesetzbuch“, sagte im selben Moment auch schon des Kommissars Kollegin streng. „Uneidliche Falschaussage kann mit drei Monaten bis fünf Jahren geahndet werden.“ Und obwohl sie weder die Worte „Gefängnis“ oder „Freiheitsstrafe“ verwendet hatte, wusste Helmut, was gemeint war, und nickte stumm. Emmerich dagegen lächelte nach wie vor liebenswürdig:

„Gemäß Paragraf 158 allerdings“, erklärte er freundlich, „kann von einer Strafe abgesehen werden, wenn die falsche Aussage rechtzeitig berichtigt wird. Ich gehe davon aus, dass Sie das gerade gemacht haben.“

„Ja“, murmelte Helmut kleinlaut.

„Wir bleiben jetzt also schön bei der Wahrheit, oder?“

„Ja.“

„Dann noch einmal von vorn: Warum hat Boris Kladic Sie niedergeschlagen?“

Helmut bequemte sich, die Geschichte seiner privaten Nachforschungen, vom unnötigen Buchversand bis zur überflüssigen Bestellung großer Mengen von Gemüse darzulegen, vermied es aber, die Motivation für sein Handeln schlüssig zu begründen.

„Wissen Sie, was ich nämlich glaube?", schloss er seine Ausführungen stattdessen ab. „Die beiden, Kladic und Solferino, und auch der dritte Kontoinhaber, den ich leider noch nicht aufspüren konnte, die stellen ihre Konten für Geldwäsche zur Verfügung. Gegen eine ordentliche Provision. Deshalb geht jeden Monat ein größerer Betrag vom Bankhaus Treufuß auf das private Konto bei der jeweiligen Volksbank oder Sparkasse."

„Eine Geldwaschmaschine gegen Provision?", vergewisserte sich Gitti. „Sie meinen mit Wissen dieser Leute?"

„So etwas kommt immer öfter vor." Helmut fühlte sich wieder auf vertrautem Boden. „Einerseits werden Leute anonym über das Internet kontaktiert. Sie geben jemandem ihre Bankverbindung und lassen zu, dass ein- oder zweimal Transaktionen über ihre Konten vorgenommen werden. Andererseits gibt es auch Menschen, die ganz gezielt persönlich angesprochen wurden. Zum Beispiel solche, die Stundenlöhne trotz Arbeit wegen zu niedriger an der Armutsgrenze leben, oder kleine Selbstständige, die auf jeden Cent angewiesen sind. Die fragen alle nicht lange nach, wenn man ihnen Geld anbietet. Tatsächlich ist es ja auch leicht verdient, die Leute glauben, sie hätten nur jemandem einen Gefallen getan. Sie wissen nicht, was wirklich vorgeht."

Außerhalb des Wohnzimmers klingelte ein Telefon, Helmut unterbrach sich um zu horchen, doch schien niemand ihn sprechen zu wollen, lediglich Melanies gedämpfte Stimme war zu vernehmen.

„Und was geht in Wahrheit vor?", animierte Emmerich den Rentner auf dem Sofa fortzufahren. Helmut nahm den zwischenzeitlich weitgehend flüssigen Eisbeutel vom Kopf und setzte sich auf.

„Wie ich schon sagte", sprach er weiter. „Es geht darum, die Konten unauffälliger Bürger nutzen zu können. Unser Staat hat noch keine effektiven Gesetze gegen Geldwäsche, die Italiener beispielsweise sind da weit voraus. Bei uns müssen nur Bareinzahlungen über fünfzehntausend Euro gemeldet werden. Für Überweisungen interessiert sich niemand, schon gar nicht, wenn sie unter diesem Betrag liegen. Der einfachste Weg, große Summen zu legalisieren, besteht darin, sie in kleinere Tranchen aufzuteilen und über Ländergrenzen hinweg mehrfach zu transferieren. Wer ein einmal benutztes Konto länger gebrauchen will, kann es besonders gründlich machen, er schreibt noch ein paar fingierte Rechnungen dazu. Möglichst an Kunden, die im Ausland sitzen, dann hat die deutsche Steuerfahndung so gut wie keinen Zugang. Vom Aufwand, all das nachzuprüfen, einmal gänzlich abgesehen."

Emmerich nickte verständnisvoll, auch wenn er innerlich zugeben musste, nicht alles verstanden zu haben. Was aber im Moment nicht von Bedeutung war, ihn interessierte weniger das Grundsätzliche als vielmehr das Spezielle an dieser, wenn man Schropsnagel glauben durfte, weit verbreiteten Methode. Der pensionierte Finanzbeamte aber hatte sich in Fahrt geredet:

„Es liegt natürlich nahe", war er inzwischen weiter, „bei solchen Dingen an die Mafia zu denken. Diese Organisationen haben damit viel Erfahrung und finden immer wieder neue Wege, ihre illegalen Gelder in die legale Wirtschaft zu schleusen. In diesem Fall, bei Kladic, Schlucht und Solferino, bin ich mir aber sicher, dass es sich um etwas anderes handelt."

„Keine illegalen Gelder?", fragte Gitti, etwas verwirrt, dazwischen.

„Keine, die aus richtig schmutzigen Verbrechen stammen", korrigierte Helmut selbstsicher. „Vielleicht haben Sie verfolgt, dass in letzter Zeit tatsächlich Versuche unternommen werden, die Steuerparadiese dieser Welt endlich auszutrocknen? Oder, dass immer mehr Datenträger, zum Beispiel aus der Schweiz, auftauchen? Menschen, die dort ihr schwarz verdientes Geld oder nicht deklarierte Erbschaften verbunkert haben, werden plötzlich sehr nervös."

Emmerich und Gitti wechselten einen Blick, nickten und ließen Helmut weiterreden.

„Ist Ihnen aufgefallen, dass von diesen Konten, die Isolde da kopiert hat, regelmäßig Beträge an eine Firma DBD überwiesen werden?"

„Ist es", bestätigte Emmerich knapp.

„Diese Firma ist ein Schweizer Bauträger, der auch in Deutschland Immobilienfonds unterhält. Kennen Sie eine bessere Möglichkeit, Ihre Guthaben, die Sie irgendwie loswerden müssen, umzuschichten, bevor jemand sie entdeckt?"

„Leider habe ich weder solche Guthaben, noch kenne ich mich mit den Möglichkeiten aus", musste Emmerich einräumen. „Mich interessiert, wer ein Motiv für den Mord an Isolde Nothdurft hatte."

„Dazu komme ich gleich", sagte Helmut Schropsnagel, unterbrach sich aber, um erneut zu horchen. Im Flur hatte seine Frau ihr Telefonat offenbar beendet, es war nichts mehr zu hören. „Geschäftsführer der Firma DBD ist ein Dr. Stockinger. Dr. Guntram Stockinger."

„Wissen wir", warf Gitti ein. „Wir haben uns bereits erkundigt, was dieses Unternehmen anbelangt."

„Das ist gut." Helmut stand auf, betastete vorsichtig seinen Hinterkopf und schlich sich zur Wohnzimmertür, die er leise öffnete und, nach einem kurzen Blick hinaus, wieder schloss. „Was ich jetzt sage, muss meine Frau nicht hören. Dieser Stockinger ... der war auf dem Geburtstag meiner Schwägerin. Kein gewöhnlicher Gast, er durfte sogar das Büfett eröffnen. Das hat Isolde natürlich mitbekommen, ich denke, sie war ziemlich überrascht. Vielleicht hat sie ihn auf die merkwürdigen Konten von Kladic, Schlucht und Solferino angesprochen. Vielleicht war das ein großer Fehler. Und vielleicht war Stockinger einer der Männer auf der Herrentoilette."

„Wäre alles denkbar", gestand Emmerich zu, im Gefühl, ein ordentliches Stück weitergekommen zu sein. Wie so oft hatten Frau Sonderbars Instinkte nicht getrogen, der Besuch bei Schropsnagels war ein ergiebiger. Wobei ihm einfiel, dass es da noch etwas geben musste.

„Sagten Sie nicht, Stockinger und Solferino kennen sich?", erinnerte er sich dabei an Schropsnagels Aussage auf dem Präsidium.

„Ich habe beide beobachtet", gab der Rentner sofort unumwunden zu. „Gestern, auf dem Hoppenlau-Friedhof. Solferino hat Stockinger dort einen Koffer überreicht. Mit dem ist der Herr Doktor dann ins Haus der Wirtschaft."

„Zu seinem Vortrag", ergänzte Emmerich abschließend und sah Helmut an. „Das war alles ausgesprochen aufschlussreich für uns. Was mich nur noch interessieren würde ..."

Das charakteristische „Ding Dong" einer Klingel unterbrach ihn, die Wohnzimmertür wurde einen Spalt geöffnet und Melanie Schropsnagel lugte herein.

„Wir bekommen jetzt Besuch", sagte sie mit spitzer Stimme, an Emmerich gewandt. „Wann kann ich damit rechnen, dass dieses Zimmer wieder frei ist?"

„Wir sind fertig", entgegnete Emmerich und stand auf. „Falls wir noch Fragen haben ..."

Helmuts Aufmerksamkeit aber galt seiner Frau.

„Besuch? Ich wusste nicht, dass wir jemanden erwarten. Wer kommt denn?"

„Joe und sein Neffe. Scheinbar hat Joe den Jungen davon überzeugt, dass eine Entschuldigung vonnöten ist."

„Oh", merkte Helmut auf, faltete die Wolldecke, unter der er geruht hatte, ordentlich zusammen und griff, in der Absicht aufzuräumen, nach seiner leeren und Emmerichs voller Tasse. „Da kann das Bürschchen mir auch gleich erklären, was das mit der Katze sollte."

„Wie meinst du das?"

„Ich wette meine Unterhosen, dass es Solferino war, der dieses Vieh gebracht hat. In seinem Lieferwagen fuhr die gleiche Sorte Schachteln herum, wie die, in der die Katze war. Leider bin ich nicht dazu gekommen, die eine, auf die sie meinen Kopf gelegt haben, mitzunehmen."

„Aber Helmut ...", sagte Melanie entsetzt und sah dabei Emmerich und Gitti an. „Musstest du das sagen? Die beiden können doch nicht hier herein, wenn ..."

„Keine Angst", beruhigte Emmerich spontan. „Wir sind schon auf dem Sprung. Hier ist meine Nummer. Geben Sie mir einfach kurz Bescheid, ob Sie Ihre Unterhosen behalten können."

21

Unten auf der Straße ging Gitti zielstrebig auf ihr Auto zu, presste ärgerlich die Lippen zusammen und entfernte einen Strafzettel von der Windschutzscheibe.

„Verdammt", sagte sie und sah sich um. „Seit wann ist hier Parkverbot?"

„Kein Parkverbot", entgegnete Emmerich und grinste. „Parkraummanagement. Platz umsonst gibt's nur noch mit Anwohnerausweis."

„Hättest du mir das nicht sagen können? Wenn du es schon weißt?"

„Ich kann auch nicht an alles denken. Die Regelung ist noch recht neu."

„Abzockerei ist das."

„Was regst du dich so auf? Gib den Zettel doch Frau Sonderbar, die wird das schon regeln. Schließlich sind wir hier im Einsatz."

„Es geht mir ums Prinzip."

„Nicht jetzt", entschied Emmerich, der Gitti kannte, energisch. Für die prinzipielle Erörterung städtischer Bosheiten fühlte er sich nicht als der richtige Adressat, und in diesem besonderen Fall, als einer, der nicht einmal ein Kraftfahrzeug sein Eigen nannte, schon gar nicht.

„Du gehörst auch zu denen, die alles mit sich machen lassen", murrte Gitti pauschal und etwas säuerlich, bevor sie aufsperrte und in den Wagen stieg.

„Keineswegs", widersprach Emmerich, während er auf der anderen Seite einstieg. „Mir ist nur meine Zeit zu schaden, mich über Dinge aufzuregen, die ich ohnehin nicht ändern kann."

„Vielleicht kann man mehr verändern, als man glaubt?"

„Vielleicht kann man auch einen Mordfall klären."

„Du meinst, es war Stockinger? Soll ich eine Fahndung rausgeben?"

„Langsam", sagte Emmerich und lehnte sich zurück. „Ich muss erst mal denken."

Gitti steckte den Autoschlüssel ins Schloss, als ihr Handy sich meldete. Während Emmerich dachte, nahm sie das Gespräch an, lauschte und bedankte sich.

„Die Spurensicherung", erklärte sie daraufhin ohne sichtbare Regung. „An dem Styroporbehälter mit der Katze sind Spuren vom gleichen

Mann gefunden worden, der auch das Haar an Isolde Nothdurfts Kragen verloren hat."

„Ja, aber hallo", schreckte Emmerich elektrisiert aus seinem Denken auf. „Wie wär's denn damit: Giancarlo Solferino ist Italiener und damit der zweite Mann auf der Herrentoilette. Solferino kennt Guntram Stockinger, unterhält ein geheimnisvolles Konto beim Bankhaus Treufuß und verteilt tote Katzen. Solferino hat Isolde Nothdurft umgebracht und sitzt gerade jetzt ein paar Stockwerke über uns bei Schropsnagels auf dem Sofa."

„Also, nichts wie hoch zu ihnen?" Gitti zog den Autoschlüssel wieder ab und machte Anstalten, auszusteigen. Emmerich hielt sie am Jackenzipfel fest.

„Nicht so eilig. Wenn es so gewesen wäre, würde er dann im Gefolge seines Onkels Ingeroni brav angewackelt kommen, um sich bei einem alten Mann zu entschuldigen? Du hast ihn doch gesehen, gerade eben, im Treppenhaus. Eindeutig der Junge, dessen Bild Frau Sonderbar vorhin zum Erkennungsdienst gebracht hat."

„Das personifizierte schlechte Gewissen", räumte Gitti ein und ließ sich zurück in den Fahrersitz fallen. „Oder ein verflucht guter Schauspieler. Was also machen wir?"

„Wir warten hier, bis er wieder herunterkommt."

„Spinnst du? Das kann Stunden dauern."

„Glaube ich nicht. Wenn ich mich früher für etwas entschuldigen musste, war ich auch froh, wenn es schnell vorbei war."

„Schön, wir warten. Und dann?"

„Trage ich ihm meine Theorie vor. So wie ich sie gerade aufgestellt habe."

„Obwohl du glaubst, dass sie nicht stimmt?"

„Er wird es mit der Angst zu tun bekommen. Und uns eine Erklärung für das Vorhandensein des Haares liefern."

„Na", sagte Gitti zweifelnd und schaltete das Autoradio ein. „Dein Wort in Gottes Ohr. Ich hoffe mal, es stört dich nicht, wenn ich ein bisschen Musik höre, während wir warten."

„Kommt auf die Musik an", meinte Emmerich, lehnte sich zurück und schloss die Augen. „Weck mich, wenn er auftaucht."

* * *

Neben dem wie immer stets picobello herausgeputzten Joe wirkte Giancarlo Solferino in seiner billigen Sportkleidung mit einem Mal lächerlich jung. Haltung und Miene ließen auf ein so hohes Maß an Zerknirschung schließen, dass Helmut Mühe hatte, dem Burschen noch etwas übel zu nehmen. Nach einer kurzen Begrüßung hielt Joe sich ruhig, aber unerbittlich zurück, während Solferino etwas verloren im Zimmer stand.

„Ja, also …", begann er schwerfällig, zog sich die Kappe vom Kopf und knetete sie in seinen Händen.

„Es tut dir leid …", soufflierte Joe aus dem Hintergrund, und Solferino wiederholte gehorsam: „Es tut mir leid."

„Was tut dir leid?", drängte Joe.

„Dass ich … dass wir … also er …"

„Setz dich", sagte Helmut und zeigte auf einen Sessel. „Du sprichst von Kladic, nicht wahr?"

Joes Neffe ließ sich auf dem äußersten Rand des Sessels nieder und nickte.

„Mir tut es auch leid", versuchte Helmut dem Jungen zu helfen. „Ich hätte meine Finger von deinem Auto lassen sollen."

„Es ist nichts passiert", wehrte Solferino höflich ab. „Ich … wir sind nur erschrocken. Wir … wir dachten, Sie seien hinter mir her."

„Na, ja." Helmut sah mit schlechtem Gewissen hinüber zu Joe. „Das stimmt ja auch. Zumindest ein bisschen."

„Sie haben Boris bestellt. Dann haben Sie mich bestellt. Sie haben von dieser Frau gesprochen. Ich hatte Angst."

„Giancarlo hat etwas Dummes gemacht", sagte Joe geduldig. „Konnte er aber vorher nicht wissen. Er ist noch ein Bub. Erzähl ihm von deiner Dummheit."

Solferino, offensichtlich wenig angetan von dem Umstand, als „Bub" dargestellt zu werden, kniff die Augen zusammen und benötigte ein paar weitere Sekunden, bis es ihm gelang zu sprechen.

„Es war ein Job", nuschelte er undeutlich. „Nur ein Job. Hab ich gedacht."

„Bitte sprich lauter", bat Helmut und lächelte. „Ich bin dir nicht böse. Nicht einmal angezeigt habe ich euch. Ich werde es auch nicht tun."

Die Verblüffung und anschließende Erleichterung im Gesicht seines Gegenübers ließ ahnen, dass Solferino derartige Konsequenzen noch gar nicht bedacht hatte.

„D… d… danke", stammelte er, holte tief Luft und rang sich durch, erst langsam, dann aber immer schneller mit seiner Schilderung der Ereignisse zu beginnen. „Am Freitagabend, letzte Woche, ich bekam einen Anruf. Von meinem Steuerberater. Ob ich mir fünfhundert verdienen will. Will ich immer, hab ich gesagt. Mein Steuerberater ist cool, ich erledige öfter mal was für ihn."

„Giesbert Knödler?"

„Ja."

„Was wollte er?"

„Am Samstag früh. Ich sollte einen Mann treffen. Am Tor zu dem alten Friedhof. Der Mann hat mir einen Schlüssel und eine Adresse gegeben. Mir dem Schlüssel bin ich in die Wohnung von dieser Frau. Der Job war, dort alles zu suchen, was irgendwie mit Banken, Geschäft oder Knödler zu tun hat. Nichts Wertvolles mitnehmen, hat er gesagt. Nur Papiere, die die Frau ihm gestohlen hat. Das hab ich gemacht."

„Hausfriedensbruch nennt man das", kommentierte Helmut und vermutete, dass Solferino, der darauf nicht reagierte, mit dem Begriff nichts anzufangen wusste.

„Nicht aufhören", forderte aus dem Hintergrund Joe. „Du hast noch nicht fertig."

„Wie ich nichts mehr finden konnte", fuhr seine Neffe, sichtbar unruhiger werdend, fort, „bin ich zurück. Zu dem Friedhof. Berti ... ich meine, Herr Knödler ... sagte, dort wartet eine Frau auf den Schlüssel. Eine alte Frau. Es könnte sein, dass sie ein Schläfchen macht. Ich dachte, vielleicht Bertis Mutter. Wenn sie schläft, hat er gesagt, steckst du ihr den Schlüssel einfach in die Handtasche und haust wieder ab. Oh, fuck ..."

„Rede nicht so", unterbrach Joe empört. „Erzähl weiter."

„Ich komme also zu der Bank und ...", suchte Solferino nach Worten und fügte schließlich hastig hinzu: „Da lag eine Frau. Sie *lag*, verstehst du. Sie saß nicht, sie schlief nicht, sie war tot. Einfach tot. Ich hab es gemerkt, als ich sie aufgerichtet habe. Ganz schwer war sie. Erst dachte ich, sie sei krank. Oder bewusstlos. War sie aber nicht. Sie war tot."

„Warum hast du keinen Arzt gerufen? Oder die Polizei?", ignorierte Helmut die Anrede in der zweiten Person. Es redete sich leichter so, mit einem in Solferinos Alter.

„Sie war doch tot. Ich wollte bloß meine fünfhundert Euro. Keinen Stress, Mann. Ich hab den Schlüssel in ihre Tasche getan und bin weg. Am Sonntag hab ich erfahren, dass Giovanni die Frau gefunden hat. Und dass ein Freund von ihm sie gekannt hat. Scheiße, Alter, hab ich gedacht, was hast du gemacht? Aber ich hab nichts gemacht. Nicht mit der Frau.

Nur mit dem Schlüssel. Dann hast du angerufen. Nach ihr gefragt. Und Boris … den hat einer nach mir gefragt …"

„Jetzt beruhige dich, Junge." Für einen Augenblick verspürte Helmut den Impuls, Joes Neffen in den Arm zu nehmen, was er aber unterließ. „Wenn es so war, wie du sagst, wird dir nichts passieren. Und wegen der Katze …"

„Das … das war nicht so gemeint. Die Katze hat Boris auf der Straße gefunden. Wir wollten dich nur erschrecken. Damit du aufhörst …"

„Schon gut", winkte Helmut, in Gedanken längst weiter, ungeduldig ab. „Erzähl mir was über Knödler."

„Berti?", Solferino, dessen Atem schnell und unregelmäßig ging, hielt verdutzt die Luft an. „Was ist mit Berti?"

„Immerhin hat er dir diesen Auftrag erteilt."

„Das macht er öfters."

„Hausfriedensbruch? Einbruch? Diebstahl?"

„Natürlich nicht." Wieder wirkte der Junge leicht panisch. „Botenfahrten. Transporte. Besorgungen. Berti vertraut mir. Nur ausnahmsweise, hat er gesagt. Ich bin Geschäftsmann. Der Kunde ist König. Ich frage nicht viel, ich mach meinen Job, ich kassiere mein Geld. Am liebsten in bar."

Joe fasste in die Tasche eines rostroten Sakkos, ging zum Wohnzimmerfenster und öffnete es.

„Darf ich", fragte er, seine Zigarettenschachtel öffnend.

„Von mir aus", überging Helmut achtlos die Unterbrechung und sah dabei Solferino an. „Woher kennst du Knödler? Was weißt du über die Konten beim Bankhaus Treufuß? Was weiß dieser Kladic? Und wer ist Daniel Schlucht?"

„Ääh …", machte Solferino, sah verständnislos drein und verfiel mit offenem Mund in Schweigen.

„Ich habe ihn auch schon gefragt." Joe blies bedächtig Rauch zum Fenster hinaus. „Er weiß nichts von solchen Sachen. Der Boris, das ist ein Kumpel. Den anderen, den kennt er nicht. Und dein Freund Knödler ist einfach nur sein Steuerberater."

„Er ist nicht mein Freund."

„Macht mir nichts aus. Giancarlo hat sich entschuldigt. Er hat alles erklärt. Damit ist alles gut. Auch zwischen uns?"

„Ja, doch. Trotzdem muss ich wissen, was Knödler …"

„Berti", äußerte Solferino, nun ruhiger, „ist ein prima Kerl. Nicht wie die anderen Steuerfuzzis, die einem ständig dumme Fragen stellen. Berti erledigt alles für mich. Die Steuer. Die Buchhaltung. Den ganzen Bürokram. Er schreibt sogar meine Rechnungen. Ich muss mich um gar nichts kümmern. Ich verkaufe nur Gemüse."

„Frisch aus Italien, richtig? Zweimal die Woche, soweit ich weiß?"

„Na, ja", sagte Solferino und sah verlegen erst zu Joe und dann auf den Boden.

„Helmut kannst du vertrauen", meinte Joe großspurig. „Wir sind alte Freunde." Eine Bemerkung, die Helmut veranlasste, dem Mann am Fenster einen argwöhnischen Blick zuzuwerfen, war ihm doch erst in den letzten Tagen bewusst geworden, wie zerbrechlich solch eine Freundschaft sein konnte.

„Man sagt das nur so. Mit Italien", erklärte Joe, als sei dies eine Selbstverständlichkeit. „Niemand kann zweimal die Woche so eine Strecke fahren. Die Ware wird einfach umgepackt in italienische Kisten. Merkt niemand. Die Leute wollen beschissen werden. Tomaten, frisch aus Italien, sind besser als solche vom Discounter. Knoblauch, frisch aus Sizilien, ist besser als welcher von hier. Dass er in Wahrheit von den Chinesen kommt, will auch keiner wissen."

„Sizilianischer Knoblauch kommt aus China?" Helmut war abgelenkt und überlegte, ob er sich verhört haben könnte.

„Sicher. Alles Mafia, da unten."

„Ach? Und was ist mit hier?"

„Giancarlo arbeitet auf eigene Rechnung."

„Aber … dein Fisch …"

„Vergiss den Fisch." Joe schnippte seinen Stummel aus dem Fenster und machte eine Geste der Vernachlässigung. „Du meinst die Dorade, ich weiß schon. Wir Italiener übertreiben manchmal. Wir helfen einander. Etwas Werbung muss schon sein. Giancarlo hat sie mir auf dem Großmarkt besorgt."

„Ich komme nicht mit." Helmut verfiel ins Grübeln. „Wenn dein Neffe gar keine Geschäfte mit dem Ausland macht, warum vermutet mein Kollege vom Finanzamt dann das Gegenteil? Auf diesem Konto beim Bankhaus Treufuß sind hohe Umsätze …"

„Giancarlo hat kein solches Konto."

„Natürlich hat er. Hier." Helmut klaubte die Kopien heraus und reichte sie herum. „Genauso wie der Kladic. Und der andere namens Schlucht."

Seine Gäste steckten die Köpfe zusammen und tauschten Bemerkungen auf Italienisch aus. Erregte Bemerkungen, wie es Helmut schien.

„Dieser Daniel“, sagte Solferino nach einer Weile. „Ich weiß schon, wer das ist. Manchmal fährt er für Boris. Der hat auch keinen Bock auf Schreibkram. Wir haben ihm Berti als Steuerberater empfohlen.“

„Was ist mit Stockinger? Kennst du den ebenfalls?“

„Wer soll das sein?“

„Der Mann, dem du gestern den Koffer gegeben hast.“

„Also hast du mich doch gesehen“, entgegnete Solferino statt einer Antwort und setzte sich seine Kappe wieder auf. „In dem Koffer waren die Papiere aus der Wohnung. Berti hat mich geschickt, sie diesem Mann zu geben. Ich weiß nicht, wie er hieß.“

„Du meine Güte.“ Helmut stützte seinen Kopf in die Hände und versuchte, sich im Inneren desselben Klarheit zu verschaffen. Da war einerseits er selbst mit seiner Hoffnung, Giesbert Knödler endlich an den Kragen zu können. Auf der anderen Seite standen sein alter Freund Joe und dessen Neffe, denen selbstredend Ärger erspart werden musste. Dazu gab es einen Kommissar, der ihn bereits bei einer Lüge ertappt hatte, und nicht zuletzt Isolde Nothdurft, die ein Opfer ihres eigenen Leichtsinns geworden war. Und obwohl Giancarlos Geschichte ein paar Dinge verständlicher erscheinen ließ, begann die Angelegenheit unübersichtlich zu werden.

„Ist dir klar“, fragte Joe vorwurfsvoll vom Fenster her, wo er sich mit der nächsten Zigarette aufgestellt hatte und auf die Straße hinuntersah, „dass dein Commissario mit seiner Kollegin seit einer halben Stunde da unten im Wagen sitzt? Als würde er auf uns warten.“

Helmut sah auf und fasste schweren Herzens einen Entschluss. Der Triumph, seinen alten Feind persönlich zur Strecke zu bringen, würde ihm so versagt bleiben, was aber zweifellos besser war, als sich selbst, Melanie, Joe oder wen auch immer eines Tages als Leiche auf dem Hoppenlau-Friedhof wiederzufinden.

„Wahrscheinlich macht er genau das“, sagte er müde. „Am besten, wir bitten ihn wieder herauf. Und Giancarlo erzählt ihm alles genau so, wie er es mir erzählt hat.“

22

Es war ein schmackhafter Bohneneintopf gewesen, den Melanie Schropsnagel irgendwann, während sich die Unterhaltung im Wohnzimmer in die Länge zog, allen Beteiligten als verspätetes Mittagessen serviert hatte. Zwar hatte ihr Mann dankend abgewunken, Emmerich, Gitti, Ingeroni und sein Neffe dagegen waren heißhungrig darüber hergefallen. Der Besuch hatte sich damit gleich in mehrfacher Hinsicht gelohnt, denn mit dem, was Solferino zu berichten hatte, war Emmerich mehr als zufrieden. Der Junge hatte seine anfängliche Scheu rasch abgelegt, der Onkel seine Zurückhaltung aufgegeben und, im Gegensatz zu dem Morgen, an dem Emmerich und Gitti ihn das erste Mal aufgesucht hatten, hervorragende Kenntnisse der deutschen Sprache geoffenbart. So hatte er nicht nur seine eigene Version vom Aufenthalt in der Herrentoilette bereitwillig erzählt, sondern auch schnell verstanden, dass Giancarlo, wie ihm Emmerich versicherte, nichts zu fürchten habe, vorausgesetzt, er zeigte sich kooperativ. Ingeroni hatte seinem Neffen gut zugeredet, und der war sichtlich froh gewesen, sein Gewissen zu erleichtern. Zusammengefasst ließ sich sagen, dass der junge Mann wohl über eine gewisse Geschäftstüchtigkeit in Sachen Handel, Verkauf und Warenbeschaffung verfügte, nicht aber über eine wie auch immer geartete Affinität zum damit verbundenen bürokratischen Aufwand, den eine solche Tätigkeit in der heutigen Zeit erforderte. Umso dankbarer war er gewesen, als sein Steuerberater ihm vor einigen Jahren ein sogenanntes „Full-Service-Paket" angeboten hatte: Gegen Hinterlegung einer Kopie seines Ausweises sowie einer unterschriebenen Vollmacht erledigte das Büro von Giesbert Knödler auf wundersame Weise einfach alles und sorgte zudem dafür, dass auf dem privaten Girokonto stets genug Geld zur Verfügung stand. Giancarlo räumte ein, anfänglich etwas erstaunt gewesen zu sein, doch sei immer alles so zufriedenstellend abgewickelt worden, dass er aufgehört habe, sich Gedanken über dieses Wunder zu machen, und es vielmehr weiterempfohlen habe. Beispielsweise an seinen Freund Boris Kladic, der wiederum seine Subunternehmer, darunter Daniel Schlucht, an Knödler verwiesen habe. Während sie Bohneneintopf löffelten und

Giancarlo sprach, entdeckte Emmerich ein zufriedenes Lächeln in Helmut Schropsnagels Gesicht.

„Sie haben etwas gegen ihn, nicht wahr?", fragte er den Rentner vertraulich. „Gegen Knödler. Deshalb liegt Ihnen so viel an dieser Angelegenheit, dass Sie sich unbedingt einmischen mussten."

Schropsnagel nickte und wollte wissen, wann mit einer Verhaftung zu rechnen sei.

„So weit sind wir noch nicht", beschied ihn Gitti sachlich. „Wirtschaftsdelikte fallen in die Zuständigkeit eines anderen Dezernats. Sie dürfen aber sicher sein, dass die Kollegen detailliert von uns unterrichtet werden. Die Verfahren können sich dann leider ziemlich in die Länge ziehen."

„Ich weiß", entgegnete Schropsnagel bedauernd. „Wenn er aber Isolde ermordet hat, dann ..."

„Er kann es nicht gewesen sein", fiel ihm an dieser Stelle seine Frau ins Wort. „Nicht, wenn Joe sich nicht verhört hat. Der Mann auf dem Klo hat doch gesagt, dass er mit Isolde am nächsten Morgen verabredet sei. Aber Berti war nicht dort. Bei Nicoles Geburtstag."

„Berti?" Hauptkommissarin Kerner zog die Brauen hoch.

„Meine Schwester nennt ihn so", erklärte Melanie Schropsnagel. „Sie sind befreundet."

„Dennoch behauptet unser Freund Giancarlo hier", warf Emmerich ein, „dass Knödler ihn gebeten hat, Frau Nothdurfts Wohnung zu durchsuchen. Also muss er zumindest Bescheid gewusst haben. Wie hat der Mann ausgesehen, der Ihnen die Schlüssel gab?"

„Normal", sagte Solferino und zog die Schultern hoch. „Schon etwas älter. Nicht dick, aber auch nicht schlank. Einen dunklen Mantel hat er angehabt und einen Hut ins Gesicht gezogen. Ich hab ihn nur ganz kurz gesehen. Geredet hat er auch so gut wie nichts."

„Aber es war nicht der, dem Sie gestern auf Knödlers Geheiß den Koffer überbrachten?"

„Nee. Der war ja jung. Ein voll abgeschleckter Affe, Mann."

„Es hilft nichts", sagte Gitti leise. „Die Fäden laufen bei Knödler zusammen. Wir müssen ihn befragen. Auf die Gefahr hin, dass er Beweise wegschafft, bevor die Kollegen vom Wirtschaftsdezernat alle Durchsuchungsbefehle beieinander haben."

„Hast recht", gab Emmerich ebenso zurück. „Aber Bescheid geben sollten wir dort. Vielleicht fällt ihnen etwas ein, um ihn wenigstens vorübergehend festzusetzen."

„Ich kläre das und warte unten." Gitti stand auf, bedankte sich bei Melanie Schropsnagel für den Eintopf und ließ sich von ihr hinausbegleiten. Emmerich wartete, bis er mit den drei Männern alleine war.

„Nur noch ganz kurz und ohne Witz", sagte er, an Schropsnagel gewandt. „Das mit der Mafia, das bildet sich Ihre Frau nur ein. Oder etwa nicht?"

Er mochte sich täuschen, als er in den Augen aller drei eine leichte Unsicherheit zu entdecken glaubte. Dennoch nickten alle eifrig, Solferino etwas weniger als die beiden anderen, die wie aus einem Mund das Wort „Frauen" sagten, wobei Ingeroni „haben immer Angst" hinzusetzte und Schropsnagel „sind eben so". Emmerich äußerte etwas Verständnisvolles. Froh, dass Gitti nicht mehr in der Lage war, beide Bemerkungen zu kommentieren, verabschiedete er sich ebenfalls und folgte der Kollegin zurück auf die Straße. Die stand noch mit dem Handy am Ohr vor ihrem Kleinwagen, beendete ihr Gespräch aber, als sie seiner ansichtig wurde.

„Und?" fragte Emmerich interessiert.

„Ob wir ihn nicht erst mal verhaften könnten, haben sie gemeint. Unter Mordverdacht. Wir hätten dann ein bisschen Zeit, könnten ihn mit auf's Präsidium und dort in die Mangel nehmen."

„So machen wir's", sagte Emmerich entschieden. „Ich rufe einen Streifenwagen zum Büro von Giesbert Knödler."

„Wenn er es schon nicht selbst getan hat, müsste er immerhin wissen, wer es war. Organisiert hat er die Tat vermutlich auch." Gitti stieg ins Auto. „Die Kollegen suchen derweil zusammen, was sie über die DBD finden können."

Emmerich erledigte seinen Anruf, bevor er den Sicherheitsgurt anlegte und sich eines weiteren Umstands entsann.

„Wenn ich es richtig sehe", meinte er langsam, „dann organisiert der Knödler das Finanzielle für diese Firma. Isolde Nothdurft kam dahinter, dass die Sache stinkt und hatte Pech. Wir suchen nur ihren Mörder, aber das Wirtschaftsdezernat wird einen Haufen Schmutz aufwirbeln. Was glaubst du, wird dabei alles an den Tag kommen? Ich denke an den Chef. Und an den ehemaligen politischen Entscheidungsträger. Sollten wir nicht vielleicht noch warten oder vorher …?"

„Interessiert mich einen Dreck", unterbrach Gitti und zeigte ihm den Mittelfinger. „Je mehr von diesem Filz wir auseinandernehmen, je mehr Sumpf wir trockenlegen, bevor die ehemaligen Entscheidungsträger das Ruder wieder herumreißen können, umso besser für das Land. Für den

Chef lasse ich mir etwas einfallen. Warum wir nur so und nicht anders handeln konnten."

„Du hast Nerven."

„Wie Drahtseile, wenn es darauf ankommt", versicherte Gitti wohlgemut und fuhr die kurze Strecke in den Herdweg, wo der Streifenwagen sie bereits vor dem Haus, in dem sich Knödlers Büro befand, erwartete. Um kein Aufsehen zu erregen, bat Emmerich die Kollegen fürs Erste ein paar Meter weiter und gleichzeitig darum, die Eingangstür des Hauses im Auge zu behalten. Anschließend ging er mit Gitti hinein, wenig später informierte sie Frau Wichtel, dass der Steuerberater gerade geschäftlich unterwegs sei, aber demnächst zurück sein müsse.

„Was heißt demnächst?", wollte Emmerich, seine Enttäuschung, wie er hoffte, gut verbergend, wissen.

„Eine Viertelstunde", nahm Frau Wichtel höflich an. „Es warten allerdings schon Mandanten auf ihn."

„Wir warten auch."

„Wie Sie wünschen."

„Die Mandanten können Sie nach Hause schicken. Unser Gespräch wird länger dauern."

„Wenn Sie nichts dagegen haben", sagte Frau Wichtel und zeigte auf die Tür zum Warte- und Besprechungsraum, „würde ich diese Entscheidung gerne dem Chef überlassen. Oder Sie erklären es den Leuten selbst."

„Wir werden sehen." Emmerich ging voraus in das kleine Zimmer, das sie schon kannten und entdeckte dort zu seiner Überraschung das Ehepaar Häbich in einer Haltung auf zwei Stühlen sitzend, als erwarte es die negativen Ergebnisse einer ärztlichen Untersuchung. Nicole Häbich, in einem fuchsiafarbenem Jäckchen von Merkel'schem Schnitt, lächelte verkrampft, als er und Gitti freundlich grüßten. Ihr Mann im dunklen Mantel reagierte gar nicht, sondern sah nur auf seine Uhr. Emmerich wählte einen Stuhl gegenüber, suchte in einem für Besucher bereitliegenden kleinen Stapel Zeitschriften nach etwas, das ihn interessieren könnte, fand eine alte Ausgabe von „Grün & Gut", begann zu blättern und blieb an einem Artikel mit der Überschrift *Es geht um die Wurst. Alles über Gartengrills* hängen. Neben ihm setzte sich auch Gitti, holte, wie nicht anders zu erwarten, ihr Handy aus der Tasche und begann einmal mehr darauf zu tippen. *Wie haben wir es nur geschafft,* dachte sich Emmerich, während er unkonzentriert die unterschiedlichen Eigenschaften von Holzkohle, Briketts oder Scheiten studierte, *Jahrzehnte ohne diese Dinger auszukommen?* Im Gegensatz zu vielen anderen Produkten der Moderne gestand er den kleinen, mobilen Geräten immerhin einen großen, praktischen Nutzen zu, dennoch ging es ihm nicht in den Kopf, warum es scheinbar vielen Menschen nicht mehr möglich war, irgendwo einfach nur so zu sitzen. Ohne sofort nach ihrem Telefon greifen zu müssen, als laufe man Gefahr, etwas zu verpassen. Gitti, so nahm er an, musste nun nachsehen, ob Textnachrichten eingegangen waren, eine Form der Kommunikation, die ihm fremd geblieben war, fiel ihm doch schon das Verfassen der kurzen Botschaften schwer. Prompt gab das Handy der Kollegin eine alberne Tonfolge von sich, sie drückte Tasten und wenig später erklang zu allem Überfluss ein weiteres Mal das *Albumblatt für Elise.* Allerdings war hierfür eindeutig nicht Gittis Telefon verantwortlich.

„Moment mal", sagte sie verdutzt und drückte. Die Melodie verstummte. Gitti hielt das Handy in der Hand und starrte in einer Art auf das kleine Display, dass Emmerich seine Aufmerksamkeit von den Gartengrills ab- und der Kollegin zuwandte.

„Ist was?", wollte er leise wissen.

„Achtung", entgegnete Gitti und drückte ein nächstes Mal. *Dudeldideldudadidada* tönte unmissverständlich die bekannte Melodie und beide Kommissare sahen auf, um festzustellen, wo sie herkam. An der gegenüberliegenden Wand lächelte Nicole Häbich immer noch verkrampft, während ihr Mann stoisch zur Decke sah und in keiner Weise auf das *Albumblatt* reagierte, obwohl es eindeutig aus seinem Mantel kam.

„Entschuldigen Sie bitte", sagte Gitti und stand auf. „In Ihrer Tasche klingelt ein Telefon."

„Stört Sie das?"; fragte Elmar Häbich höflich. „Ich kann es ausschalten, wenn es Ihnen lieber ist."

„Es stört mich gar nicht, ganz im Gegenteil." Gitti drückte auf ihr eigenes Gerät. „Sehen Sie, jetzt hat es aufgehört."

Emmerich sah verblüfft erst Häbichs und dann die Kollegin an, bevor ihm ein Licht aufging. Um Gittis großen Auftritt nicht zu stören, verkniff er sich eine Bemerkung, stand nun ebenfalls auf und bezog Position an der Tür.

„Wollen Sie wissen, wo ich diese Melodie zum letzten Mal gehört habe?", fragte Gitti, wartete die Antwort gar nicht erst ab und setzte hinzu: „Heute Vormittag im Bankhaus Treufuß. Aus einem Mantel, der an einer Garderobe hing. Ich darf wohl annehmen, dass das Ihrer war."

„Hören Sie, was soll denn das?" Elmar Häbich schien zu ahnen, dass etwas Grundsätzliches im Begriff stand, sich zu ereignen, langte in seine Tasche und holte das Telefon heraus. „Gibt es ein Problem mit diesem Handy?"

„Es hat eine Schweizer Nummer."

„Ist mir noch gar nicht aufgefallen. Ich hab es heute Morgen erst gefunden. Auf der Straße, vor meinem Büro."

„Was, wenn ich Ihnen das nicht glaube?"

Neben ihrem Mann krümmte sich Nicole, als habe sie Magenschmerzen. Häbich zischte ihr etwas zu, stand auf und sah Gitti in die Augen.

„Ich bin sehr gespannt", erklärte er leise, „was Sie mir als Nächstes sagen werden. Und ich kann Ihnen nur raten, vorsichtig zu sein."

„Wo waren Sie am letzten Samstag zwischen sieben und zehn Uhr?"

„Das muss ich mir nicht gefallen lassen", schnappte Häbich böse. „Wie war noch mal Ihr Name?"

„Hauptkommissarin Brigitte Kerner. Bitte beantworten Sie meine Frage."

„Einen Dreck tu ich. Ich werde mich über Sie beschweren."

„Das Telefon", sagte Gitti unbeeindruckt und streckte ihre Hand aus, „muss ich beschlagnahmen."

„Unverschämtheit." Häbich ergriff die Hand seiner Frau und zog sie unsanft in die Höhe. „Wir gehen."

„Nicht so hastig." Emmerich trat dem Paar in den Weg. „Wir hatten eigentlich die Absicht, Ihrem Kumpel Knödler ein paar Fragen über die Firma DBD und Ihre Bank zu stellen. Was halten Sie davon, wenn wir uns erst mit Ihnen unterhalten? Jetzt und hier?"

„Gar nichts. Ich muss nicht mit Ihnen sprechen. Alles, was die Bank betrifft, fällt unter das gleichnamige Geheimnis. Knödler unterliegt der Schweigepflicht. Und jetzt lassen Sie mich durch."

„Erst beantworten Sie die Frage der Hauptkommissarin."

Häbichs sich rot färbendes Gesicht ließ auf eine ansteigende Erregung und einen ebensolchen Blutdruck schließen.

„Elmar", mischte Nicole sich flehend ein und zupfte am Ärmel ihres Gatten. „Bitte …"

„Du halt dein dummes Maul", fuhr der plötzlich schreiend aus der Haut. „Du bist sowieso an allem schuld."

„Das ist nicht wahr, ich habe …"

„Wir warten“, warf Gitti mit vollendeter Ruhe ein. „Wo waren Sie am Samstag zwischen …?“

Weiter kam sie nicht, denn Häbich hatte seine Frau losgelassen, ihr eine Ohrfeige versetzt und Emmerich unsanft aus dem Weg gestoßen.

„Leckt mich doch am Arsch“, brüllte er aus voller Kehle, bevor er sich samt Telefon zum Ausgang stürzte.

„Stehen bleiben“, rief Gitti und zog ihre Waffe. „Herr Häbich, ich verhafte Sie wegen Mordes an Isolde Nothdurft.“ Neben ihr schaffte es Nicole weinend und mit letzter Kraft zurück auf ihren Stuhl, während ihr Mann im Flur die überraschte Frau Wichtel zur Seite schubste und die Tür zum Treppenhaus aufriss.

„Stehen bleiben“, rief Gitti ein zweites Mal. „Stehen bleiben oder ich schieße.“

„Du kannst hier drin nicht schießen“, keuchte Emmerich, schnappte sich Frau Wichtels Arm und deutete auf Nicole Häbich. „Sie kümmern sich um diese Frau. Hinterher. Hoffen wir, dass die Kollegen aufpassen.“

Gemeinsam eilten sie die wenigen Stufen bis zur Haustür hinter Elmar Häbich her und folgten ihm hinaus auf den Herdweg, wo er ihnen bergab trabend bereits einige Meter voraus war. Aus den Augenwinkeln nahm Emmerich wahr, wie sich ein Stückchen hinter ihm der Streifenwagen in Bewegung setzte, weiter vorne sah er Häbich, der nach rechts abbog und außer Sichtweite geriet. Gitti auf dem Gehweg und der Streifenwagen auf der Straße waren ihm jedoch dicht auf den Fersen, und so vertraute er darauf, selbst ein Tempo einschlagen zu können, das seinem Alter angemessen war. Wenig später bog er um die Ecke und sah die Kollegen mit Häbich im Gewahrsam neben ein paar neugierigen Passanten stehen.

„Weitergehen“, forderte Emmerich energisch und von Häbich: „Das Telefon. Geben Sie mir diesen Apparat.“

Der Mann im dunklen Mantel schnaufte schwer und grinste höhnisch.

„Welches Telefon? Ich weiß nicht, wovon Sie sprechen.“

23

Es brauchte seine Zeit, bis sämtliche Formalitäten erledigt waren, der Streifenwagen Elmar Häbich mitgenommen hatte und genügend Kollegen eingetroffen waren, die die nähere Umgebung abzusuchen hatten.

„Er kann's nur weggeworfen haben", rechtfertigte Gitti diesen Aufwand nach ihrer Rückkehr ins Knödler'sche Büro. „Das Telefon."

„Ist doch gut, ich bin ganz deiner Meinung", beruhigte Emmerich die nach wie vor unter Anspannung stehende Kollegin. „Natürlich müssen wir es suchen. Das wird Beweisstück Nummer eins."

„Glaubst du?" Gitti sah ihn hoffnungsvoll an.

„Du hast das toll gemacht. Wie du ihn durch dieses Klingeln drangekriegt hast."

„Na, ja." Sie lächelte verlegen. „Eigentlich war es mehr ein Zufall …"

„Ein Erfolg unserer ausgeklügelten Fahndungsmethoden", korrigierte Emmerich mit erhobenem Zeigefinger. „Nach Auswertung der uns zur Verfügung stehenden, mehr als dürftigen Spuren haben wir … nein, hast *du* einen sagenhaft raffinierten Plan entwickelt, um dem Mann eine Falle zu stellen."

„So kann man das, glaube ich, nicht sagen."

„Kann man wohl. In Wahrheit *muss* man es so sagen."

„Es stimmt doch aber gar nicht. So."

„Weißt du was?" Emmerich sah Gitti an, wie er es gelegentlich mit seiner Tochter Jule tat. Wohlwollend, väterlich und sich dabei als weiser Mensch und Lehrer fühlend. „Wenn du nach oben kommen willst, in diesem, unserem Präsidium wie auch sonst auf dieser Welt, dann musst du wissen, wie man sich selbst verkauft. Ohne Übertreibung geht es nicht."

„Ich weiß nicht. Es ist gar nicht meine Art …"

„Wir reden mal darüber. Jetzt lass uns nach Nicole Häbich sehen."

Die Gattin des Bankvorstandes saß, einem Häuflein Elend gleich, in Frau Wichtels Obhut immer noch im Wartezimmer, hatte eine erkleckliche Anzahl gebrauchter Papiertaschentücher auf dem Schoß und ihre Augen waren rot vom Weinen. Eine allgemeine Frage nach ihrem Wohlbefinden erübrigte sich bei diesem Anblick, Emmerich setzte sich neben sie und sagte nur: „Es tut mir leid."

Nicole Häbich schnäuzte sich geräuschvoll und sah ihn an, als empfinde sie nicht nur Schmerz, sondern auch eine gewisse Erleichterung.

„Irgendwann", japste sie zwischen zwei Schluchzern, „musste es so kommen."

„Darf ich Kaffee bringen?", bot Frau Wichtel fürsorglich an, doch Nicole Häbich wehrte mit leichter Panik ab.

„Bitte nicht. Ich will hier weg. Wenn Berti kommt …"

„Das wird er nicht", erklärte Frau Wichtel überzeugt. „Ich fürchte, Herr Knödler kommt so schnell überhaupt nicht mehr."

„Wie bitte? Wieso das?" Gitti hatte gegenüber Platz genommen und ihr Handy ausnahmsweise in der Umhängetasche belassen. „Sagten Sie vorhin nicht, er sei in einer Viertelstunde hier?"

„Das war vorhin." Frau Wichtel hüstelte, als sei sie von etwas peinlich berührt. „Während Sie hier auf ihn gewartet haben, hat er angerufen. Um mich zu unterrichten, dass aus der Viertel- eine halbe Stunde wird. Ich habe ihm gesagt, dass Sie und Häbichs hier sind."

„Ein Fehler", konstatierte Gitti trocken.

„Vielleicht", räumte Frau Wichtel verlegen ein. „Aber, sehen Sie, schließlich ist er ja mein Chef, und ich konnte doch nicht wissen, was sich hier …"

„Natürlich nicht", meinte Emmerich verständnisvoll. „Die Frage wäre eher, ob Knödler das gewusst hat. Und wenn ja, aus welchem Grund."

„Ich nehme an", mutmaßte Frau Wichtel traurig, „dass das mit dem Anruf eines Mandanten zusammenhängt. Ein Herr Solferino. Heute früh. Danach hat sich Herr Knödler Hals über Kopf auf den Weg gemacht."

„Wohin?"

„Ich weiß nicht …"

„Berti ist nicht blöd", schniefte Nicole Häbich. „Wenn sogar ich schon ahnen konnte, dass etwas nicht stimmt. Und mir sagt nie jemand Bescheid. So wie Elmar sich in den letzten Tagen benommen hat …"

Emmerich sah Gitti an, die ihr Telefon schon wieder in der Hand hielt.

„Fahndung nach Knödler", sagte er beifällig. „Am besten auch nach Stockinger. Frau Wichtel holt uns Kaffee, und Frau Häbich erzählt uns, was sie weiß."

Ein allgemeines Nicken in der Damenrunde bekundete allseitiges Einverständnis, die kurze Pause, die entstand, nutzte Nicole Häbich für ein finales Schnäuzen.

„Unsere Ehe ist nicht gut", wandte sie sich darauf an Emmerich. „Elmars und meine. Schon lange nicht mehr. Anfangs dachte ich, das ist normal. Dass einer, der Karriere machen will, nie zu Hause ist. Dass er immer nur seine Arbeit im Kopf hat. Ich war ja selbst beschäftigt, als die Kinder noch klein waren. Dann wurde er nach Südamerika versetzt. Wir haben in einem Palast gewohnt. Mit Swimmingpool, Hausangestellten, Kindermädchen, Gärtnern und Chauffeuren. Mit Cocktailpartys, Pferderennen und rauschenden Bällen. Da blieb mir noch weniger Zeit für ihn. Und, ehrlich gesagt, ich habe sein Geschäft auch nie verstanden, ich habe Krankenschwester gelernt. Bis mir eine alte Witwe aus Buenos Aires erzählt hat, womit sie da ihr Geld verdienen. Unsere Männer."

Knödlers Angestellte kam herein, brachte den Kaffee und verzog sich nach einem Blick von Emmerich mit bedauernder Miene wieder nach draußen.

„Bitte", sagte er freundlich. „Sprechen Sie weiter."

„Sie haben das Geld der Drogenkartelle in die Schweiz gebracht. Mir ist ganz schlecht geworden, als ich das erfahren habe." Nicole Häbich sah aus, als schüttle sie sich immer noch, bei der Erinnerung an diese Erfahrung. „Damals begann ich Fragen zu stellen. Zuerst Elmar, später auch den Leuten, mit denen wir verkehrten. Seither streiten wir. Wie hätte ich ihn verlassen sollen? Mit den Kindern, ohne eigenes Geld und ohne eine Perspektive hier in Deutschland? Er wusste das genau und hat mich unter Druck gesetzt. Damit ich aufhöre mit meiner Fragerei. Aber das konnte ich nicht. Wahrscheinlich musste er deshalb weg von dort. Ein Banker mit einer Frau, die ständig über seine Drecksgeschäfte redet … so ging es einfach nicht."

„Was geschah?"

„Nach Hongkong haben sie ihn geschickt. Ich bin schon gar nicht mehr mit, sondern mit den Kindern hierher zurückgekehrt. Wir sind bei meiner Mutter in Schönberg untergekommen, es waren schöne Jahre. Bis Elmar wiederkam. In Hongkong hat er Stockinger kennengelernt, der hat ihm den Vorstandsposten bei Treufuß vermittelte. Kurz darauf starb meine Mutter. Ich hab es nicht geschafft, ihn rauszuwerfen und die Scheidung einzureichen. Stattdessen habe ich sein Geld ausgegeben. Für den Zoo, für die Hospizbewegung, für Lesepatenschaften, für den Kauf von Instrumenten für benachteiligte Kinder, für was weiß ich noch alles. Es war meine Art, mich moralisch über Wasser zu halten."

„Stelle ich mir schwierig vor."

„Ist es. Eigentlich unmöglich. Ich bin froh, dass endlich Schluss ist. Mit diesem verlogenen Leben. Nur dass ich es so weit habe kommen lassen … das werde ich mir nie verzeihen."

Gitti, die Nicole Häbichs Schilderung bislang mit nur mühsam unterdrückter und sichtlich wachsender Empörung zugehört hatte, beugte sich vor.

„Was meinen Sie damit? Wussten Sie Bescheid? Über die Geschäfte Ihres Mannes mit Giesbert Knödler und der Firma DBD?"

„Nein." Wieder schossen Tränen in Nicole Häbichs Augen, hilflos fummelte sie zwischen den zerknüllten Papiertüchern herum, wohl in der Hoffnung, noch ein brauchbares zu finden. „Natürlich wusste ich, dass sie welche machen. Geschäfte, meine ich. Nur … Bescheid wissen wollte ich nicht. Nie mehr. Wahrscheinlich halten Sie mich jetzt für einen Feigling. Für eine dumme Kuh, die nichts anders im Sinn hatte, als ihr eigenes Wohlergehen. Daraus kann ich Ihnen keinen Vorwurf machen … ich …"

Emmerich, der annahm, dass Gitti in Gedanken genau dieses tat, beobachtete mit Erstaunen, wie die Hauptkommissarin ein mitfühlendes Lächeln aufsetzte, in ihre Umhängetasche langte und ein Päckchen herausnahm.

„Hier", sagte sie überraschend sanft und reichte das Päckchen der weinenden Frau. „Frische Tücher. Nehmen Sie. Es muss schrecklich sein, so zu leben."

Nicole Häbich nickte, ihr Gesicht verschwand vorübergehend hinter einem Taschentuch.

„Ich meinte Isolde", sagte sie, nachdem sie ihre Fassung zurückgewonnen hatte. „Verstehen Sie, dass ich mich schuldig fühle? Es war meine Idee, sie bei Berti unterzubringen. Ich konnte doch nicht wissen, auf was sie da stoßen würde. Und dass sie nicht so einfach wegsehen konnte wie ich. Wenn ich nur Elmar ihre Faxe nicht gezeigt hätte … vielleicht wäre sie dann noch am Leben."

„Wir können nichts mehr daran ändern, wie es ist", gab Emmerich praktisch zu bedenken. „Was Sie für Ihre Freundin noch tun können, ist, uns bei der Aufklärung des Falls zu helfen."

„Das will ich gerne machen", versprach Nicole Häbich mit trostlosem Gesicht. „Soweit ich es kann. Jetzt, wo Elmar … weg ist."

„Dann erzählen Sie uns alles, was Ihnen dazu einfällt."

* * *

Melanie Schropsnagel stromerte rastlos durch die Wohnung, nahm hier etwas aus einer Schublade, nur um es dort in eine andere zu legen, goss Wasser in den Topf einer ohnehin schon viel zu feuchten Zimmerpflanze, öffnete die Fenster und schloss sie wieder und begann schließlich damit, die Bücher einzeln abzustauben. Helmut, der sich in der Absicht, ein Nickerchen zu machen, wieder aufs Sofa gelegt hatte, sah ihr eine Weile zu, bevor er schließlich sagte: „Meine Güte. Jetzt setz dich doch mal hin und gib endlich Ruhe."

„Ich kann nicht." Melanie öffnete schon wieder das Wohnzimmerfenster, diesmal, um ihr Staubtuch auszuschütteln. „Ich muss mich irgendwie beschäftigen. Seit Nicole mich angerufen hat. Elmar. Verhaftet. Stell dir das bloß einmal vor."

„Damit hab ich kein Problem. Überhaupt keins."

„Sie sagte, *er* habe Isolde umgebracht. Und *sie* hätte es geahnt."

„Warum hat sie es dann nicht verhindert?"

„Doch nicht vorher, du Idiot." Melanie langte tief ins Bücherregal hinein und angelte ein Taschenbuch heraus. „Schau mal, ich wusste gar nicht, dass wir das noch haben. *Ostwind, Westwind* von Pearl S. Buck."

„Lenk nicht ab." Helmut drehte sich auf die Seite, um seine Frau besser sehen zu können. „Was hat sie geahnt?"

„Dass es Elmar war", entgegnete Melanie, in dem Büchlein blätternd. „Schon vor ein paar Wochen hätte er angefangen, sie über Isolde auszufragen. Was ihre Hobbys sind. Wofür sie sich so interessiert. Was sie in ihrer Freizeit macht. Dann hat Isolde ihr erzählt, dass sie vielleicht endlich einen Mann gefunden hätte, den sie demnächst kennenlernen würde. Und letzten Freitag … da erfuhr sie, dass dieses Kennenlernen für den Samstag vorgesehen war. Isolde sei so froh gewesen, hat sie mir gesagt. Natürlich hat sie sich erst einmal nichts dabei gedacht, als Elmar ausgerechnet an diesem Samstag in aller Herrgottsfrühe aus dem Haus ging. Obwohl er sonst doch immer ausschläft. Bis sie das mit Isolde erfahren hat. Er muss sich regelrecht an sie herangemacht haben."

„Verstehe ich nicht. Isolde hat Elmar doch gekannt."

„Aber nicht besonders gut. Gesehen haben sich die zwei nur selten. Nicole sagt, sie hätte ihm erzählt, dass Isolde Kontaktanzeigen aufgibt. Eine hat sie ihm sogar gezeigt. Auf die muss er ihr geschrieben haben. Unter einem anderen Namen, vielleicht."

„Es wird schon noch ans Licht kommen. Glaub mir."

Melanie legte das Taschenbuch auf den Couchtisch und staubwedelte weiter.

„Ich verstehe sie nicht. Meine Schwester. Warum hat sie mir nichts gesagt? Warum so getan, als ginge es nur um ein Bankgeheimnis?“

„Weil sie“, schöpfte Helmut aus seinem reichhaltigen Schatz jahrzehntelanger Erfahrung, „sich wahrscheinlich schon ein Leben lang hinter einer Fassade aus Lügen versteckt. Man weiß, dass es das Schlechte gibt, aber man will es gar nicht wissen. Also sieht man weg, solange es geht und bis man selbst glaubt, dass es fort ist. Ich kenne das von meinen Steuersündern. Wenn sie erwischt werden, sind sie sich keiner Schuld bewusst. Sie hätten doch viel für die Allgemeinheit getan. Arbeitsplätze geschaffen, wohltätige Stiftungen gegründet oder Kulturgüter vor dem Verkauf ins Ausland bewahrt. Und dann kommen wir wegen ein paar läppischer Millionen hinterzogener Steuern. Sie haben sich längst ihre eigene Welt geschaffen. Es ist nicht die, in der Leute wie du und ich leben.“

„Du konntest Elmar nie leiden.“

Der alte Vorwurf hatte einen neuen Unterton erhalten, doch Helmut verkniff sich jede Bemerkung etwa im Sinne von *Ich hab's ja gleich gesagt.* Derartige Triumphe hatten einen schalen Beigeschmack, sie auszukosten bereitete keine wirkliche Freude. Zumal zum jetzigen Zeitpunkt in keiner Weise absehbar war, welche Überraschungen der Casus Elmar für die Familie noch bereithalten würde. Um Melanies Gedanken wieder in geordnete Bahnen zu lenken, fragte er stattdessen harmlos:

„Ist noch Bohneneintopf da? Ich hätte jetzt ein bisschen Hunger.“

Seine Gattin schüttelte den Kopf. „Aufgegessen“, antwortete sie, immer noch nachdenklich. Der Rest des Bücherregals wurde von seiner Staubschicht befreit, bevor Melanie sich umdrehte und mit Nachdruck sagte: „Und dass du es bloß weißt: Die Sache mit der Mafia … die ist noch lange nicht zu Ende. Auch wenn sich nun herausstellt, dass sie nichts mit Isoldes Tod zu tun hat. Petra sagt …“

„Aus“, stöhnte Helmut, sich wieder auf den Rücken drehend. „Schluss. Ich will nicht wissen, was Petra sagt. Ich will jetzt schlafen. Morgen fahre ich mit Ottmar auf den Waldfriedhof.“

„So machen wir weiter? Gerade erst hast du gejammert. Was dabei herauskommt, wenn man immer nur schön wegsieht und …“

„Wir sind Rentner.“ Helmut schloss die Augen und schob sich ein Kissen unter den Kopf. „Du hast es selbst gesagt. Und du hast völlig recht. Was geht uns das an?“

* * *

Eine gute Stunde hatte Nicole Häbich benötigt, um einerseits ihr Wissen preiszugeben und sich andererseits so weit zu stabilisieren, dass sie glaubte, selbst mit dem Wagen nach Hause fahren zu können. Emmerich und Gitti ließen sie gehen, nicht ohne den Verweis, dass am nächsten Tag auf dem Präsidium eine ordentliche Aussage samt ordentlichem Protokoll von ihr erwartet werde. Frau Häbich hatte dem zugestimmt und war gegangen, unmittelbar danach meldete sich Gittis Telefon.

„Elmar Häbichs Schweizer Handy lag in einem Vorgarten", berichtete sie nach wenigen Worten zufrieden. „Und Knödler wurde am Flughafen aufgegriffen. Mit einem Sack voll Geld sowie einem Ticket nach Lagos in der Tasche."

„Wollte sich absetzen, was? Wo liegt Lagos?"

„In Nigeria. Von dort hätte er überall hin verschwinden können." Gitti betrachtete ihr Telefon mit einem bedauernden Blick, schaltete es aus und schob es in ihre Umhängetasche. „Zu dumm", sagte sie erklärend. „Jetzt ist der Akku leer."

„Ein Glück", versetzte Emmerich, nahm die alte Ausgabe von „Grün & Gut" und reichte sie der Kollegin. „Für heute habe ich genug. Könntest du das für mich einstecken?"

„Aber … was ist mit Stockinger?"

„Glaubst du, dem können wir etwas nachweisen? Etwa, dass er der zweite Mann auf der Herrentoilette war? Ingeroni meinte, das sei ein Italiener gewesen. Wir haben überhaupt nichts gegen ihn in der Hand."

„Soll das heißen, dass er einfach weitermachen kann? Mit einem anderen Bankvorstand und einem neuen Steuerberater, der ihm frische Deppen sucht, auf deren Namen sich fiktive Konten eröffnen lassen?"

„Das ist nicht auszuschließen", meinte Emmerich lakonisch, ging hinaus in den Flur und bat Frau Wichtel, die Angestellten des Büros Knödler bis auf weiteres nach Hause zu schicken. Was natürlich auf einigen Widerspruch stieß und eine weitere Stunde für Erklärungen in Anspruch nahm. Als endlich alle ihre Siebensachen eingepackt und schließlich gegangen waren, fühlte Emmerich sich rechtschaffen müde und erschöpft. Den Rest der Arbeit hier, die gründliche Durchsuchung aller Räume und die Sicherstellung aller Akten würden am nächsten Tag Kollegen übernehmen. Kollegen, von denen er sich vorstellen konnte, dass sie sich jetzt schon darauf freuten, wer alles ihnen dabei noch in die Falle gehen würde. Seine und Gittis Aufgabe dagegen betrachtete er, sah man von der formalen Aufbereitung für die Justizbehörden ab, als erledigt. Nach dem Versiegeln der Knödler'schen Büroräume brachte er daher seine Hoffnung zum Ausdruck, für den Rest des Tages aufgrund der schon fortgeschrittenen Uhrzeit, entbehrlich zu sein, ließ sich von Gitti nach Hause fahren und bat um Aushändigung des Gartenmagazins.

„Was willst du damit?", wollte sie, kaum dass sie das Heft aus ihrer Umhängetasche geklaubt hatte, neugierig wissen. Eine Frage, über die Emmerich, der das Heft mehr aus einem Instinkt, denn aus einer gezielten Absicht heraus mitgenommen hatte, selbst noch nicht nachgedacht hatte.

„Weiß ich noch nicht", entgegnete er daher vage, verabschiedete sich und stieg hinauf in den vierten Stock. Dort erschien es ihm beinahe merkwürdig, Frau und Tochter gemeinsam in der Wohnung anzutreffen. Seit Gabi Kurse besuchte und Jule oft bis in die Abendstunden ihren sozialen Dienst versah, waren solche Augenblicke des Heimkommens zu seiner Familie selten geworden. *Wie früher*, dachte er mit einem Anflug von Sentimentalität, entledigte sich seiner Straßenschuhe und betrat das Wohnzimmer, wo er „Grün & Gut" auf den Couchtisch legte und sich aufs Sofa setzte.

„Schön, euch zusammen zu sehen", freute er sich und erntete zwei argwöhnische Blicke.

„Alles in Ordnung mit dir?", vergewisserte sich Gabi und Jule fügte hinzu:

„So was hast du noch nie gesagt."

„Weil es nicht mehr normal ist", versuchte Emmerich eine Erklärung. „Man macht eher eine Bemerkung über das Besondere als über das Normale."

„Mama und ich sind doch häufig zusammen", wandte Jule, etwas verunsichert, ein.

„Aber nicht, wenn ich von der Arbeit komme", entgegnete Emmerich.

„Komisch. Die letzten Jahre dachten wir immer, dass du deine Ruhe willst. Mama und ich. Wenn du von der Arbeit kommst. Jetzt auf einmal ..."

„Prinzipiell stimmt das", räumte Emmerich ein, der nicht vorgehabt hatte, mit einer harmlosen Bekundung von Wohlgefallen eine grundsätzliche Diskussion auszulösen. „Trotzdem kann man sich ja auch mal freuen. Oder?"

„Logo. Ich gehe in mein Zimmer."

„Du kannst ruhig hierbleiben. Erzähl mir was. Über dein Praktikum."

„Es ist ein freiwilliges soziales Jahr. Kein Praktikum."

„Egal."

„Nein, Papa." Jule schüttelte mit Nachsicht und leichter Missbilligung den Kopf. „Das ist nicht egal. Aber es macht nichts, wenn du den Unterschied nicht weißt. Und jetzt muss ich telefonieren."

„Aber wir essen zusammen?"

„Ja, Papa." Jule klappte den Laptop, über den gebeugt sie mit Gabi bei Emmerichs Eintreffen gesessen hatte, zusammen und ging hinaus. Emmerich gähnte und zog die Füße auf's Sofa.

„Warum hast du das hier mitgebracht?", fragte Gabi und zeigte auf das Gartenmagazin.

„Nur so. Hab ich gefunden, und es hat mich interessiert."

„Weil du gerne grillen willst?"

„Vielleicht."

„Oder weil du gerne einen Garten hättest?"

Emmerich setzte sich wieder auf und sah Gabi an. In ihrer Frage hatte ein unüberhörbarer Unterton gelegen.

„Du willst einen, hab ich recht?", gab er die Frage zurück.

Anstatt mit „Ja" oder „Nein" zu antworten, wie man das vernünftigerweise erwarten konnte, zierte sie sich.

„Wäre schön, einen zu haben. Tatsächlich habe ich in letzter Zeit darüber nachgedacht. Als Ausgleich. Allerdings macht ein Garten Arbeit."

„Du hättest ja dann Zeit. Wenn Jule erst mal aus dem Haus ist …"

„Daran will ich noch gar nicht denken", wehrte Gabi ab. „Lieber an dich. Dir täte so etwas besonders gut. Frische Luft, Bewegung, selbst gezogenes Gemüse …"

„Besser ein rote Wurst vom Grill."

„Sommerabende bei Kerzenschein", ignorierte sie träumerisch seinen Einwurf. „Blick ins Grüne, statt auf …"

„Spatz", unterbrach Emmerich praktisch, „das ist alles schön und gut. Wo aber soll er herkommen? Dieser Garten? In dieser Stadt? Wenn du glaubst, dass ich in einem dieser Schrebervereine mitmache, dann hast du dich getäuscht."

„Aber das müssen wir doch gar nicht. Jetzt, wo Herr Bühler ausgezogen ist."

„Wer?"

„Herr Bühler", sagte Gabi und verdrehte die Augen in einer Art, als handle es sich bei Herrn Bühler um eine Persönlichkeit von internationalem Rang, deren Bekanntheit als selbstverständlich vorausgesetzt werden konnte. „Der bei meiner Mutter im Erdgeschoss gewohnt hat. Vier Zimmer, Küche, Bad, separates Klo. Und Garten."

„Bühler?", wiederholte Emmerich, für einen Augenblick verständnislos. „Vier Zimmer, Küche, Bad und … nein."

„Es ist eine schöne Wohnung. Wir hätten keine Treppen mehr."

„Aber deine Mutter. Ein Stockwerk über uns. Im selben Haus."

„Das ist doch praktisch. Wir müssten nicht mehr hinfahren."

„Nein", erklärte Emmerich in diktatorischer Manier, im selben Augenblick, als ihm klar wurde, dass es sich hier um ein schon seit längerem geplantes Manöver seiner Gattin handeln musste. Womöglich abgestimmt mit Jule, die sich deshalb so bereitwillig aus dem Wohnzimmer zurückgezogen hatte. „Im Übrigen", setzte er bockig hinzu, „habe ich Feierabend. Es wäre schön, wenn ich jetzt …"

„… eine halbe Stunde Ruhe hätte", ergänzte Gabi liebevoll. „Ich weiß. Niemand verlangt, dass du dich sofort entscheidest. So ein Umzug will gut überlegt sein."

„Ich ziehe überhaupt nicht um."

„Wir reden später weiter", sagte Gabi sanft und drückte ihm einen Kuss auf die Stirn. „Beim Abendessen. Wenn du ausgeruhter bist."